Emma Sommerfeld

DUNKEL DIE SEE

D1663124

EMMA SOMMERFELD

DUNKEL DIE SEE

EIN DAAKUM-ROMAN - BAND 1

Copyright © 2024
Emma Sommerfeld
16348 Wandlitz
Hauptstr. 80
www.emmasommerfeld.com

ISBN: 978-3-911216-02-9

PROLOG

Die Zeit verläuft nur scheinbar linear.

Im Dunkel der Zeit regte sich etwas. Ein Ross erhob sich, blähte die Nüstern und schüttelte das mächtige Haupt wie nach einem langen Schlaf. Langsam schritt es hervor, tänzelte dabei ein wenig auf den gewaltigen Hufen und wieherte leise, als wollte es seine Stimme erproben, doch es war ein Ruf, den es ausstieß. Fragend zunächst, dann immer nachdrücklicher hallte er durch das aufziehende Grau des Morgens. Überzeugt, dass es gehört worden war, stand das Geschöpf dann still, machte sich bereit und wartete darauf, dass eine Gestalt sich aus den Schatten löste, schmal und rank, und sich ihm näherte wie einem vertrauten Freund. Sie strich mit der Hand über das weiche, noch feuchte Fell, bis sie die Kraft darunter zu ahnen begann und eine Wange dorthin legte, wo das Pulsieren des Blutes in dem wuchtigen Körper zu hören war. Erst noch schwach und dann langsam stärker, heißer werdend, lodernd schließlich, bis das Leben sich nicht mehr zurückhalten ließ und es sich reckte, streckte, ausdehnte, immer weiter. Ein Lächeln glitt über ihr Gesicht, als sie mit ihrer Hand die Bestie innehalten hieß und mahnte zur Zurückhaltung.

Wie zum Trost barg sie ihr Gesicht an seiner Flanke, murmelte leise Koseworte, atmete den Duft des Tieres ein, das nach Salz und Heu roch, ließ die schmalen Finger über seine schöne Stirn gleiten, die langen Ohren und endlich den Hals. Und sie flüsterte: »Diesmal. Diesmal wird es gelingen«, während sie sich aufrichtete und beide Hände in seine Mähne schob. Und dann wartete sie wieder, warteten sie gemeinsam, bis Wind aufkam, der über ihr Kleid strich und ihr Haar liebkoste, der dann unter ihren Umhang glitt, bis die Segel sich blähten, der riesige Körper des Tieres sich aufbäumte und einen Satz nach vorn machte, als es nun nicht mehr länger warten, nicht abwarten hieß und die Wellen ihn erfassten, die schon seine Hufe umspielten und dann den Kiel seines Leibes.

Ehe die See ihn ganz mit sich riss, schwang sie sich auf seinen Rücken, stand an Deck im tosenden Wind, breitete die Arme aus und lachte, bis das Lachen in einen Schrei überging, einen Schrei voller Leben und Freude und der Zuversicht, dass es diesmal, dieses Mal nun das letzte Mal sein würde. Endlich, das Ende der Ewigkeit.

EINS

Mika hielt mich fest, so fest, dass ich keine Kraft mehr aufbringen musste, gehalten zwischen seinen starken Armen und der Winterjacke, die über seiner Brust spannte. Auf einmal war da nichts mehr zu spüren von der Kälte und dem eisigen Wind, dessen Böen einem die Haut zu zerschneiden schienen wie Klingen ein Blatt. Hier war es still und warm und geschützt, und einen Moment lang schloss ich die Augen und gab mich diesem Gefühl hin. Dem Gefühl, mich anlehnen zu können an diesen warmen, festen Körper, den nichts umzuwerfen schien und der roch nach der salzigen Luft, nach Meer, Gras und Lavendel.

Oder war das Zitrone?

Ich öffnete die Augen wieder und sah Mikas Gesicht vor mir, ganz nah an meinem. Ich sah seine langen Wimpern, die kleinen Flecke auf der Iris, die normalerweise grau war, jetzt aber die Farben der Nordsee spiegelte – blassblau, eine Spur von Türkis, ein Lichtreflex, der zuckte im Rhythmus seines Herzschlags. »Vorsicht«, sagte er mit einer Stimme, die etwas heiser klang, so dicht an meinem Ohr, dass sein Atem meine Haut wärmte. »Der Boden ist rutschig.«

Dieser Moment dauerte nur zwei Sekunden, vielleicht drei, dann stemmte ich die Hände gegen seine Brust und brachte etwas Abstand zwischen uns. »Ich weiß. Ich kenne das Watt im Winter. Ich bin hier geboren, schon vergessen?«

Er ließ mich sofort los, als ich den Schritt zurücktrat, und mich fröstelte ein wenig, als ein Windstoß zwischen uns fuhr und mir die Tränen in die Augen trieb, während er entschuldigend die Hände hob. »Sorry, ich wollte nur verhindern, dass du der Länge nach im Schlick landest. Du würdest dir den Tod holen bei dieser Kälte.«

Ich zog meinen Parka zurecht, während Mika noch immer die Mütze in der Hand hielt, die mir vom Kopf gerutscht war, als ich gegen ihn stolperte. »Hast du wieder ein Licht um mich herum gesehen oder woher kam das jetzt?«

Das kam zickiger heraus, als ich es beabsichtigt hatte, und es tat mir schon leid, bevor ich Mikas betroffene Miene sah.

Aber seit er mir erzählt hatte, wie es dazu gekommen war, dass er bei meiner etwas überstürzten Aktion im letzten Herbst als Backup im Hintergrund auf mich aufpassen konnte, war etwas verloren gegangen von der Unbefangenheit, die unserem Miteinander bis dahin so viel Leichtigkeit verliehen hatte. Ich war mir noch immer nicht ganz im Klaren darüber, was das bedeutete, was er mir beschrieben hatte. Dass nämlich damals ein Licht ihn zu mir geführt hatte. Aber wie sollte ich das auch verstehen, wenn ich mir ja nicht mal über meine eigenen Fähigkeiten im Klaren war, die mir erst so nach und nach zu Bewusstsein kamen? Vor uns lagen also spannende Wochen oder sogar Monate, denn Mika hatte vor, ein halbes Jahr auf Daakum zu bleiben. Zeit genug, um zu klären, was da eigentlich los war mit uns.

Ich wusste nur, dass es nichts Romantisches war.

»Entschuldige«, sagte ich schließlich und zog eine Grimasse. »War wohl doch etwas viel in der letzten Zeit.«

Mika betrachtete mich. »Versteh ich«, sagte er dann und klang wieder wie sein übliches entspanntes Selbst. »Allerdings möchte ich hier mal Eines klarstellen.«

»Was?« Ich muss zugeben, dass mich sein ernster Tonfall etwas erschreckte. War er jetzt etwa doch sauer auf mich? Das war kein guter Anfang.

»Das Licht, das du meinst, meine Liebe, ist nicht um dich herum, sondern über dir.« Er tippte ganz leicht mit einem Finger auf meinen Scheitel und zog die Hand dann auch gleich wieder zurück. Typisch Mika. Er wusste, dass ich nicht gern angefasst wurde. Aber ich wusste sein Bemühen um Entspannung zu schätzen.

»Alles klar«, sagte ich und grinste vermutlich etwas albern, teils vor Verlegenheit, teils vor Erleichterung. »Ich werde es mir merken.«

»Ernsthaft.« Er trat einen Schritt zur Seite, weiter weg von mir, und schob die Hände in die Taschen seiner dick gefütterten Jacke. »Lassen wir die Dinge doch einfach mal auf uns zukommen und warten ab, was das mit uns macht. Dann verstehen wir vielleicht besser, was uns verbindet.«

»Okay ...« Ich war noch nicht ganz überzeugt. Abwarten war noch nie meine Stärke gewesen und das Ganze war – nun ja, nicht gerade alltäglich.

Mika zog die Schultern hoch und wippte auf den Zehen, verursachte damit im Schlick leise schmatzende Geräusche. »Wolltest du mir nicht eigentlich etwas zeigen? Die Gegend um die Insel bei Ebbe oder so?«

Aha, ein Themenwechsel. Ich hörte das Lächeln in seiner Stimme. Er klang tatsächlich wieder ganz normal, und ich versuchte, mich anzupassen und meinen Atem zu kontrollieren, der noch immer genauso schnell ging, wie mein Herz schlug. Wir waren zu Fuß von Daakum aus übers Watt zur nächsten Hallig gelaufen, die nicht mehr bewohnt war, und standen jetzt ungeschützt im Wind, um uns nichts als ein bisschen blasses Grün, ein paar Steine und sehr viel Schlick. Ich sah mich um, schindete ein bisschen Zeit.

Vielleicht hatte er recht. Wir sollten einfach weitermachen und abwarten, ob etwas Besonderes passierte mit mir, mit ihm oder mit uns beiden. Wenn da was war, dann würden die Ereignisse uns schon finden. Und wenn das geschah, dann würden wir hoffentlich bereit sein und wissen, was zu tun war. Und etwas mehr über das erfahren, was uns offenbar zusammengebracht hatte.

Und bis dahin – Themenwechsel.

Ich holte tief Luft.

»Okay, Fremdenführung, wie gewünscht. Siehst du die beiden Findlinge da hinten?« Ich streckte den Arm aus und zeigte gegen die Sonne, die fahlgelb hinter den dünnen Wolken lauerte, auf die nächste kleine Erhebung im Grau. »Es heißt, es verbergen sich zwei Geheimgänge darunter, die einst ein Liebespaar verbanden. Unter dem kleineren Stein da vorn«, ich bewegte meinen ausgestreckten Arm ein Stück nach links, »liegt der Eingang zu einem Tunnel, der zum Haus ihrer Familie führte, und der große Stein da rechts liegt auf dem Einstieg zu dem Gang, der zu seinem Haus führte. In der Mitte, auf der kleinen Warft, haben sie sich getroffen. Heimlich natürlich, und ...«

»Ein Geheimgang im Watt? Geht denn das?« Ich hörte den skeptischen Unterton in Mikas Stimme und vermied es wohlweislich, ihn anzusehen. Es war erst drei Tage her, seit er angekommen war, um sein halbes Sabbatjahr anzutreten, und ich hatte mir vorgenommen, ihm die schönsten Stellen hier zu zeigen. Ich war froh, dass er für eine Weile auf der Insel bleiben wollte. Obwohl ich auf Daakum groß geworden war, fremdelte ich seit meiner Rückkehr noch ein wenig mit allem hier – den Leuten, dem Haus, der Gegend, dem Wetter. Ich hatte mich jahrelang in der Welt umgesehen und viel Interessantes kennengelernt. Diese etwas abgelegene Nordseeinsel aber war ein Universum für sich, und ich musste mich erst mal wieder zurechtfinden. Es war viel passiert in der letzten Zeit, und unsere gemeinsamen Erlebnisse hatten ein Band zwischen uns geschaffen. Welcher Art dieses Band war – nun, wie gesagt, wir würden sehen.

Ich ging das letzte Stück zur nächsten Hallig voran. Für Touristen waren diese Strecken im Winter tabu, weil zu gefährlich, aber für mich war hier so etwas wie mein Kinderzimmer. Und vor allem war es völliges Neuland für Mika, der mit so viel Staunen auf alles zuging, was ihm hier begegnete. Es war offensichtlich, wie sehr ihn die Nordsee faszinierte.

Während wir durch den Schlick stapften und bei jedem Schritt ein bisschen in den aufgeweichten Boden einsanken, erzählte ich ihm etwas über die Inseln, die hier so verstreut lagen. »All die kleinen Inseln, die du da siehst, hingen bis zur zweiten großen Flut 1634 noch zusammen und bildeten eine große Landfläche. Aber das Wasser drückte damals mit einer solchen Macht in Richtung Küste, dass keine Insel standhalten konnte. Die großen brachen auseinander, und die kleinen verschwanden im Meer. Der Rest blieb erhalten, aber es waren eben nur noch Bruchstücke übrig. Auf einem davon wohnen wir jetzt. Daakum ist damals entstanden.«

Mika sah sich um. Die Wolken hingen tief, aber es herrschte kein Nebel, und hier und da waren in der Ferne die Umrisse einzelner Erhebungen auszumachen. »Kaum vorstellbar, dass das alles hier noch gar nicht so alt ist.«

»Genau genommen ist alles hier uralt, aber auch wieder nicht.«

»Ihr sprecht in Rätseln, weise Aleide.« Mika überholte mich, und in seinen Augen lag ein Zwinkern, als er rückwärts vor mir her ging. Ich musste lachen, trotz der Anspannung, die ich immer noch tief unten in meinem Bauch fühlte.

»Der Streit zwischen Meer und Land ist ungefähr so alt wie die Welt«, nahm ich meinen Vortrag wieder auf, »das meinte ich damit, als ich es uralt nannte. Und das alles hier ist ständiger Veränderung unterworfen. Das Meer holt sich immer wieder Teile der Inseln oder legt andere Stellen frei. Du musst dir bloß mal alte Seekarten anschauen. Gemessen in Generationen gehen die Veränderungen rasend schnell vonstatten. Das ist einer der Gründe, warum das Befahren der Nordsee so gefährlich ist, bis heute. Wo gestern noch keine Sandbank war, könnte morgen schon eine sein. Nichts hier bleibt, wie es ist, und auch, wenn wir es gern glauben wollen, bekommen wir die See nicht in den Griff.«

Mika hatte aufgehört, spielerisch vor mir her zu hüpfen, und war stehengeblieben. Er sah sich um. »Wie eigenartig, sich das vorzustellen«, sagte er langsam. Dann fiel sein Blick auf die beiden Findlinge, die wir nun beinahe erreicht hatten.

»Umso beeindruckender, dass diese Steine schon so lange da stehen. Wobei ich mich gerade frage, wie man einen Tunnel zu den Steinen …« Es stand ihm ins Gesicht geschrieben, dass er immer noch auf meinem Bericht herumkaute, und ich musste mir auf die Lippen beißen.

Dann endlich dämmerte es ihm. »Du machst dich über mich lustig, oder?« Mein Gesichtsausdruck verriet ihm, dass diese Geschichte zu dem Seemannsgarn gehörte, das die Wattführer den ahnungslosen Sommergästen gern verkauften, und er überlegte nur kurz. Dann bückte er sich, nahm eine Handvoll Schlick und wog sie prüfend in der Hand, den Blick dabei nachdenklich auf mich gerichtet.

»Wage es ja nicht!« Abwehrend hob ich die Hände. »Die Geschichte wird wirklich so erzählt«, fügte ich schnell hinzu. »Das war, so sagt man, der geheime Treffpunkt eines unglücklichen Liebespaars. Wirklich. Das ist eine dieser Legenden, die hier seit hundert Jahren oder so in Umlauf sind. Nur das mit dem Tunnel, das hab ich – vielleicht dazu erfunden, um das Ganze etwas anschaulicher ...« Vorsichtig wich ich zurück. »Und bis heute treffen sich hier immer wieder heimlich junge Paare«, ergänzte ich dann noch, als wäre das eine Entschuldigung für irgendwas.

Mika nickte langsam. Dann sagte er: »Das mag sein. Aber – das mit dem Seemannsgarn ... Ich fürchte, Rache folgt auf dem Fuße.« Er holte aus.

Wir rannten über den Wattboden, bis wir nicht mehr konnten. Natürlich war Mika, der Kripo-Mann, viel trainierter als ich und hätte mich mühelos jederzeit einholen können. Aber darum ging es nicht. Es tat so unglaublich gut, nach den anstrengenden letzten Monaten einfach mal nur Spaß zu haben, und ich bin sicher, Mika ging es genauso. Mir wurde wieder einmal klar, wie gut wir uns verstanden. Vom ersten Tag an war da diese Vertrautheit gewesen, genauso, wie man es immer in Büchern liest: Als würden wir uns schon eine Ewigkeit kennen. Dabei waren wir uns zum ersten Mal vor rund anderthalb Jahren begegnet. An jenem Tag auf der Vernissage, der mein Leben komplett auf den Kopf stellen und die Weltenbummlerin Aleide Bleecken – das bin ich – zurückbringen würde auf die einsame Nordseeinsel, der sie eigentlich noch für eine Weile, also mindestens ein paar Jahre, entkommen wollte. Naja, das Universum hatte andere Pläne.

Dafür hat es mich mit Mika zusammengebracht. Er war ein guter Kumpel, der beste. Und ich war froh, ihn kennengelernt zu haben. Auch wenn es noch etwas ungewohnt war, dass er jetzt für eine Weile hier wohnte und wir nicht drumherum kommen würden, ein paar Dingen auf den Grund zu gehen. Das hatte mir Bauchgrummeln verursacht, aber so wie es aussah, hatte ich mir unnötige Sorgen gemacht.

Denn als es Zeit war für den Heimweg, fühlte ich mich entspannt und auf eine angenehme Weise müde und zufrieden wie schon lange nicht mehr. Wir hatten gerade die Stufen erreicht, die vom Strand zur Promenade hinaufführten – die um diese Jahreszeit natürlich fast völlig verwaist war – , da hörte ich die Uhr unserer alten Kirche schlagen. Ich erschrak und ging automatisch schneller.

»Was ist los?«, fragte Mika, der sich meinem Tempo anpasste und mühelos mit mir Schritt hielt. »Stimmt was nicht?«

»Nein, wieso?« Ich sah ihn kopfschüttelnd an, ohne langsamer zu gehen. Manchmal vergaß ich, dass Mika meine Stimmungen nicht so gut lesen konnte wie ich seine. Ich versuchte, das mit einem Scherz zu überspielen. »Meinst du, ich könnte sauer sein, weil du da draußen herumtobst wie ein kleiner Junge und mit Matsch wirfst?«

Seine Miene blieb ernst, und er legte den Kopf in den Nacken, als würde der Himmel ihm eine Erklärung bieten. »Das Leben ist kompliziert genug, da tut ein bisschen herumalbern doch mal gut. Sag nicht, dass es dir keinen Spaß gemacht hat.«

»Klar hat es das. Obwohl ich irgendwie zu alt bin für so was.« In jenem Moment spürte ich meine Waden bei jedem Schritt. Das Laufen auf dem weichen Wattboden hatte meine Muskeln ganz schön strapaziert. Offenbar war ich doch nicht so gut in Form, wie ich mir eingebildet hatte.

Ein Lächeln huschte über sein Gesicht. »Hört, hört ...«

Ich versetzte ihm einen kleinen Schubs. »Kindskopf. Komm du mal in mein Alter.«

Er zog eine Braue hoch. »Wer sagt dir, dass ich das nicht schon längst bin?«

Ich kniff die Augen zusammen. Obwohl ich Mika meistens gut einschätzen konnte, gab es noch vieles, das ich nicht von ihm wusste. Tatsächlich hatte ich ihn noch nie nach seinem Alter gefragt. Mit seinem runden Gesicht und dem kurz geschorenen braunen Haar hatte er etwas Jungenhaftes an sich, und als ich ihn das erste Mal traf, hatte ich ihn für einen Studenten gehalten. Inzwischen wusste ich, dass er doch älter sein musste, aber es hatte sich nie ergeben, über so etwas wie Geburtstage zu reden. Wozu auch?

»Ich hab etwas die Zeit aus den Augen verloren«, sagte ich als Antwort auf seine ursprüngliche Frage. »Morgen treff ich mich mit Hinnerk Sörensen und will noch was an den Entwürfen machen. Die gefallen mir noch nicht so ganz. Bei meinem ersten Auftrag nach so langer Zeit will ich gut vorbereitet sein.«

Hinnerk hatte mich gebeten, in seinem Wintergarten eine Wand zu bemalen. Normalerweise machte ich so etwas gar nicht, aber das Jahr, in dem ich so gut wie gar nicht arbeiten konnte, hatte einen unschönen Krater in meinem Budget hinterlassen, insofern war ich im Moment froh über jeden Auftrag. Nicht nur wegen des Geldes. Ich war auch froh über jede Gelegenheit, mich irgendwie künstlerisch zu betätigen — auch wenn ein Wandbild weit von dem entfernt war, was ich normalerweise so tat und womit ich als Künstlerin meinen Lebensunterhalt verdiente.

Ich kannte Hinnerk schon mein ganzes Leben lang, ihn und seine Frau, und ich hatte die beiden immer gemocht. Tede Sörensen hatte in meiner Kindheit einen kleinen Schreibwarenladen auf der Insel geführt, so einen, in dem es Sammelbildchen gab und Gläser mit Süßkram, die wir manchmal nach der Schule gegen unser Taschengeld eintauschten, meine Freundin Imme und ich. Den Laden gab es schon lange nicht mehr, so viel wusste ich, und Tede war vor ein paar Monaten an Krebs gestorben, kurz vor meiner Rückkehr nach Daakum. Ihr Wunsch war es immer gewesen, hat mir ihr Mann dann erzählt, die Hauswand im Wintergarten angemessen zu verzieren, und weil er ihr diesen Wunsch zu Lebzeiten nicht hatte erfüllen können, wollte Hinnerk das jetzt nachholen.

»Klingt interessant«, meinte Mika und schreckte mich damit aus meinen Gedanken.

»Was hast du heute noch vor?«

Er zuckte mit den Schultern und blickte den Strand hinunter. »Weiß noch nicht genau, mal sehen.«

Auf einmal machte mich die Vorstellung traurig, Mika könnte den Abend allein in der unpersönlichen Umgebung seines frisch angemieteten Ferienhauses verbringen müssen.

»Vielleicht kannst du ja morgen mitkommen«, schlug ich vor. Während ich das sagte, erwärmte ich mich selbst für die Vorstellung, Mika gleich mal mit den Menschen hier bekannt zu machen. Ein halbes Jahr auf Daakum konnte eine lange Zeit sein, wenn man nicht dazugehörte. »Hinnerk ist ein umgänglicher Mensch und war immer gern mit vielen Leuten zusammen. Seit seine Frau nicht mehr da ist, hat er sich etwas eingeigelt. Er freut sich bestimmt über etwas Abwechslung. Und ich könnte ein zweites Paar Hände beim Ausmessen und Markieren gebrauchen.«

»Ich weiß nicht.« Er klang nicht übermäßig begeistert. »Ich überleg's mir«, meinte er dann, »und sag dir Bescheid. Mach dir um mich keine Sorgen, mir wird nicht langweilig.«

Wir hatten die Stelle erreicht, an der sich unsere Wege trennten. Er beugte sich vor, gab mir einen freundschaftlichen Kuss auf die Wange, winkte kurz und bog dann in die Straße ein, die zu einem der Kapitänshäuser an der Promenade führten. »Vielleicht«, rief er mir von weitem noch zu, »geh ich nochmal schwimmen!«

Ehe ich darauf etwas antworten konnte, war er außer Sicht- und Hörweite. Schwimmen, bei dem Wetter? Auch wenn es mild war, waren Februar oder März nicht gerade das, was ich unter idealen Bademonaten verstand. Wie auf Kommando wehte mir eine scharfe Böe die Kapuze vom Kopf, und ich spürte die Kälte in meinen vom nassen Watt nun doch durchgeweichten Schuhen. Ich ging schneller. Zeit, ins Warme zu kommen.

ZWEI

Der Sturm erhob sich von Skagen her. Zuerst türmten sich Wolken auf wie blauschwarze Gebirge, formten und bildeten sich dann neu wie lebendige Wesen, die tief Luft holten, um anschließend mit aller Kraft den Atem herauszublasen, damit er sich in den Wellen verfing. Das Wasser hörte sofort auf, sich zu kräuseln, kaum dass es die Veränderung spürte, gehorchte dem Befehl des Windes, seinem Kameraden, und die Wellen hielten inne, statt sich träge von der Strömung treiben zu lassen.

Dann war die Ruhe vor dem Sturm auch schon vorüber, und als hätten sie darauf gewartet, sprangen die Wogen dem Wind zur Seite, begannen mit ihm um die Wette zu laufen, zu rennen, zu jagen, schneller, höher, weiter, immer wilder ihr Tempo, immer wüster ihr Wirbeln. Tosende Wasser in Schwarz und in Blau, mit schneeweißen Kronen der Gischt, die obenauf tanzte und sprühte und sich verlor, nur, um zurückzukehren, von Neuem zu beginnen, von vorn und immer wieder.

So drängte und schob der Wind das Meer vor sich her bis in die Enge der Ostsee, wo es sich fing und hängenblieb, hierhin und dorthin jagte und den Ausweg nicht fand, sich im Kreise drehte, schneller und schneller, Energie, die erst leerlaufen musste und sich erschöpfen. Und als die wogende See so allmählich sich selbst der Kraft beraubte, langsamer wurde und sich mäßigte, während ihr Atem kürzer wurde und der Wind sich davonschlich, da wurde sichtbar, was mit ihr gekommen war: Ein kleines Boot, ein Boot, das auf den Wellen zu tanzen schien, als hätte ihm die wilde Hatz gar nichts ausgemacht, als hätte es die ungebärdige See nur genutzt, wäre auf ihr geritten, hierher, dahin, bis zu dem Ort, an den es gewollt hatte. Und unbeirrt folgte es auch jetzt seinem Weg, ein winziger Punkt zuerst, der allmählich größer und größer wurde, und dann schwamm es gegen die Strömung, ohne jemals seine Richtung zu verlieren, geradeaus, zielsicher, winziges Spielzeug der Wogen und doch die Gebieterin der Flut, die unnachgiebig ans Ufer schlug, immer und immer wieder, auf der Suche nach einem Ausweg, nichts als ein Opfer, erschaffen und dargebracht, um die Herrscherin an ihr Ziel zu bringen.

Ich schreckte auf.

Ich saß in dem großen Sessel in der Diele und fror erbärmlich. Es war beinahe dunkel. Eigentlich hatte ich hier nur einen Moment ausruhen wollen, nachdem ich von dem Ausflug mit Mika zurückgekommen war, aber offenbar hatte die plötzliche Wärme im Haus mich schläfrig gemacht. Ich rappelte mich hoch und schüttelte mich, um die Starre aus meinen Gliedern zu vertreiben, während ich versuchte, wenigstens einen Rest der Bilder festzuhalten, die ich im

Schlaf gesehen hatte, so kostbar waren sie mir. Endlich, endlich hatte ich wieder geträumt! Dabei waren diese Bilder so ganz anders als jene, die mich gewöhnlich heimsuchten.

Die waren meist bunt und grell, laut und oft verstörend, riefen in ihrer Intensität heftige Gefühle in mir hervor, denen ich im Schlaf nichts entgegenzusetzen hatte und die mich daher tief in sich hineinziehen und mich an Grenzen bringen konnten, die ich bei Licht und mit der Kraft, die mich bei Tage schützte, niemals erreichen könnte. Nachts aber gaukelten mir die Bilder vor, ich würde sie tatsächlich erleben, mit allen Sinnen, mit allen Emotionen, deren Menschen fähig waren. Meistens erwachte ich dann, kurz bevor die Erfahrung unerträglich wurde und mir vielleicht schaden konnte, und ich beeilte mich jedes Mal, für alles Worte, Farben und Formen zu finden, mir zu notieren, was ich in diesen Stunden der Nacht erlebt und erlitten hatte.

Dicke Bücher hatte ich so vollgeschrieben und mit Skizzen versehen, ich besaß sie alle noch. Denn meine Träume bildeten die Basis meiner Kunst, die Bilder, von denen ich lebte und mit denen ich mir mein Leben verdiente. Und wenn ich einmal den Inhalt auf die Leinwand gebracht hatte, rührte ich die Bücher danach nie wieder an.

Was aber eben passiert war, war ungewöhnlich. Nicht nur, weil ich tagsüber normalerweise nicht träumte. Ungewöhnlich war auch, dass ich überhaupt etwas gesehen hatte.

Seit den Ereignissen in Konstanz vor mehr als einem Jahr hatten meine Träume mich nämlich verlassen. Meine Nächte fanden farblos statt, ich schlief ein und wachte auf, als wäre dazwischen keine Zeit vergangen, nichts, das darauf hinwies, dass irgendetwas Besonderes in diesen Stunden geschehen war, nichts, was mir den Schlaf versüßte mit Erzählungen, mochten sie noch so schrecklich sein. Das hier, dieser hastige Reigen zwischen Schlaf und Wachen, war das erste Mal seit langem, dass ich etwas gesehen hatte. Es war ein flüchtiger Eindruck gewesen, ein kurzes Aufflackern von irgendetwas, zu wenig, um etwas darin zu erkennen, und zu schlicht, um eine Bedeutung zu haben. Das Meer, der Sturm, die Wellen – das war alltäglich hier, das barg keine Geschichte. Aber es war ein Anfang, und es weckte meine Hoffnung darauf, dass die Träume vielleicht zurückkehren würden, doch noch, irgendwann, eine Hoffnung, die ich fast schon verloren hatte.

In jenen Minuten aber hatte ich andere, ganz konkrete Sorgen. Die Wärme des Hauses, die mich vor ein oder zwei Stunden so schläfrig gemacht hatte, war verflogen, der Ofen kalt geworden, und inzwischen war ich völlig durchgefroren in den feuchten Sachen, die ich im Watt getragen hatte und immer noch trug. Noch immer steckten meine Füße in den durchweichten Stiefeln und Socken, und ich spürte meine

Zehen nicht mehr. Hastig zog ich erst die Jacke aus und löste dann mit klammen Fingern die Senkel meiner Schuhe, bis ich schließlich auf bloßen Füßen ins Bad tappte, um eine heiße Dusche zu nehmen. Während der Wasserstrahl meine starren Muskeln allmählich wieder mit Leben füllte, stieg in mir eine Hochstimmung auf, wie ich sie lange nicht empfunden hatte.

Trotz der Banalität der Bilder verankerten sie sich in meinem Kopf, und ich sah jedes einzelne noch vor mir. Mochte es auch keine Bedeutung haben: Vielleicht – vielleicht war nicht alles verloren. Vielleicht würden meine Träume zurückkehren. Und ich würde wieder so arbeiten können wie früher. Eines Tages.

Ich hatte mir gerade meinen wärmsten Pullover über den Kopf gezogen und suchte nach dicken Strümpfen, als ich ein Klopfen an der Haustür hörte. Ich griff ein Paar Wollsocken, zog mir im Gehen einen davon über den linken Fuß und stand auf einem Bein, um auch den rechten anzuziehen, während ich mit einer Hand die Tür öffnete.

Es war Mika.

»Was ist passiert? Du siehst schrecklich aus.«

Ich hatte die Socke endlich am Fuß und richtete mich auf. »Wieso habe ich nur den Eindruck, dass du das jedes Mal sagst, wenn wir uns sehen?«

»Stimmt nicht. Höchstens jedes zweite Mal. Die Umstände sind bisher halt oft – schwierig gewesen.« Er zeigte an mir vorbei auf die Diele. »Darf ich reinkommen? Du solltest mit den nassen Haaren nicht im Zug stehen.«

Als sich unsere Blicke begegneten, erkannte ich, dass wir beide das gleiche dachten. Seine Fürsorge hatte in unseren Ohren jetzt einen Unterton, der uns beiden bewusst war. Ich schloss die Tür hinter ihm, und wir standen uns in der Diele etwas unbehaglich gegenüber. »Willst du drüber reden? Ich weiß nicht, ob ich gerade jetzt dafür …«

»Nein«, unterbrach er mich schnell. »Ich wollte dir eigentlich nur das hier geben.« Er reichte mir die Mütze, die ich vorhin im Watt verloren und dann offenbar vergessen hatte.

Ein wenig ungeschickt nahm ich sie ihm aus der Hand. »Danke.«

»Und ich wollte dich fragen, ob dein Angebot noch steht. Ob ich morgen mitkommen kann.«

Es dauerte einen Moment, bis ich begriff, was er meinte. »Zu Hinnerk?«

Er nickte.

»Ich dachte, du wolltest nicht.« Mir fiel etwas ein, und ich runzelte die Stirn. »Hat der plötzliche Sinneswandel einen bestimmten Grund?«

Er sah mich verständnislos an.

Ich wurde deutlicher. »War da ein Licht?«

Jetzt runzelte Mika die Stirn. »Was soll die Frage?«

»Na, das ist doch naheliegend, oder? Vorhin hatte ich den Eindruck, du wärst nicht besonders scharf darauf, mich morgen zu begleiten. Jetzt frag ich mich ...« Sein Blick war noch immer ausdruckslos, also musste ich wohl deutlicher werden. »Wenn ich dich richtig verstanden habe, hast du ein paarmal gesehen, dass mir Gefahr drohte, weil da so ein Licht war. Also ...« Ich dachte, ich müsste jetzt nicht weitersprechen, aber Mika war nicht bereit, es mir so einfach zu machen.

»Sag du es mir, du weißt doch mehr über solche Sachen als andere Leute.«

»Woher soll ich wissen, was du gesehen hast oder vielleicht schon wieder siehst?«, platzte ich heraus. »Was soll diese Bemerkung? Du weißt, dass ich nicht hellsehen kann. Ich träume nur Dinge, die irgendwie eine Bedeutung haben. Und nicht mal das klappt im Moment.« Ich dachte an die Bilder von eben zurück und schob den Gedanken beiseite. »Alles andere muss ich erst noch herausfinden.«

»Siehst du.«

»Was sehe ich?« Schweigen breitete sich zwischen uns aus, und ich wandte den Blick ab und betrachtete eine nichtssagende Stelle auf dem Boden zwischen uns. »Eigentlich wollte ich jetzt gar nicht darüber reden.« Ich fühlte mich unwohl bei diesem Gespräch, das so zwischen Tür und Angel stattfand.

Mika dagegen klang völlig gelassen. »Tun wir auch nicht. Nur das Eine: Du hast gesagt, du kannst nicht hellsehen, und alles andere musst du noch herausfinden. Und genauso geht es mir auch.« Er sah aus, als hätte er am liebsten meine Hand genommen, überlegte es sich dann aber offenbar anders. Das war nicht die richtige Methode, um mich zu beschwichtigen, so viel wusste er. »Wir haben doch beide entdeckt, dass wir offenbar über etwas ausgefallener Talente verfügen, und dass uns irgendwas verbindet. Lass uns nicht streiten. Gib uns einfach etwas Zeit, um zu sehen, was passiert.«

»Ich will doch gar nicht streiten.« Ich fuhr mir durch das noch immer vom Duschen feuchte Haar und versuchte, zu verhindern, dass es mir wirr vom Kopf abstand. »Es ist nur – eben auch eine Herausforderung.« Dieses Gespräch war irgendwie schief gelaufen, und das tat mir leid. »Sorry. Ich kann mit alldem noch immer nicht richtig umgehen. Die letzten Monate, ach, das ganze letzte Jahr, das war alles verdammt anstrengend. Ich hoffe, es wird jetzt ruhiger.«

»Ich weiß«, sagte er leise und nahm nun doch meine Hand. »Es wird bestimmt besser. Und wir werden das gemeinsam schon auf die Reihe kriegen« Dann grinste er und ließ mich los. »Und bis dahin tun wir einfach so, als wäre alles ganz normal. Ich bin einfach ein Freund, der sich hier etwas erholen will. Ganz normales Inselleben. Wird zur Abwechslung bestimmt total entspannt. Genau das, was ich brauche.

Und du auch. Und alles andere dann, wenn es so weit ist. Okay?«

Ich dachte an den Fetzen eines Traumes, den ich vorhin erlebt hatte, und fragte mich einen Moment lang, ob es damit etwas Besonderes auf sich hatte. Aber es war zu früh, zu wenig, um mit jemandem darüber zu sprechen. »Okay. Wir sehen uns dann morgen?«

»Ja, so dachte ich mir das. Du hast gesagt, der alte Mann ist nach dem Tod seiner Frau ein bisschen einsam und war immer gern mit Leuten zusammen. Naja, das trifft ja auf mich irgendwie auch zu. Nur ohne die Stelle mit der verstorbenen Frau.« Er zog eine Grimasse. »Ich hab mir überlegt, wenn ich dir nicht ständig auf die Nerven gehen will, brauche ich ein paar Kontakte.« Als ich nicht gleich antwortete, fügte er hinzu: »Ich würde auch deine Farbtöpfe tragen. Die sind doch bestimmt schwer, oder?«

Dabei sah er mich so treuherzig an, dass ich kopfschüttelnd zustimmte. »Okay, überredet. Farbtöpfe musst du allerdings nicht tragen. Am Anfang würde ich nur gern ein paar Sachen mit Hinnerk besprechen und die Wand vermessen und so was.« Ich warf einen Blick auf die kleine Uhr, die hinter mir auf einem Beistelltisch vor sich hin tickte. »Komm doch morgen einfach so gegen Mittag zum Sörensen-Haus. Du kannst mir ein bisschen zur Hand gehen, und wenn ich dann weiterarbeite, kann Hinnerk dir ein bisschen was vom Inselleben erzählen. Das macht ihm bestimmt Spaß. Wenn sich einer damit auskennt, dann er. Seine Familie ist noch länger hier als meine.«

DREI

»Meinst du wirklich, wir sollten das machen?«

Arne und Meret saßen einander gegenüber. Es wurde gerade hell draußen, der Frühstückstisch war üppig gedeckt mit Kaffee und Tee, Croissants, verschiedenen Brotaufstrichen, frischem Obst und Honig vom Hofladen, der sich in Laufweite von dem unscheinbaren Mehrfamilienhaus befand, in dem Arne wohnte. Er war schon vor Sonnenaufgang aufgestanden und hatte alles besorgt, sogar frische Blumen standen in einer Vase und eine Kerze erfüllte den Raum mit ihrem warmen Licht. Auf dem Rückweg vom Bäcker hatte er die Post mitgebracht, die in seiner Straße schon immer ganz früh am Tag verteilt wurde, und jetzt saß er in der Küche, eine bunte, etwas altmodische Ansichtskarte in Händen, die er mindestens schon dreimal gelesen hatte.

Meret beobachtete ihn aufmerksam. Auch ohne die Luftaufnahme von Daakum vor sich zu sehen, hätte sie gewusst, von wem die Karte stammte – von Arnes Onkel, der auf der Nordseeinsel lebt und dem sie vor ein paar Tagen geschrieben hatten, ob es ihm wohl recht wäre, wenn sie ihn besuchen kämen.

Meret streckte den Arm aus und legte ihre Hand auf seine. »Darüber haben wir doch schon gesprochen«, sagte sie mit ruhiger Stimme und suchte Arnes Blick, der noch immer auf der ordentlichen, kleinen Schrift auf der Karte ruhte. »Deine Mutter hat sich das doch so sehr gewünscht.«

»Ja, für sich«, sagte Arne endlich, ließ die Hand mit der Karte sinken und sah Meret an. Seine Miene drückte aus, wie unglücklich er darüber war, diese Entscheidung treffen zu müssen. »Aber sie ist gestorben, und mir ist es ziemlich egal, ob da drüben noch irgendein Onkel oder sonstwer wohnt. Bisher haben die sich ja auch nicht um uns gekümmert.«

Meret lächelte, ein sanftes Lächeln, das ihrem Gesicht eine ganz besondere Schönheit verlieh, an der Arne sich nicht sattsehen konnte. »Nach allem, was du erzählt hast, war es ja eher deine Mutter beziehungsweise ihre Familie, die sich da sehr zurückgehalten hat. Ich bin ziemlich sicher, zum Schluss hätte sie sich gern noch mit ihrer Schwester versöhnt. Die meisten Menschen suchen Frieden, wenn sie wissen, dass ihr Leben zu Ende geht.«

»Ja, aber jetzt sind sie beide tot, meine Mutter und ihre Schwester.« Arne wirkte noch immer nicht überzeugt. »Welche Rolle spielt das also noch?«

»Ich denke, das Sterben hat deiner Mutter gezeigt, wie kostbar Zeit ist und wie schwer verpasste Gelegenheiten auf einem lasten können. Willst du wirklich riskieren, dass dir dasselbe passiert?« Sanft streichelte sie seinen Handrücken, und diese zärtliche Geste, gepaart mit dem weichen Klang ihrer Stimme, schien ihn ein wenig nachgiebiger werden zu lassen. Denn ganz langsam schob sich ein Lächeln in seine Mundwinkel, während er sie ansah, und ihr Herz schlug ein wenig schneller.

Sein Lächeln war das Erste, was ihr an ihm gefallen hatte – es war wie ein Strahlen, das tief aus seinem Innern kam und ihn mit einem warmen Schein umgab, seine Augen zum Leuchten brachte und seinen etwas zu weichen Züge etwas sehr Anziehendes verlieh. »Ich bin sicher, sie wird wissen, dass du für sie diese Reise unternimmst, wo immer sie jetzt auch sein mag.«

Er seufzte, drehte seine Hand herum und umfasste behutsam Merets Finger. »Vielleicht hast du recht«, sagte er. »Wenn es nur nicht so weit wäre. Auf der anderen Seite des Landes ...«

Meret lachte auf, hell und melodisch. »Du hörst dich an, als müsstest du nach Neuseeland oder an den Nordpol reisen. Dabei ist es doch nur die andere Seite Schleswig-Holsteins. Wie weit ist das? Zweihundert Kilometer?«

»So in etwa, vermutlich sogar weniger«, räumte Arne ein. »Trotzdem. Eine Insel gegen eine andere eintauschen? Das ist doch langweilig. Ich könnte mir so viel Schöneres vorstellen.«

»Zum Beispiel?«

Er legte die Karte weg und streckte beide Arme nach ihr aus. »Zum Beispiel, ein paar Tage mit dir einfach nur hier verbringen. Mit viel Zeit im Bett, am besten bis Mittag, und dann ein köstliches Essen – ich könnte dich mit meinen Kochkünsten verwöhnen, du würdest staunen! Wir könnten ins Kino gehen, jetzt im Winter laufen hier ein paar ziemlich gute Filme. Wenn du magst, gehe ich mit dir sogar tanzen …«

Sie stand auf, ging um den Tisch herum, und er schob seinen Stuhl ein Stück zurück, damit sie sich auf seinen Schoß setzen konnte. »Das machen wir alles«, sagte sie, als er sie fest an sich zog und sein Gesicht in ihre Halsbeuge schmiegte. »Das läuft uns nicht weg. Aber dein Onkel ist ein alter Mann, wer weiß, wie lange er noch da ist. Und jetzt hast du ihm ja schon geschrieben …«

»Weil du mich dazu gedrängt hast!«

Lächelnd legte sie ihm einen Finger auf die Lippen. »… und er wartet auf dich und freut sich. Also komm, sei kein Spielverderber.« Sie umfasste mit beiden Händen sein Gesicht und sah ihm direkt in die Augen. »Wir fahren da jetzt hin und machen uns ein paar schöne Tage. Und wenn es sich nicht lohnt …«

Er runzelte die Stirn. »Was meinst du mit: Wenn es sich nicht lohnt?«

»Na, es könnte ja so schön da sein, dass du gar nicht mehr weg willst, wer weiß? Vielleicht ist dein Onkel reich und wohnt auf einem Schloss oder hütet einen Schatz …«

Sie lachte, aber Arne runzelte die Stirn. »Sei nicht albern. Viel weiß ich ja nicht über die Verwandtschaft da, aber dass da nichts zu holen ist, das weiß ich sicher. Das war ja einer der Gründe, warum sich meine Mutter und ihre Schwester verstritten hatten. Was will sie mit dem, hat meine Mutter immer gefragt. Der ist nichts und der hat nichts.«

Meret sah ihn an. »Wir fahren jetzt hin. Und wenn es uns nicht gefällt, dann bleiben wir einfach nicht so lange und machen es uns hier hübsch, so, wie du es dir vorstellst. Einverstanden?«

Arne seufzte wieder. »Na schön. Du gibst ja sonst doch keine Ruhe.« Er strich ihr noch einmal über den Rücken, dann ließ er sie los. »Dann sollte ich wohl am besten mal anfangen zu packen.«

Sie zog die Brauen hoch. »Das hat sicher noch etwas Zeit. Du musst nicht gleich heute Abend aufbrechen.«

Doch er war schon dabei, sie von seinem Schoß zu schieben, damit er aufstehen konnte. »Ich gehe so was immer gern rechtzeitig an, damit am Schluss kein Stress entsteht. Also«, fügte er auffordernd hinzu, als sie sich nicht rührte, »du wolltest, dass wir da hinfahren. Bringen wir es hinter uns.«

»Wie du meinst!« Mit einer geschmeidigen Bewegung erhob sie sich und hielt ihm die Hand hin, um ihn ebenfalls auf die Füße zu ziehen. Als er neben ihr stand, hielt er ihre Hand fest und zog sie zu sich heran. Dann legte er beide Arme um sie und lehnte die Stirn an ihre. »Du bist das Beste, was mir je passiert ist«, flüsterte er.

Sie schloss die Augen und lächelte. »Vergiss das nicht«, sagte sie leise.

Etwas später stand Meret an der Tür zu seinem Schlafzimmer und sah zu, wie Arne begann, Socken, Hemden und T-Shirts, die er zuvor auf dem Bett gestapelt hatte, in den Koffer zu räumen. Er machte das so wie alles, was er tat: Hochkonzentriert und mit der Akribie, die seiner Ordnungsliebe entsprang. Alle Hemden waren sorgfältig gefaltet, ebenso die T-Shirts, die selbstverständlich gebügelt waren. Einzeln fanden sie den Weg in den Koffer, die Hemden links, die T-Shirts rechts, dazwischen ordentlich zusammengelegt die Socken.

Meret fühlte, wie sich ein zartes Glücksgefühl in ihr ausbreitete, und sie schmiegte sich an den Türrahmen, als wäre es Arnes Körper, an den sie sich lehnte. In diesem Moment hob Arne den Kopf und sah zu ihr hinüber.

»Lachst du mich aus?« Er runzelte die Stirn und schob mit einem Finger die Brille auf dem Nasenrücken etwas höher. Dann beugte er sich schnell wieder über den Koffer, aber Meret bemerkte, dass seine Bewegungen nicht mehr so überlegt, so präzise waren wie gerade eben noch, und das Glücksgefühl wurde stärker. Das gehörte zu den Dingen, die sie an ihm besonders liebte. Er strotzte nicht vor Selbstvertrauen wie so viele andere der Typen, die sie vor ihm kennengelernt hatte. Er hielt nicht jeden etwas längeren

Blick für Bewunderung und jede Aufmerksamkeit für Anbetung. Ihm fehlte jegliche Neigung zur Selbstherrlichkeit. Allerdings hatte sie in der letzten Zeit feststellen müssen, dass er sich vielleicht ein wenig zu leicht aus der Fassung bringen ließ und sich ein bisschen zu sehr mit anderen verglich, die seiner Meinung nach erfolgreicher und interessanter waren als er. Das nagte an seinem Selbstvertrauen, dabei hatte er diese Zweifel gar nicht nötig. Ein bisschen mehr Sicherheit würde ihm gut zu Gesicht stehen und ihn noch anziehender machen. Vielleicht könnte sie ihm genau das vermitteln.

Arne war mittelgroß, noch immer durchaus schlank, wenn er auch zu der Sorte Mann gehörte, die in einigen Jahren, wenn er etwas älter war, eine Neigung zur Fülle entwickeln würde. Aber gemeinsam würden sie das schon hinbekommen. Wenn man glücklich war miteinander, dann wollte man dem anderen schließlich gefallen, dazu gehörte es, auch ein bisschen die Äußerlichkeiten im Auge zu behalten. Und sie waren glücklich miteinander. Und wenn alles so lief, wie sie es sich dachte, dann würden sie es auch bleiben. Bis in alle Ewigkeit.

Sie lächelte noch, als sie sich vom Türrahmen abstieß und hinter ihn trat, die Arme um seine Taille legte und die Wange an seinen Rücken. Der Geruch des Waschmittels, das er benutzte, stieg ihr in die Nase, und sie schloss die Augen, um seinen Duft ganz tief in sich aufzunehmen. Er roch genauso, wie er war

– klar und rein, das galt für seinen Charakter ebenso wie für seine Kleidung. Er würde sie nicht enttäuschen. Er nicht. »Ich lache dich nicht aus«, sagte sie schließlich, das Gesicht noch immer an seinem Rücken geborgen. »Ich lache, weil ich glücklich bin.«

Einen Moment lang standen sie beide so da, reglos, eng beieinander. Dann fühlte sie seine warme, weiche Hand auf ihren Händen, die sie vor seinem Bauch verschränkt hatte, und hörte seine tiefe, gedämpfte Stimme. »Ich muss fertig packen.«

»Kann das nicht noch etwas warten? Wir haben doch noch Zeit. Du vor allem«, flüsterte sie, ohne ihre Haltung zu verändern.

»Du weißt doch, ich lasse Dinge nicht gern unerledigt. Und diese Reise will gut vorbereitet sein. Wir haben in den nächsten Tagen doch noch ganz viel Zeit füreinander. Auf Daakum ist um diese Jahreszeit bestimmt überhaupt nichts los.« Behutsam löste er ihre verschlungenen Finger, und mit einem Seufzer gab sie nach.

»Na gut, dann werde ich jetzt auch mal meine Sachen zusammensuchen.«

»Mach das. Und nimm dir auf jeden Fall dicke Socken und lange Unterhosen mit. Das Klima an der Nordsee ist anders als hier. Rauer.«

Meret hatte schon einen Schritt in Richtung Tür gemacht und drehte sich noch einmal um, wollte ihm sagen, wie sehr seine aufmerksame Art sie freute und wie sehr sie es vermisst hatte, dass sich jemand um sie sorgte. Doch er war schon wieder damit beschäftigt, Wäschestücke zusammenzulegen und dann die richtige Stelle im Koffer dafür zu finden. Kopfschüttelnd ging sie aus dem Zimmer. Er war wirklich etwas Besonderes, ihr Arne. Das hatte sie gleich gemerkt, als sie ihn gesehen hatte. Welch ein Glück, dass sie ihn gefunden hatte!

VIER

Als ich sagte, ich freue mich auf die Arbeit bei Hinnerk, war das ganz ernst gemeint. Trotz der anstrengenden Wattwanderung hatte ich in der folgenden Nacht kaum geschlafen und war erleichtert, als es endlich Zeit zum Aufstehen war. Mein ganzer Körper kribbelte und bebte, so gespannt war ich, was er wohl zu meinen Entwürfen sagen würde, und hätte Annchen nicht darauf bestanden, dass ich frühstücke, dann wäre ich auch mit leerem Magen aufgebrochen. Ich spürte überdeutlich, wie sehr ich den Umgang mit Farben und Pinseln vermisst hatte.

Aber meine Mutter konnte trotz ihrer zierlichen Größe gnadenlos sein, wenn sie sich etwas in den Kopf gesetzt hatte. Und seit ich wieder hier war, war dieses Etwas mein Wohlbefinden. »Du isst zumindest eine Scheibe Brot und trinkst eine Tasse Tee«, befahl sie, und ihr Blick ließ keinen Widerspruch zu. »Der arme Hinnerk will bestimmt nicht morgens um sieben von dir aus dem Bett geworfen werden.«

Das überzeugte mich schließlich. Zwar verzichtete ich auf die Scheibe Brot und kochte mir stattdessen ein Porridge, ließ aber immerhin zu, dass sie mir Tee einschenkte, wie damals, als ich ein kleines Mädchen war und die Inselschule besuchte. »Alles klar mit dir?«, fragte sie und musterte mich prüfend, als ich schließlich meine Schale zum Spülbecken trug.

»Du musst nicht auf mich aufpassen, ich bin schon groß«, erklärte ich mit so viel Überzeugungskraft, wie ich aufbringen konnte. Sie machte sich Sorgen um mich, seit den Ereignissen im letzten Jahr umso mehr. Aber ich wusste, ich hatte den richtigen Weg gewählt, als ich hierher kam. Immerhin machte ich sogar erste Schritte, um auch mit meiner Arbeit allmählich wieder in die Normalität zu finden. »Mir gehts gut«, betonte ich und umarmte sie kurz. »Ich geh jetzt, und ich weiß noch nicht genau, wann ich zurückkomme.«

»Okay.« Sie musterte mich kurz und nickte dann, offenbar zufrieden. »Aber pass auf dich auf.«

Ich warf ihr eine Kusshand zu und ging hinaus.

Wenig später überquerte ich gut gelaunt mit meinen Entwürfen unter dem Arm den Marktplatz, ging an der Kirche vorbei und ein Stück weiter die Straße hinunter, bis ich das alte Reetdachhaus der Sörensens sehen konnte.

Es war beinahe so alt wie das Kraihuus, in dem wir wohnten, doch man sah ihm schon von Weitem an, dass es Unterschiede gab. Hinnerks Ahnherr hatte an nichts gespart, als er sich auf Daakum ein Heim schuf. Die Sörensens hatten mit Walfang den Grundstock zu einem Vermögen gelegt, und als eine der großen Fluten 1825 Teile des Hauses zerstört hatte, ließ Hinnerks Ur-Ur-Großvater es noch üppiger und großartiger wieder aufbauen. Irgendwann neigte sich die Zeit der Walfänger ihrem Ende zu, aber den Sörensens gelang mühelos der Übergang zur Handelsschifffahrt, sodass sie nur noch wohlhabender wurden. Davon zeugte das Äußere des Hauses, das von der Form der Fenster bis zum Glas in der reich verzierten Haustür genau die zurückgenommene Harmonie repräsentierte, die wahren Reichtum verkörperte, und auch innen war alles von den geschicktesten Meistern ihrer Zunft gearbeitet, angefangen mit den geschnitzten Balken über die Deckenmalerei bis zu den handbemalten Fliesen an den Wänden. Und anders als bei uns im Kraihuus war sogar das Meiste noch im Original erhalten. Das war – abgesehen von der Tatsache, dass Hinnerk bei der Entlohnung meiner Arbeit nicht kleinlich war und ich tatsächlich im Moment nicht viel anderes zu tun hatte – einer der Gründe, warum ich diesen Auftrag überhaupt angenommen hatte: Das Sörensen-Haus galt als das schönste auf der Insel, wenn nicht sogar im Bereich der gesamten Nordsee, und es war immer wieder etwas Besonderes, hier sein zu dürfen und all diese Kunsthandwerke, die heutzutage kaum noch jemand beherrschte, aus der Nähe zu sehen und sich an ihrer Schönheit zu erfreuen.

Hinnerk erwartete mich schon an der Tür.

»Na, min Deern, du bist früh dran, kannst es wohl nicht erwarten, was?« Um seine Augen bildeten sich hundert Falten, als er mich schmunzelnd begrüßte. In seinem Mundwinkel hing eine Pfeife, die er allerdings schon seit Jahren nicht mehr rauchte. Der alte Sörensen sah genauso aus, wie man sich einen Seemann vorstellte, mit seinem kurzen, gestutzten Bart und den strahlenden blauen Augen. Aber trotz eines Lebens auf schwankenden Bootsplanken war er ein bodenständiger Typ, einer, der sein Leben mit der Küstenschifffahrt verbracht hatte und damit glücklich und zufrieden gewesen war. Den Ehrgeiz seiner Vorfahren hatte er nicht geerbt, er hatte dem kleinen Glück zu Hause den Vorzug gegeben. Konnte er mal für längere Zeit nicht heimkommen, dann hatte ihn Tede auch schon mal auf seinen Fahrten begleitet. Niemand auf Daakum zweifelte daran, dass die Ehe der beiden glücklich gewesen war, einzig die Tatsache, dass sich keine Kinder eingestellt hatten, war etwas, das sie sehr bedauerten. Ich war sicher, dass Tedes Idee, einen Laden neben dem alten Haus zu eröffnen, damit zu tun hatte – so hatte sie zumindest die Kinder der Insel regelmäßig um sich gehabt und war bei allen beliebt gewesen als »Tante Tede«.

Ihr Tod hatte die gesamte Insel getroffen, für Hinnerk musste dieses Ereignis eine Katastrophe gewesen sein. Er hatte zu ihren Lebzeiten bestimmt kaum eine Nacht ohne seine Frau verbracht. Die Nächte und auch die Tage mussten ihm lang vorkommen.

Jetzt trat er zur Seite, damit ich ins Haus konnte, und ich ließ die nassen Stiefel und die dicke Jacke an der Garderobe neben dem Eingang und folgte ihm dann durch die Diele, vorbei an den vielen Türen, hinter denen sich nach alter Sitte die nach heutigen Vorstellungen winzigen Wohnräume verbargen, bis zum rückwärtigen Durchgang. Der hatte ursprünglich zuerst in eine Wirtschaftsküche und von dort in den Garten geführt und endete nun in einem Wintergarten. Dieser großzügig verglaste Anbau war ein kleiner Stilbruch, zugegeben, aber da er die Substanz des Hauses nicht veränderte, sondern sich spurlos wieder zurückbauen ließe, wenn nötig, hatte der Denkmalschutz sich erstaunlicherweise mit Einwänden zurückgehalten, und Tede hatte in ihren letzten Wochen hier viel Zeit verbracht, draußen und doch geschützt, mit Hinnerk an ihrer Seite, der ihr vorgelesen oder einfach mit ihr geschwiegen und ihre Hand gehalten hatte.

Jetzt war sie fort, und er sah mir zu, wie ich meine Entwurfszeichnungen auf dem riesigen Gartentisch ausbreitete. »Ist das das, was an die Wand kommt?«, fragte er schließlich.

»Noch nicht endgültig. Ich will erst nochmal ein paar Stellen nachmessen, und wenn ich weiß, dass alles passt, wie ich mir das gedacht habe, dann sprechen wir darüber, und du sagst mir, ob das so ist, wie du es dir vorstellst, oder ob wir noch was ändern sollten, okay?« Ich beschwerte eine Papierecke mit einem Stein und drehte mich dann zu ihm um.

Hinnerk lehnte am Türrahmen, die Hände tief in den Taschen seiner weiten Twillhose vergraben, die Pulloverärmel trotz der Kälte locker über die Unterarme hochgeschoben. Ich konnte mich nicht erinnern, ihn jemals anders als in so einer Hose und einem von Tedes selbstgestrickten Pullovern gesehen zu haben. Wo immer ich sie früher auch angetroffen hatte, ihr Strickzeug war nie weit entfernt gewesen. Und so stand er jetzt da, als hätte sie ihm gerade erst einen der Ärmel angepasst, und nickte mir zu. Also begann ich mit meiner Arbeit.

Die Schmalseite des Anbaus war nicht verglast. Er zeigte zur Straße und war daher blickdicht, das war die Wand, die ich verzieren sollte. Um exakt arbeiten zu können, fing ich an, die Abstände zu den Fenstern und zur Decke ein letztes Mal zu überprüfen, wobei ich Hinnerks Blicke in meinem Rücken spürte.

»Du bist eine von den Gründlichen, was?«

»Bei so einem großen Projekt ist die Vorarbeit das Wichtigste.« Ich zog eine letzte Linie, die später eine Blüte und ein Blatt verbinden würde, und trat einen Schritt zurück, um die Gesamtwirkung einschätzen zu können. »Was meinst du? Ich dachte, so von hier«, ich zeigte auf eine Stelle, »bis da rüber. Ist das so, wie du dir das vorgestellt hast?« Ich drehte mich zu Hinnerk um. »Oder Tede?«

»Klar.« Hinnerk nickte und betrachtete die Formen, die ich mit einem Zimmermannsbleistift nur angedeutet hatte. »Bloß in Bunt natürlich.«

Ich lachte und sah den Schalk, der immer mal wieder aus seinen Augen blitzte, trotz der stillen Traurigkeit, die ihn nun ständig umgab. Dieser Tag bildete da keine Ausnahme. Er war vermutlich eher einer der schwereren für den alten Sörensen.

Der Wintergarten war ein langgehegter Wunsch Tedes gewesen, so hatte Hinnerk es mir erzählt, und dazu gehörte es, die schlichte Kopfseite des Anbaus mit aufgemalten Pflanzen zu verzieren, um mehr Grün ums Haus herum zu haben. Ich konnte das gut verstehen, ich hatte lange genug in anderen Regionen, anderen Ländern gelebt, um üppige Blütenpracht und saftiges Grün schätzen gelernt zu haben. Das Klima auf den Nordseeinseln war rau, und abgesehen von Strandhafer und Heidekraut, Birken und ein paar Erlenarten gab es nicht viel, das hier freiwillig wuchs – und selbst das sah meist aus, als hätte das Meer die Farben ausgespült und stattdessen über alles eine Kruste aus Salz gelegt, die jedes Leuchten verblassen ließ. Jede Blume, jedes wohlriechende und womöglich sogar heilende Kraut wurde hier in den Gärten gehegt und gepflegt. Der Wunsch nach einer grünen Oase, die Sehnsucht nach blühendem Leben, grün und fruchtbar, war nur allzu verständlich, vielleicht besonders bei jemandem, dessen Lebenskraft mit jedem Tag ein Stückchen mehr entschwand.

Ich spürte genau, was Tede empfunden haben musste, während sie hier saß, und deutlich sah ich das Bild vor mir, das sie sich so gewünscht hatte. »Bunt, klar. Aber das dauert noch ein bisschen. Erst die Grundlinien, dann die Farben. Ich denke, so zwei, drei …« Dann fiel mir eine Veränderung in seiner Miene auf, und ich hielt inne. »Äh – sag mal, wir haben ja noch gar nicht über die Termine gesprochen. Hast du da einen bestimmten Plan?«

Der alte Mann wirkte auf einmal verlegen, betrachtete seine Fußspitzen und sah mich dann von unten herauf an.

»Ach.« Ich verschränkte die Arme, den Bleistift noch zwischen den Fingern. Bis zu diesem Zeitpunkt war ich gar nicht darauf gekommen, dass Hinnerk es eilig haben könnte. »Gibt es etwas, das ich wissen sollte?«

»Naja, es ist nur ... Wegen dem Termin und so.« Er druckste ein bisschen herum. »Ich hab Post bekommen. Von dem Sohn von Tedes Schwester. Der will die Tage herkommen. Von Fehmarn.« Seine Stimme, sonst tief und volltönend, war leiser geworden. Und wieder dieser Blick von unten, als genierte er sich, weil die Aufregung in seiner Stimme kaum zu überhören war.

»Und? Das ist doch schön, oder?« Dann dämmerte es mir. »Ah, du willst nun, dass die Wand bis dahin fertig ist?«

Er zuckte mit den Schultern. »Schön wär das schon. Wie schnell kannst du denn sein? Ich würde dir auch mehr dafür zahlen.«

Jetzt war ich ehrlich verblüfft. »Warum ist dir das so wichtig?« Aber dann fügte ich schnell hinzu: »Entschuldige, geht mich ja nichts an.«

»Nein, schon gut. Ist eine alte Sache.« Er holte tief Luft. »Ach, ich kann dir das ja auch erzählen, ist ja jetzt egal.« Er sah mich an. »Damals, als wir geheiratet haben, das war ich Tedes Familie nicht gut genug. Das waren so bessere Leute, und ich eben nur so ein Schiffer von Friesland.«

»Was, du? Mit alledem hier?« Ich machte eine Geste, die das ganze Schmuckkästchen von einem Haus einschloss. »Das muss doch jeden beeindrucken, der mal hier war. Abgesehen davon, dass du doch ein ganz toller Kerl bist, und dass Tede dich geliebt hat, das war ja kaum zu übersehen.«

Hinnerk lächelte traurig. »Das sagst du. Aber von ihrer Familie ist nie einer hier gewesen. Küstenschiffer – das war für die nix, die waren alle Doktoren und Professoren und so. Vor allem die Schwester hat sich ziemlich angestellt, das hat Tede ganz schön getroffen. Vorher waren die beiden unzertrennlich gewesen, sie waren die einzigen Kinder und eigentlich immer zusammen, trotz des Altersunterschieds. Aber nach der Hochzeit, da war das anders. Zuerst haben sie sich noch geschrieben, aber der Kontakt ist dann über die Jahre eingeschlafen. Tede hat gar nicht mehr darüber gesprochen, aber ich weiß, dass sie sehr darunter gelitten hat. Aber drüber reden wollte sie nicht.« Er zuckte mit den Schultern. »Zum Schluss, als es ihr schon nicht mehr gut ging, da hat sie dann wieder davon gesprochen. Wie gern sie ihrer Schwester das alles hier mal gezeigt hätte. Und sich mit ihr vertragen.«

»Und jetzt kommt der Sohn von dieser hochnäsigen Schwester, und du willst ihm zeigen, dass du deiner Frau durchaus was bieten konntest. Das versteh ich.« Ich musterte die Wand, schätzte nochmal die Maße ab und die Stunden, die ich für meine Arbeit vermutlich brauchen würde. »Also, versprechen kann ich dir das nicht. Wir wissen ja noch nicht mal, wann der nun kommt, dein Neffe. Aber ich werd mal zusehen, dass hier keine Handwerker mehr sind, wenn der Sohn dieser Schwester anreist.« Ich zwinkerte Hinnerk zu.

Der sah mich aus großen Augen erschrocken an. »Du bist doch kein Handwerker! Ich hab das in den Zeitungen verfolgt und weiß doch, wie berühmt du bist!«

»Ja, jetzt lass mal.« Auf einmal peinlich berührt, wehrte ich ab. Bisher hatte mich hier auf der Insel noch niemand auf diese Berühmtheit angesprochen, und ich wusste nicht, was schlimmer war: Zu wissen, dass vermutlich alle davon wussten, aber niemand etwas fragte, oder tatsächlich deswegen neugierige Fragen gestellt zu bekommen.

»Na, ist doch so. Mit dir hat das nichts zu tun, wirklich nicht, Aleide. Ach, vergiss einfach, dass ich davon angefangen hab.« Er winkte ab. »Du brauchst so lange, wie du eben brauchst.« Er hatte zu seiner üblichen guten Laune zurückgefunden. »Und ist ja auch nett, einer Künstlerin bei der Arbeit zuzusehen. Also, wer davon nicht beeindruckt ist …«

»Ich werde mein Möglichstes tun«, versicherte ich, teils, um ihn zu beruhigen, teils, um das Thema zu wechseln, das mir so gar nicht lieb war. »Aber wie gesagt – versprechen kann ich nichts.« Ich trat wieder näher an die Wand und verbesserte eine Linienführung. »Wie ist er denn so, der Neffe?«, fragte ich dabei.

»Ich kenn ihn gar nicht so gut.« Hinnerk überlegte. »Ich weiß gar nicht, wann ich den das letzte Mal gesehen hab. Wie ich schon sagte, wir hatten zwar zu seiner Mutter ab und zu noch Kontakt, und zu seiner Geburt hatten wir – also Tede hatte – auch noch ein Päckchen geschickt. Das ist aber auch schon eine Weile her.«

Da ich wusste, wie alt Tede war, als sie starb, konnte ich mir ausrechnen, dass »eine Weile« gut drei Jahrzehnte umfassen konnte, wenn nicht mehr, selbst wenn die Schwester deutlich jünger gewesen war.

»Will er was Besonderes hier oder kommt er nur so?«

»Er schrieb, er will mich besuchen. Es war wohl der Wunsch seiner Mutter, Tede nochmal zu sehen, nun ja.« Er zuckte mit den Schultern. »Dazu kam es dann ja nicht mehr. Vielleicht will er ein bisschen wiedergutmachen und die Familienkontakte auffrischen. Die Generation, die sich damals querstellte, die lebt ja nun nicht mehr. Vielleicht können wir neu anfangen.«

Er machte eine Pause, und ich hörte das Lächeln in seiner Stimme, während ich ein paar Stellen an der Wand markierte. »Ich freu mich jedenfalls. Ist schon ein bisschen einsam hier geworden, seit ich allein in dem großen Haus bin.«

»Das glaub ich. Bleibt er denn länger, damit ihr euch wenigstens kennenlernen könnt?« Ich korrigierte noch eine Markierung und drehte mich dann zu ihm um.

Hinnerk zuckte mit den Schultern. »Wir werden sehen.« Dann grinste er. »Vielleicht gefällt es ihm ja so gut hier, dass er gar nicht mehr weg will. Wenn du erst das Bild fertig hast …«

Ich lachte. »Ja, ja, ich hab schon verstanden.«

In dem Moment klopfte es an der Haustür, und Hinnerk sah mich fragend an.

»Das wird vermutlich ein Freund von mir sein, der sollte mir helfen. Ich hab ihm gesagt, dass ich heute hier bin, das ist dir doch recht, oder?«

»Klar. Wenn du das sagst.« Hinnerk schlurfte auf seinen Holzpantinen davon, um die Haustür zu öffnen, und gleich darauf hörte ich Mikas Stimme, und dann lachten die beiden Männer gemeinsam. Als sie langsam näherkamen, konnte ich ein paar Wortfetzen verstehen, und ich bekam mit, dass sie in ein Gespräch über das Hochwasser vertieft waren, das für die nächsten Tage angekündigt war.

Ich lächelte zufrieden, trat einen Schritt zurück und betrachtete meine Skizze an der Wand. Das würde ein guter Tag werden.

FÜNF

Abgesehen von den beiden Tatsachen, dass Hinnerk noch irgendwo Verwandte hatte und sich gut mit meinem Freund vom Bodensee verstand, hatte ich an meinem ersten Tag als Wandmalerin auch gelernt, dass mein Auftraggeber im Gegensatz zu mir eine Nachteule und ein Langschläfer war, und das hieß, dass es keinen Sinn hatte, zu früh bei ihm anzuklopfen. Also beschloss ich am nächsten Tag, den Morgen zu nutzen, um Mika das Bild zu bringen, das er nach der Ausstellung, bei der wir uns kennengelernt hatten, gekauft, aber durch all die Verwicklungen, die sich danach ergaben, nicht abgeholt hatte. Jetzt würde es vielleicht dem alten Kapitänshaus, das für die nächsten Monate sein Zuhause sein würde, eine persönliche Note verleihen. Schaden konnte es nicht. So schön und von außen reich verziert die alten Häuser entlang der Promenade auch sein mochten, die Inneneinrichtung war meist austauschbar und mehr zweckmäßig als stilvoll. Ferienwohnungen eben. Das große skandinavische Möbelhaus machte mit so was gute Geschäfte. Das Bild war zumindest ein Einzelstück und etwas, das Mika sich selbst ausgesucht hatte.

Außerdem wollte ich ihn fragen, wie sein Besuch bei Hinnerk am Vortag noch verlaufen war. Als ich ging, beugten die beiden sich gerade über ein Bootsmodell, das der alte Kapitän, wie ich noch mitbekam, gerade zu bauen begonnen hatte, sodass ich mich nur mit einem kurzen Winken verabschiedete und der Zusicherung, am nächsten Tag – also heute – wiederzukommen.

Zu meiner Überraschung war Mika nicht da, als ich bei ihm anklopfte. Hier auf der Insel war es nicht unbedingt üblich, einen Besuch vorher per Nachricht oder Telefonanruf anzukündigen, man ging einfach vorbei und sah nach, ob der andere zu Hause war oder nicht, und wenn nicht, dann ging man eben wieder seiner Wege. Ich beschloss, ein paar Minuten zu warten. Wo immer er sein mochte um diese Tageszeit, er würde bestimmt bald zurückkommen.

Tatsächlich dauerte es nicht lange und ich erspähte Mika, der in seinem grauen wetterfesten Parka mit langen Schritten auf mich zukam. Unter dem Arm trug er ein zusammengerolltes Bündel, die Kapuze hatte er tief ins Gesicht gezogen. Als er mich erkannte, winkte er und ging schneller.

»Hej, Frühaufsteherin, was machst du denn hier?«

»Ich wollte dir was vorbeibringen, um dein kahles Heim etwas aufzuhübschen«, sagte ich und hob das flache Paket unter meinem Arm ein Stück weit an.

»Von wegen früh aufstehen – wo hast du dich rumgetrieben?«

»Ich war schwimmen.« Er grinste, und jetzt erst bemerkte ich, dass sein Haar unter der Kapuze nass war und sein Gesicht gerötet.

»Schwimmen? Jetzt? Hat das Hallenbad heute nicht Ruhetag?«

»Wer sagt was von Hallenbad?«

Ich starrte ihn an. »Nicht dein Ernst.«

»Doch, klar. Wenn ich mal am Meer bin, muss ich das doch ausnutzen.« Er schob sich an mir vorbei und schloss die Tür auf. Dann machte er Platz, um mich eintreten zu lassen. »War fantastisch, aber jetzt könnte ich ein Frühstück gebrauchen. Ich hab einen Mordshunger. Willst du auch?«

»Danke, Annchen hat mich schon zwangsversorgt.«

Während er die Kaffeemaschine anschaltete und sich Haferflocken und Obst in eine Schale füllte, hatte ich Zeit, mich in der Wohnküche umzusehen.

Mir war bis jetzt nicht klar gewesen, wie anders es in dem Haus sein würde, wenn Mika hier wohnte, und entsprechend war meine Verblüffung. Er hatte das Ferienhaus zunächst für ein halbes Jahr gemietet, und es war kaum wiederzuerkennen. Von der unpersönlichen Einrichtung waren noch die elementarsten Dinge wie Schrank, Tisch und Stühle zu erkennen, aber in dem Raum, in dem wir schon bei seinem letzten kurzen Besuch auf Daakum zusammen gefrühstückt hatten, herrschte jetzt eine vollkommen andere Atmosphäre.

Auf dem Sofa lag eine Webdecke in warmen Farben, die vermutlich an langen Abenden die Heizung ersetzte, am Sofa lehnte ein Gitarrenkoffer, auf dem niedrigen Regal ein gerahmtes Poster einer bekannten schottischen Folkband, die offenbar vor ein paar Jahren einen großen Auftritt in Aberdeen gehabt hatte. Daneben lag ein kleiner Kasten, der offenstand. »Ist das eine Tin Whistle?«, fragte ich und strich mit einem Finger über das zierliche Instrument, das sich kühl und glatt unter meiner Haut anfühlte.

»Ja, ich mag irische und schottische Musik, und ich hab auch mal in einer Band gespielt, aber das ist lange her.«

»Und du warst in Aberdeen?« Ich deutete auf das Poster.

»Nein, das hat mir ein Freund mitgebracht, der wusste, dass ich Fan bin. Ich war zwar als Kind mal in Schottland, aber das weiß ich nur, weil meine Mutter mir das so erzählt hat. Das ist ewig her, ich war fast noch ein Baby.«

»Aber offenbar hat es dich trotzdem beeindruckt, wenn ich mich hier so umsehe.«

»Ja, vielleicht.« Mika grinste ein bisschen schief. »Ich vermute aber, die Liebe zu allem Gälischen kommt eher daher, dass der Junge mit den roten Haaren als Teenager irgendeine coole Rechtfertigung für sein Aussehen brauchte, um nicht zum Opfer zu werden. Mädchen mit roten Haaren sind vielleicht interessant, Jungs eher nicht so. Aber als schottischer Barde hatte ich gute Chancen.« Sein Grinsen verlor etwas an Leuchtkraft, und für einen Moment blitzte in dem durchtrainierten Kripo-Mann, der nach allen geltenden Vorstellungen als ziemlich attraktiv gelten konnte, eine Erinnerung an den verletzlichen Vierzehnjährigen auf, der sich seiner Sommersprossen schämte.

»Du bist doch gar nicht rothaarig«, stellte ich dann fest. »Ist das nicht mehr so braun?«

»Kastanienbraun«, korrigierte Mika. »Und warte mal, bis die Sonne draufscheint, dann siehst du das auch.«

»Na, da muss ich hier vermutlich ziemlich lange warten.«

Wir lächelten beide, das trübe Winterwetter machte auch an an diesem Morgen keine Ausnahme und ließ den Übergang zwischen Himmel und Meer in Grautönen verschmelzen. Daakum war berüchtigt für seine Nebeltage, klarer blauer Himmel und Sonnenschein bildeten hier absolute Ausnahmeerscheinungen.

Während Mika sein Frühstück im Stehen, an den Kühlschrank gelehnt, in sich hinein löffelte, ging ich hinüber zum Esstisch, wo ich vorhin das flache Paket abgelegt hatte. Ich löste die Schnur und wickelte das Packpapier ab, in das ich das Bild zum Transport gehüllt hatte. Mika hatte es damals in Konstanz gekauft, es aber in dem Durcheinander, das danach entstanden war, nie abgeholt.

Es war eines meiner wenigen Aquarelle und zeigte ein einfaches Cottage, wie es sie auf den Inseln vor Schottland noch immer gab, direkt an einer schroffen, felsigen Küste. Es war nach einem meiner Besu-

che auf Shetland entstanden. Mich hatte damals fasziniert, wie dieses unscheinbare Häuschen aus grauem
Stein so selbstbewusst da stand und der Natur zu
trotzen schien, die ihm Regen, Sturm und die toben-
de See entgegenschleuderte, mit denen sie ganze
Landstriche in die Tiefe reißen konnte. Aber dieses
kleine Gebäude vermochte sie nicht zu vertreiben.
Eine winzige Trutzburg, umringt von einem schmalen Stück Garten mit kleinen Punkten in lebhaften
Farben, deren goldleuchtende Fenster Schutz, Wärme
und Geborgenheit versprachen.

Das gedrungene Haus in dieser unwirtlichen Küsten-
region war mir damals als Sinnbild für Optimismus
und Hoffnung erschienen, und so hatte ich es spontan mit Wasserfarben festgehalten, obwohl ich sonst
eher andere Motive behandelte.

Mika musste beim Anblick dieses Bildes etwas Ähnliches empfunden haben, denn er hatte es sofort gekauft, obwohl er, wie er mir damals sagte, noch nie
zuvor ein Originalgemälde besessen hatte. Und als ich
mich in seiner vorübergehenden Bleibe so umsah,
kam ich zu dem Schluss, dass das Bild genau den Be-
sitzer gefunden hatte, für den es bestimmt war.

Ich knüllte das Packpapier zusammen und beobachtete ihn dabei, wie er den Rahmen mit beiden Händen hielt, während er sich langsam um die eigene
Achse drehte, um den richtigen Platz dafür zu finden.
Es war seltsam, ihn hier zu sehen, und beinahe noch
seltsamer, dass mir immer deutlicher wurde, wie we-

nig ich eigentlich von ihm wusste. Jedes Mal, wenn ich ihn traf, schien sich eine neue Seite seiner Persönlichkeit zu zeigen, und mich überkam das intensive Gefühl, noch längst nicht alle entdeckt zu haben.

Aber damit würde ich mich später beschäftigen. Ich stopfte das Papier in meine Manteltasche. »Ich muss los. Hinnerk und sein Wandbild warten.«

»Ah.« Mika drehte sich zu mir um. »Bist du jetzt jeden Tag bei ihm?«

»Vermutlich, mal sehen. Ich hab ja erst nur angefangen, die Skizzen auf die Wand zu übertragen, jetzt brauche ich Farbproben, weil je nach Lichteinfall und Winkel das ganz anders wirken kann als auf dem Entwurf. Wieso? Wolltest du irgendwas von mir?«

»Nein, im Moment bin ich beschäftigt, ich frag nur.«

»Wie war es eigentlich gestern? Ich hatte den Eindruck, ihr habt euch gut unterhalten.«

»Haben wir. Er hat mir alles Mögliche erzählt und ich merkte, dass er lange niemanden mehr zum Reden gehabt hat, aber es war nie langweilig. Er weiß echt viel über die Seefahrt und das Meer und steckt voller Geschichten. Vor allem vermisst er seine Frau immer noch sehr, und deswegen freut er sich wohl auch so auf den Besuch von diesem Neffen.«

»Weiß er inzwischen, wann der kommt?«

Mika zuckte mit den Schultern. »Das soll sich heute wohl rausstellen, ich bin sicher, wir werden es erfahren.«

»Wieso wir? Habt ihr nochmal was ausgemacht?« Ich war erstaunt. Dass die beiden Männer sich so schnell so gut verstanden, überraschte mich doch etwas, obwohl ich sie ja selbst zusammengebracht hatte.

»Ja, mal sehen, vielleicht gehe ich nachher nochmal bei ihm vorbei.« Mika, der noch immer das Bild in der Hand hielt, zog aus der Tatsache, dass ich darauf nicht gleich antwortete, seine eigenen Schlüsse. »Keine Angst, ich habe nicht vor, dir in den nächsten Monaten auf Schritt und Tritt zu folgen und dir auf die Nerven zu gehen. Aber Hinnerk will noch was an dem Bootsmodell ändern und könnte ein bisschen Unterstützung gebrauchen, für feine Arbeiten hat er nicht mehr die ruhige Hand. Da hab ich schlecht Nein sagen können.« Er grinste wieder das typische Mika-Grinsen, bei dem sich alle Sommersprossen auf seinem Nasenrücken zu treffen schienen. »Aber wenn es dich stört …«

Er sah mich an, und ich fühlte mich einen Moment lang ertappt, ehe eine kleine warme Woge der Sympathie für diesen Mann in mir aufstieg. Mika war immer da, wenn man ihn brauchte, aber niemals aufdringlich. Er ließ einem immer die Möglichkeit, Nein zu sagen, ohne dass es für eine der beteiligten Personen peinlich sein würde. Und er ahnte, dass ich einen winzigen Augenblick lang um meine Unabhängigkeit fürchtete, die mir so wichtig war. Aber das hielt nicht an. »Nein, das stört mich nicht«, konnte ich daher wahrheitsgemäß erwidern. »Ich mach da meinen

Kram, und was ihr macht, kann mir egal sein. Ich freu mich, dass du hier ein bisschen Anschluss findest, und Hinnerk wird das guttun.« Ich wandte mich zur Tür. »Ich geh dann mal. Vielleicht sehen wir uns nachher.«

Als ich mich umdrehte, war Mika gerade dabei, das Bild von der kleinen Trutzburg probeweise an eine leere Stelle neben dem Fenster zu halten. Fast so, als wäre er hier schon zu Hause.

SECHS

Für den Heimweg wählte ich die Strecke an der Promenade entlang, von wo aus sich über ein paar Stufen der Strand erreichen ließ. Wenn ich allein sein wollte, um den Kopf frei zu kriegen und meine Gedanken kreisen lassen zu können, ging ich oft zum Strand hinunter. Selbst in der Hauptsaison fanden sich dort ruhige Orte, man musste nur wissen, wann und wo sie zu finden waren. Jetzt im Winter war das überhaupt kein Problem. Die Insel gehörte dann praktisch wieder den Einheimischen. Es waren nicht viele, die dauerhaft hier lebten, und es war immer wieder verblüffend, wie abrupt Ruhe und Stille nach der Saison einkehrten und wie sehr sich die Insel dann veränderte.

Es war, als liefe die Zeit langsamer, als wäre alles gedämpfter und gleichzeitig intensiver – das Rauschen der See, die Schreie der Möwen, die salzige Luft und die alles durchdringende Feuchtigkeit, die der Nebel mit sich brachte. Und nicht nur die Insel, auch die Menschen hier wirkten ganz anders, wenn sie unter sich waren. In sich gekehrter. Einsilbiger. Als würden die, die noch hier waren, einander auch ohne Worte verstehen. Vorbei das marktschreierische Getue der Fischhändler, verschwunden die Straßenkünstler und Souvenirläden. Alles hatte sich zurückgezogen und würde erst in einigen Monaten zu neuem Leben erwachen. Wenn sich zwei Daakumer unten am Wasser begegneten, gingen sie einander aus dem Weg. Ein Blick, ein Nicken, das war alles, dann setzte jeder seinen Gang fort. Wer hier lebte, wusste Privatsphäre zu schätzen und wusste auch, dass es den anderen genauso ging.

Viele, die hergekommen und nicht geblieben waren, waren einem Irrtum aufgesessen. Sie glaubten, auf Daakum Einsamkeit und Zurückgezogenheit zu finden. Doch das Gegenteil war der Fall. Auf einer Insel, vor allem, wenn sie so weit entfernt vom Festland liegt, ist Einsamkeit ein seltenes Gut. Allzuoft hatte sich in der Vergangenheit schon gezeigt, dass an so einem Ort mitten im Meer nur ein starker Zusammenhalt das Überleben sichern konnte. Wer für sich blieb, sich von der Gruppe absonderte, den holte die See. Die Gemeinschaft war stark, der einzelne Mensch schwach, und Schwäche verzieh das Meer nicht. Einer der Gründe, warum ich vor vielen Jahren von hier fortgegangen und für lange Zeit nicht zurückgekommen war. Ich war gern für mich allein. In den letzten Monaten ganz besonders, denn was man alles über mich erzählt hatte in dieser Zeit, verunsicherte mich, wann immer ich jemandem begegnete, sogar hier, immer noch. Und ich fragte mich, was die Leute wohl für ein Bild von mir hatten und wie weit dieses Bild von dem abwich, das ich selbst von mir hatte. Kein gutes Gefühl.

An diesem grauen Tag aber drohte auch einem Menschen mit Tendenz zum Eigenbrötlertum keine Gefahr. Die Wolken hingen tief, der Horizont verschwand zwischen Brauntönen, aber die See gab sich als sanftes Wässerchen. Es ist ein Klischee, dass das Meer blau, türkis oder grünlich schimmert. Das mag in der Karibik so sein. Die Nordsee ist anders. Meistens zeigt sie sich grau, manchmal braun, gelegentlich sogar fast schwarz und nur selten, wirklich ganz selten ist ein Blau darin zu entdecken. Nur die Schaumkronen auf den Wellen, die sind tatsächlich nahezu weiß, so wie auf Bildern. Und je wilder, je aufgewühlter die See ist, desto heller strahlt die sprühende Gischt, die sie ausstößt, in der Farbe der Unschuld

Von Wellen und weißen Kronen war aber an diesem Tag nichts zu sehen, und ich blieb stehen und genoss den Blick bis zu der Stelle, an der Himmel und Meer ineinander übergingen. Irgendwo hinter dem Horizont lag die schottische Küste, noch ein Stück weiter kam Irland. Ich stellte mir diesen Teil der Welt wie eine Reihe von ungeschliffenen Edelsteinen auf einer Kette vor – hier die kleinen Landflecken der Friesischen Inseln, dann die Britischen Shetlands, die Hebriden, und schließlich Irland. So weit voneinander entfernt und doch verbunden. Jede Sturmflut, die uns heimgesucht hatte, hatte auch vor Edinburgh und auf Shetland getobt, und wo hier Land ins Meer gespült wurde, hat sich die See auch dort Menschenleben geholt. Wir waren eins, verbunden durch die Nordsee mit ihren tückischen Strömungen, die mit ihren Wogen mal hierhin und mal dorthin griff und sich nahm, was ihr gefiel.

Ein kalter Windzug streifte mein Gesicht, und ich zog meinen Schal hoch bis über das Kinn und steckte die Hände in die Taschen. Die Wolken hatten eine dunklere Färbung angenommen. Höchste Zeit, nach Hause zu gehen, mein Arbeitszeug zu packen und Hinnerks Wintergarten wieder einen Besuch abzustatten.

Von dieser Stelle aus führte mein Heimweg am Yachthafen vorbei. Um diese Jahreszeit war auch hier so gut wie nichts los. Die Segler hatten ihre Boote über die kalten Monate aus dem Wasser geholt, nur wenige, besonders Wagemutige hatten das Wintersegeln für sich entdeckt und ließen ihre Katamarane oder Kajütboote im Wasser, so lange die Nordsee nicht gefror, was an der Westküste Daakums so gut wie nie vorkam. Und so fiel mir das ungewöhnliche Boot, das hier offenbar erst seit Kurzem vor Anker lag, sofort ins Auge.

Es hatte einen dunklen Bootsrumpf, die Segel wie in alten Zeiten aus braunem Tuch gearbeitet, und es hob sich von den wenigen anderen Yachten, bei denen ausnahmslos Weiß dominierte, ab wie der Schatten vom Licht. Allein deshalb fiel es mir auf, denn so ein Boot wie diesen Gaffelkutter, der sich auch wunderbar in einem Museum ausgemacht hätte, gab es auch hier nicht alle Tage. Ich war stehengeblieben, um es mir ein bisschen länger anzusehen, als die See plötzlich unruhiger wurde. Eine starke Brise kräuselte die Wellen und ließ die Boote tanzen, sodass die Luft erfüllt war von Klirren und Knarzen, Metall gegen Metall und Holz gegen Holz. Dann bemerkte ich an Deck dieses Schattenbootes eine Gestalt, die trotz Feuchtigkeit, Wind und Kälte nur einen schwarzen Pullover trug und eine grobe Arbeitshose in derselben Farbe. Sie war hochgewachsen und schlank, und mit der Strickmütze und den dicken Handschuhen hätte sie auch ein Mann sein können, doch an der Art, wie sie sich bewegte, erkannte ich, dass es eine Frau sein musste. Ihr Alter konnte ich nicht bestimmen, Licht und Schatten malten unruhige Linien auf ihr Gesicht, das zu weit weg war, als dass ich ihre Züge hätte erkennen können, und unter der Mütze hatte sich eine dunkle Strähne hervorgeschoben, die jetzt im Wind tanzte. Als sie das Haar zurückschob, drehte sie den Kopf ein wenig, und unsere Blicke begegneten sich. Sie wandte sich nicht ab, wie Menschen es oft tun, wenn sie jemanden flüchtig bemerken, den sie nicht näher kannten. Ihr Blick war aufmerksam, neugierig und so intensiv, dass ich überlegte, ob ich die Frau schon einmal getroffen hatte, doch ich konnte sie nicht zuordnen und entschied, dass sie vermutlich nur irgendjemandem ähnlich sah.

»Gefällt dir mein Boot?«

Ich zuckte zusammen. Ich hatte nicht damit gerechnet, dass sie mich ansprechen würde. Ihre Stimme klang leise, als würde sie direkt neben mir stehen, und sie sah mich immer noch an, so als erwartete sie tatsächlich eine Antwort. Es wäre unhöflich gewesen, einfach weiterzugehen, daher ließ ich meinen Blick einmal über das Deck schweifen, ehe ich wieder zu ihr hinsah. »Es ist ungewöhnlich«, erwiderte ich.

»Das ist wohl wahr.« Sie lachte leise und trat einen Schritt näher an die Reling. »Damit passen wir vermutlich ganz gut zusammen.«

»Das Boot ist ziemlich alt, oder?«, fragte ich, nur um überhaupt etwas zu sagen, während ich versuchte, im Gegenlicht etwas mehr von ihrem Gesicht zu erkennen. Auch ihre Stimme hatte mich an irgendetwas erinnert, und ich wartete darauf, dass sie weitersprach.

»Oh, noch gar nicht so alt, aber rund hundert Jahre dürften es jetzt sein«, sagte sie, zog einen Lappen aus der Tasche ihrer weiten Arbeitshose und wischte über eine Stelle auf dem Kajütdach, ohne mich dabei aus den Augen zu lassen. »Ich habe allerdings einiges umgebaut, sodass es für mich passt.«

»Aus Familienbesitz übernommen?«

Ein Sonnenstrahl fiel auf ihr Gesicht, doch gleich darauf wurde es wieder vom Schirm ihrer Mütze beschattet. »Sozusagen. Willst du mal an Bord kommen?«

Ganz kurz zog ich es in Erwägung, sie hatte meine Neugierde geweckt, doch dann dachte ich an Hinnerk und schüttelte den Kopf. »Nein, ich muss weiter, ich habe einen Termin. Vielleicht ein anderes Mal.«

»Okay. Sag einfach Bescheid, du bist jederzeit willkommen in meinem kleinen Reich.«

Das klang sehr selbstsicher. »Aber du segelst dieses Boot nicht allein, oder?«

Sie antwortete nicht gleich, sondern sah mich einen Moment lang nur an, als überlegte sie, was sie mir erzählen sollte. Dann sagte sie: »Doch, ich segle allein. Es sieht vielleicht schwierig aus, aber ich habe reichlich Erfahrung, und ich kenne das Boot so gut, als wäre es ein Teil von mir.« Jetzt war sie es, die ihren Blick über Deck wandern ließ, und wie sie so da stand, ein wenig breitbeinig nach Art der Seeleute, dabei hoch aufgerichtet und bereit, jederzeit irgendwo anzupacken, schienen sie in ihrer dunklen Kleidung und ihr dunkler Kutter tatsächlich wie aus einem Stück gemacht zu sein, so harmonisch war der Anblick. Dann wandte sie sich wieder mir zu und hielt eine Hand über die Augen, um sie gegen einen anderen Sonnenstrahl abzuschirmen, der gerade hinter einer Wolke hervorlugte.

»Ich muss jetzt weiterarbeiten«, sagte sie. »Wie gesagt – wenn du magst, komm mal vorbei, Tee und ein paar Kekse hab ich immer.« Sie wies mit dem Daumen auf die Stufen, die zum Eingang der Kajüte hinunterführten. »Dir noch einen schönen Tag.«

»Dir auch.«

Sie nickte knapp, machte aber trotz der Erklärung, weiterarbeiten zu müssen, keine Anstalten, sich abzuwenden, also hob ich nur kurz zum Abschied eine Hand, drehte mich um und ging dann weiter. Doch das ungewöhnliche Boot, die Frau allein an Deck, und das Gefühl, sie irgendwo schon mal gesehen zu haben – das alles ließ mir keine Ruhe. Nach ein paar Metern drehte ich mich um. An der Stelle, an der sie vorhin gestanden hatte, lagen jetzt zwei große weiße Hunde und blickten in meine Richtung. Von der Frau war nichts mehr zu sehen, und der Gaffelkutter lag ruhig auf der vollkommen glatten See.

SIEBEN

Als ich zu Hause eintraf, um meine Malutensilien zu holen, begegnete ich in der Diele Annchen, die gerade im Begriff stand, sich ihren Parka anzuziehen. Bei meinem Anblick hielt sie inne. »Ich dachte, du wärst schon bei Hinnerk«, sagte sie. Es klang irritiert, so als wäre es ihr unangenehm, mir jetzt zu begegnen.

»Zu früh. Er ist ein Langschläfer, hab ich gestern festgestellt.« Ich zog meine schmutzigen Stiefel aus, um nicht das halbe Watt im Haus zu verteilen. »Ich hab noch was zu Mika gebracht, ein Bild, das ihm gehört und das ich noch für ihn aufbewahrt hatte.« Während ich mich aus meiner Jacke befreite, versuchte ich, möglichst gleichmütig zu klingen. Die Frau auf dem Boot beschäftigte mich noch, aber ich hätte nicht sagen können, warum, und so lange ich dafür keine Erklärung mitliefern konnte, wollte ich mit niemandem darüber reden, schon gar nicht mit Annchen.

Meine Mutter war mit ihren Gedanken ohnehin ganz woanders. »Mika«, wiederholte sie langsam, als hätte sie ganz vergessen, dass es ihn gab. »Wie gefällt es ihm hier?«

»Ganz gut, glaub ich. Er hat das Ferienhaus in eine schottische Enklave verwandelt.« Ich musste lächeln, als ich daran dachte.

Annchen zog die Brauen hoch, daher erklärte ich: »Mika hat offenbar ein Faible für Schottland und Irland, das wusste ich bisher gar nicht.«

»Das passt zu ihm«, entgegnete sie völlig selbstverständlich und fügte hinzu, womit ich schon gerechnet hatte: »Wir sollten ihn unbedingt bald mal einladen.« Den Parka über dem Arm, folgte sie mir in mein Zimmer, wo die große Tasche mit meinen Malsachen auf mich wartete.

»Sollten wir«, bestätigte ich und prüfte noch einmal nach, ob ich alles für Hinnerks Wandbild dabei hatte. »Berühmt« hatte Hinnerk mich genannt. Was mochte er alles über mich gehört haben? »Ich sehe ihn vermutlich morgen oder so und frag ihn dann, wann es ihm passt. Schwieriger wird es vermutlich«, ich warf einen vielsagenden Blick auf das warm gefütterte Kleidungsstück über dem Arm meiner Mutter, »einen Termin mit dir zu finden. Seit wir hier sind, bist du ständig unterwegs. Wo wolltest du denn jetzt schon wieder hin?«

Annchen hatte mir offenbar gar nicht richtig zugehört. »Wie war es denn gestern bei Hinnerk? Geht es ihm gut? Klappt es mit dem Auftrag für das Wandbild?«

»Ja, klar, Hinnerk ist einer, der sein Wort hält, und ich glaube, er freut sich darauf, das Ganze dann fertig zu sehen. Das ist seine Art, an Tede zu denken.« Deutlich spürte ich Annchens Blick und beugte mich tiefer über meine Tasche. Natürlich vergebens.

»Was stimmt denn dann nicht?«

Ich stöhnte leise. Ich mochte ja manchmal seltsame Ahnungen haben, aber was mich betraf, so war meine Mutter in dieser Hinsicht unübertroffen. »Wolltest du nicht eigentlich gerade gehen?«

»Nicht, bevor du mir gesagt hast, was dich beschäftigt.«

»Ich mache mir Gedanken über den Entwurf«, sagte ich so leichthin, wie ich nur konnte. »Ich bin noch nicht ganz zufrieden …«

»Erzähl mir nichts«, unterbrach mich die klare Stimme meiner Mutter. »Ich weiß, wie du bist, wenn du dich in deine Arbeit vertiefst, und das ist es nicht. Also?«

Aus dem Augenwinkel sah ich, wie sie in gespielter Ungeduld auf ihr Handgelenk tippte, an die Stelle, an der vor der Erfindung der Smartphones die Armbanduhr gesessen hatte, und ich gab auf.

Ich setzte mich auf die Bettkante, während ich überlegte, was ich jetzt sagen sollte. Annchen wusste von meinen Träumen und kannte viele meiner Bilder, aber ich hatte mich noch nicht dazu durchringen können, ihr alles zu erzählen, was sich in der letzten Zeit ereignet hatte. Zu deutlich erinnerte ich mich noch daran, wie oft wir früher gestritten hatten, weil sie, die für mich die Personifizierung des nüchternen, klaren Menschenverstandes war, für Fantastereien hielt, was mir so real vorkam. Ich war froh, dass wir uns mittlerweile so gut verstanden. Das wollte ich nicht riskieren. Noch nicht. Was also sollte ich sagen?

Aber meine Mutter machte es mir unerwartet leicht. »Geht es noch um die Sache in Konstanz?«

Erleichtert atmete ich aus. Das war sicheres Terrain, und ich musste nicht einmal schwindeln. »Ich finde es immer noch schwierig, damit umzugehen«, begann ich schließlich.

»Meinst du das, worüber die Zeitungen geschrieben haben, oder das, was hier letzten Herbst los war?« Ännchen hatte sich einen Stuhl herangezogen und sich in meinem kleinen Zimmer neben die Tür gesetzt. Auf einmal schien sie es nicht so besonders eilig zu haben, sondern betrachtete mich aufmerksam und wartete, dass ich weitersprach.

»Irgendwie so was. Ich weiß natürlich nicht, wie weit sich die Sache mit Jette Marquardt und dem ganzen Brimborium, das ich ihretwegen veranstaltet hatte, herumgesprochen hat, aber zumindest von dem vorher wird man hier ja gehört haben. Ich meine, die Leute haben ja auch Fernseher und Internet.« Ich klemmte die Hände zwischen die Knie. »Ich frage mich immer, was den Leuten wohl so im Kopf rumgeht, wenn sie mich sehen. Was ich meine, ist«, ich sah Ännchen an, und den Anflug von Verzweiflung, der mich bei diesem Gedanken überkam, musste ich nicht mal spielen, »jeder hier muss davon wissen, aber keiner hat mich bisher darauf angesprochen. Aber was denken sie? Halten Sie mich für verrückt? Oder für eine Schwindlerin, die unbedingt ihre fünfzehn Minuten Ruhm haben wollte? Viele hier kennen mich, seit ich auf der Welt bin. Mit ein paar Jahren Unterbrechung zwar, aber trotzdem. Was denken die jetzt? Selbst Hinnerk hat nur eine kurze Bemerkung dazu gemacht und sonst nichts.«

Annchen hatte mir mit ernster Miene zugehört. »Hättest du dir das gewünscht? Dass dich jemand fragt, meine ich.«

»Um Himmels willen!« Spontan hob ich beide Hände, als könnte ich diese Vorstellung damit abwehren, aber dann dachte ich einen Moment länger nach und ließ sie wieder sinken. »Nein, gewünscht wohl nicht. Aber ich hatte mich darauf eingestellt, dass man mir hier Fragen stellen würde. Und es ist etwas irritierend, dass das keiner tut. Und dann sehe ich den Leuten in die Gesichter und fühle mich unwohl. Verstehst du das?«

Annchen schwieg eine Weile. Dann sagte sie: »Als ich dich vor ein paar Monaten so drängte, mit mir nach Daakum zu kommen, weil es dir so gar nicht gut ging, ging es mir nicht nur um Ruhe und Erholung für dich bei deiner Mama in unserem alten Kraihuus.« Sie lächelte. »Ich wollte dich auch hierher holen, weil ich davon ausging, dass dich hier kaum einer komisch angucken würde.«

»Das versteh ich nicht.«

»Mit Jette konnte ich natürlich nicht rechnen, aber das ist ja zum Glück auch gut gegangen und nun vorbei. Aber davon abgesehen – die Leute hier auf Daakum waren schon immer ein bisschen anders als der Rest der Welt.« Sie lehnte sich zurück und sah an mir vorbei durch das Fenster nach draußen. »Wir sind hier ziemlich weitab von allem, draußen im Meer. Und bis sich die ersten Urlauber zur Sommerfrische hierher verirrten, hatten die Menschen viele Jahrhunderte lang in den kalten Monaten, wenn die Fischerei ruhte und draußen Stürme und Fluten tobten, viel Zeit, sich was zu erzählen. Da haben die Seeleute von den großen Fahrten Geschichten mitgebracht, und die mischten sich mit dem, was man auf der Insel von der Welt wusste – und wer konnte da schon immer so ganz genau die Grenze ziehen zwischen den Naturgesetzen und den Dingen, für die es keine natürliche Erklärung gab?« Sie sah wieder mich an und lächelte ein bisschen schief. »Merkwürdige Begebenheiten und sonderbare Träume, die Vergangenheit, Gegenwart und Zukunft mischten, das mag anderswo die Menschen beunruhigen oder neugierig machen. Aber nicht hier. So schnell wundert man sich hier über gar nichts und ganz sicher nicht über eine, von der man sich erzählt, dass sie sich aufs Spökenkieken versteht.« Sie musterte mich. »Vor allem nicht, wenn das sowieso nicht stimmt und die Medien da bloß übertrieben haben.«

Ich hatte mich ein bisschen verloren in dem, was sie erzählte, bis beim letzten Satz wieder meine sachliche, klar denkende Mutter zu hören war, wie ich sie kannte. Für einen Moment überkam mich ein Anflug von Schuldgefühl, weil ich, was die erwähnten Übertreibungen anging, gar nicht mehr so sicher war, aber es gelang mir, das beiseitezuschieben. »Du meinst, nirgends sonst gibt es eine größere Ansammlung von Sonderlingen wie auf einer abgelegenen Nordseeinsel?«

Annchen erwiderte mein Lächeln. »Vielleicht. Aber vor allem sind hier die alten Geschichten noch ein bisschen präsenter, fester verankert als anderswo, und die Leute hier offener für so manches, was sich nicht allein mit dem Verstand und den Gesetzen der Logik erklären lässt.« Dann lachte sie leise. »Ich glaube, man hält das hier einfach für gute Unterhaltung und freut sich über solche Geschichten.«

So komisch sich das vielleicht anhören mochte, ich wusste instinktiv, dass sie recht hatte. Eine Insel ist eine Welt für sich, und dass das für diese Insel noch ein bisschen mehr galt als für andere, das hatte viele Ursachen. Nicht nur die, dass die Grenzen zwischen den Welten hier vielleicht etwas weniger streng gezogen wurden als anderswo, das wusste ja kaum jemand besser als ich. Aber abgesehen davon hatte das auch ganz handfeste Gründe. Zum Beispiel, dass die Verantwortlichen schon vor Jahren durch geschickte Politik dafür gesorgt hatten, dass Daakum viel mehr von ihrem ursprünglichen Charakter bewahren konnte als die anderen Inseln Frieslands. Und das nicht nur wegen der besonderen Lage so weit entfernt vom

Festland. Es hatte auch damit zu tun, dass der Verkauf von Häusern und Ferienwohnungen an Nicht-Insulaner stark beschränkt wurde, um zu vermeiden, dass Daakum ein reines Feriendorf und ein weiterer schicker Vorort von Hamburg oder ein zweites Sylt wurde. Das wollten die Daakumer um jeden Preis verhindern. Wer sich hier einkaufte, sollte hier gefälligst auch wohnen.

So gab es zwar eine ganze Reihe von Hotels, Pensionen und natürlich auch Ferienhäusern, denn auch Daakum verschaffte der Tourismus Arbeitsplätze und Einnahmen, aber es gab immer noch viele alteingesessene Familien, und wer von außerhalb hierher kam, der kam, um zu bleiben und ein Teil der Gemeinschaft zu werden und nicht, um nur ein paar Wochen im Jahr als Gast hier zu verbringen.

»Du siehst also, es ist alles ganz entspannt hier. Du musst keine Angst haben vor dem, was die Leute vielleicht denken.«

Trotz ihrer gelassenen Worte hörte ich am Klang ihrer Stimme, dass Annchen sich Sorgen machte. Und wer wollte ihr das auch verdenken nach den letzten Monaten? Aber ich war sicher, das Schlimmste überstanden zu haben. Und das Richtige getan zu haben mit meiner Entscheidung, mich nicht zu verstecken, sondern das anzunehmen, was da offenbar in mir schlummerte. »Alles gut. Noch ist es mir am liebsten, wenn sich der Mantel des Vergessens über diese Geschichten breitet und niemand was davon erwähnt.

Bisher hat es mir nur Unglück gebracht.« Noch immer überlief mich ein Schauer bei dem Gedanken an das, was alles hätte passieren können.

Annchen sah mich mit sehr ernster Miene an. »Ich hoffe, es wird so einfach sein.« Ehe ich fragen konnte, was sie damit meinte, war sie aufgestanden. »Aber jetzt muss ich wirklich los«, verkündete sie. »Grüß Hinnerk von mir – und pass auf dich auf, ja?« Dann umarmte sie mich kurz und so kräftig, dass mir einen Moment lang die Luft wegblieb, und dann war sie auch schon zur Tür hinaus.

Ich blieb noch einen Augenblick lang auf der Bettkante sitzen. Meine Mutter war zwar gewöhnlich die Geradlinigkeit in Person, aber ihr »Pass auf dich auf« klang so, als hätte sie es nicht einfach nur so dahingesagt.

ACHT

Als ich an jenem Abend von meinem Maleinsatz bei Hinnerk nach Hause ging, war mir unbeschreiblich leicht ums Herz. Mir war gar nicht bewusst gewesen, wie sehr ich es vermisst hatte, zu arbeiten. Wenn es gut lief, dann gestaltete ein Bild sich fast von selbst. An solchen Tagen sah ich genau vor mir, was ich zeigen wollte, und was ich sah, strömte durch meinen Körper bis hinein in die Spitzen meiner Finger, sodass ich es nur noch auf die Leinwand – oder in diesem Fall, die Wand – übertragen musste. Ich sah es so klar, als wäre es eine Projektion, die auf dem Untergrund erschien. Das war der Gipfel der Gefühle in der Kunst. Und diesen Punkt hatte ich beinahe erreicht. Beinahe – denn ich hatte das Gefühl, dass etwas noch fehlte an dem Bild. Etwas, das den Unterschied machte zwischen technisch einwandfrei ausgeführtem Handwerk und der Kunst – die eine Kleinigkeit, die ein Projekt zu etwas Besonderem machte, weil es das eine, exakt ausgleichende und alle übrigen Teile zusammenführende Element bildete. Und dieses eine Element fehlte mir noch. Aber das beunruhigte mich jetzt nicht.

 Das Bild selbst würde irgendwann zeigen, woran es ihm noch mangelte. Für den Augenblick schwebte ich auf einer Wolke der Glückseligkeit. Es war bereits dunkel, und die ohnehin um diese Jahreszeit beinahe menschenleeren Straßen Daakums gehörten mir an jenem Abend allein. So hüpfte und sprang ich über die Pfützen, drehte mich im Kreis, sodass der Wind mir die Kapuze vom Kopf wehen konnte, und sang dabei leise vor mich hin. So unbeschwert und voll freudiger Erregung hatte ich mich seit mehr als einem Jahr nicht gefühlt, und wer das noch nicht selbst erlebt hat, kann sich vielleicht nur schwer vorstellen, wie es ist, so von Adrenalin erfüllt zu sein, wie rauschhaft es ist, wenn Ideen, Farben, Formen einem nur so durch den Kopf wirbeln. Ein Gefühl, als wäre man ganz leicht betrunken, als wäre alles möglich und alles machbar, alles ginge. Zu Hause angekommen, so erfüllt von diesem so lange entbehrten Glücksgefühl und gleichzeitig zutiefst erschöpft in Körper und Geist, kochte mir eine Tasse heißen Kakao und aß dazu ein Käsebrot, wechselte noch ein paar Worte mit Annchen, die offenbar kurz vor mir nach Hause gekommen war und sich ebenfalls in der Küche zu schaffen machte, und ging dann ins Bett und schlief ein, sobald mein Kopf das Kissen berührt hatte.

In dieser Nacht geschah es. Ich hatte zum ersten Mal seit langer Zeit wieder einen richtigen Traum.

Ich war in den engen Straßen einer Stadt unterwegs, die unverkennbar Daakum-Ort war. Es war dunkel, die Art von Dunkelheit, die es nur am Meer gab, wo sich manchmal die Nacht wie ein Vorhang über die Dächer legt, drückend und jeden Laut erstickend, das vollkommene Schwarz. Nur der Wind war zu hören, der wie ein Getriebener durch die engen Gassen strich, stets auf der Suche und diesmal sogar, als suchte er nach einem Ausweg, als wolle er vor etwas fliehen. Ich blieb stehen und sah noch, wie die schmale Mondsichel sich hinter einer Wolke versteckte, die letzte Spur von Licht mit sich nahm, als sich ein Rauschen erhob. Ich kannte das Meer und jedes Geräusch, das es von sich gab, vom sanften Plätschern an windstillen Tagen bis hin zum wüsten Toben, wenn ein Sturm losbrach. Und ich wusste sofort: Dies hier war anders. Es war wie ein Lied, eine Melodie, das sich steigernde Rauschen der See, in das sich noch etwas anderes mengte, etwas Unbestimmtes, das vage erinnerte an die Laute eines Tieres. Und dann erkannte ich, was es war: Das Wiehern eines Pferdes, dessen Stimme sich mit dem rhythmischen Schlagen der Wellen vermischte wie bei einem mehrstimmigen Gesang.

Ich drehte mich in die Richtung, aus der die Stimmen kamen. Und da sah ich es.

Die schwarze See, die eben noch in der Dunkelheit dem ewigen Takt des Gezeitenwechsels gefolgt war, schien lebendig geworden zu sein, erhob sich und richtete sich auf, hoch und immer höher, und aus ihren tiefsten Gräben löste sich eine gewaltige Gestalt. Doch es waren keine wildgewordenen Wogen, die da wie rasend durch die Straßen donnerten. Was zunächst nur als formlose Masse zu erkennen war, bildete alsbald Köpfe aus, formte Mähnen und stampfende Hufe. Es waren Pferde, riesige Rösser, nicht Fleisch und Blut, sondern schimmernd wie Wasser, Geschöpfe der See, Zwitterwesen, die nur für diesen einen Moment zum Leben erwacht waren, die Augen weit aufgerissen, umgeben von dem Geruch nach Meer und Tang, den sie mit sich brachten, während sie mit jeder Woge näherkamen, galoppierten im Rhythmus der Wellen, und das Donnern ihrer Hufe wetteiferte mit dem Rauschen der See.

Ich starrte wie gebannt dorthin, versuchte, ihnen auszuweichen, wusste, dass die Wucht des Wassers zusammen mit der schieren Masse aus Körpern mich mit sich reißen und vermutlich töten würde, doch ich konnte mich nicht von der Stelle bewegen und blieb, wo ich war, starr vor Entsetzen und unfähig, den Blick von dem Schauspiel zu lösen, das sich mir bot.

So rasten sie auf mich zu, und ich machte mich darauf gefasst, in den Fluten unterzugehen, als sie plötzlich die Köpfe hoben und die Nüstern blähten, sodass ihr Atem in der Luft zu gefrieren schien, und fasziniert sah ich zu, wie sie, deren Häupter sogar den Kirchturm überragten, die Mäuler aufrissen und statt des Wieherns ein Schrei erklang, der mir durch Mark und Bein drang und sich wie eine eisige Klinge in mein Innerstes zu bohren schien. Und dann, ganz plötzlich, waren sie verschwunden. Das Bild veränderte sich, Sonnenstrahlen brachen durch die Wolken, und die Menschen kamen aus ihren Häusern, manche plaudernd, manche eilig, um zu tun, was sie immer taten, und sie schienen nichts zu ahnen von dem, was soeben passiert war, nichts von der Katastrophe, die sie um ein Haar vernichtet hätte, wussten nichts davon, wie knapp sie mit dem Leben davongekommen waren.

Und ich stand da, sah ihnen zu, fassungslos, und ich wollte ihnen erzählen, was ich gesehen hatte, doch niemand wollte es hören, und der Schmerz über das, was ich beinahe verloren hatte, wurde immer unerträglicher, und dabei wusste ich nicht einmal, was das gewesen sein sollte. Irgendwann hielt ich es nicht mehr aus, und ich begann zu weinen, bis das Weinen in ein Schluchzen überging und sich vermengte mit den nunmehr gedämpften Geräuschen des Meeres, hinter denen noch immer ganz leise das Wiehern der rasenden Rösser zu hören war, das sich entfernte, während mein Herz zu schnell schlug und meine Brust zusammenschnürte, dass ich kaum noch atmen konnte, und ich war überzeugt, zu ersticken, rang nach Luft ...

Und dann wachte ich auf. Einen Moment lang wusste ich nicht, wo ich war, versuchte, die Augen offen zu halten, um nicht in diesen Traum zurückkehren zu müssen, nicht in diese Dunkelheit und nicht in diese Angst, denn mein Weinen war echt gewesen und die Stelle, an der mein Kopf sich in die Kissen gedrückt hatte, war nass von Tränen.

Und dann überkam mich wieder das so lange entbehrte Glücksgefühl.

Nach den Ereignissen um den Mann mit den Feueraugen hatte ich lange nicht schlafen können. Ich hatte Angst, zu träumen und wieder irgendwelche Wahnsinnigen auf den Plan zu rufen. Ein Teil von mir wusste, dass das Unsinn war, aber ein anderer, weitaus dominanterer, fürchtete sich, und diese irrationale Furcht vertrieb den Schlaf. Also bekam ich irgendwann von der Ärztin meines Vertrauens Prazosin verschrieben, das die Alpträume vertreiben sollte. Was es auch tat.

Was ich nicht bedacht hatte: Ich fühlte mich kalt und leer nach solchen Nächten. Als wäre mein Hirn fünf, sieben oder neun Stunden komplett abgeschaltet gewesen, und ich würde mit einem vollkommen neuen Bewusstsein aufwachen. Mein Kopf war wie leergefegt, und das galt auch für meine Kreativität – da war nichts. Mir fehlte das nächtliche Aufräumen und Sortieren, das Ordnen und das Neuzusammensetzen, das das Gehirn im Schlaf vollbringt und dabei in Traumbildern zeigt. Manchmal merken wir davon so gut wie nichts, manchmal erinnern wir uns einfach nicht daran, aber manchmal werden dabei so viele Dinge an die Oberfläche gespült, dass sie uns noch lange nach dem Aufwachen beschäftigen.

Und nur dann kann ich arbeiten. Das Medikament hatte ich schon vor Wochen abgesetzt, aber als sich dennoch in den Nächten nichts tat und in meinen

Kopf absolute Stille herrschte, hatte ich den Glauben an meine Träume aufgegeben.

Bis jetzt.

Ich war so froh, dass sie wieder da waren.

Damit war ein neuer Anfang gemacht. Was dann kam, war weitaus schwieriger.

NEUN

Arne hasste das Meer.

Wäre Meret nicht gewesen, hätte er sich auf dieses idiotische Unternehmen nie eingelassen. Leise fluchend fädelte er seinen alten Golf in den fließenden Verkehr ein. Nach Daakum zu fahren, mitten im Winter – was für eine Idee! Aber er konnte ihr so schlecht etwas abschlagen. Nur auf das Boot mitzukommen, das lehnte er ab. Mit dem Boot von Fehmarn nach Daakum, das ging ihm dann doch zu weit. Da hatte er sich schlicht geweigert. Im Winter segeln, wer kam denn auf so was?

Zum Glück war es nach der Fehmarnsundbrücke relativ leer auf den Straßen, sodass er den Wagen rollen lassen konnte und Zeit hatte, seinen Gedanken nachzuhängen. Das einzig Gute, das diese Fahrt für ihn bereithielt, davon war er überzeugt.

Und natürlich kreisten seine Gedanken um Meret, wie fast immer, seit er sie kannte. Alles an ihr war für ihn faszinierend, auch wenn er nicht alles an ihr verstand.

Als sie ihm erklärt hatte, sich auf keinen Fall von ihm mit dem Auto nach Daakum mitnehmen zu lassen, hatte er das zunächst für einen schlechten Scherz gehalten. Mehr noch: Zum ersten Mal war er kurz davor gewesen, sich über sie zu ärgern, jedenfalls ein bisschen. Mit dem Boot wollte sie fahren? Bei Minusgraden? Das konnte nur ein Witz sein. Hielt sie ihn denn für so dämlich, auf so was reinzufallen? Aber sie hatte gelacht, auf diese hinreißende, ansteckende Weise, die ihn von Anfang an zu ihr hingezogen hatte, und ihn dann in ihre weichen Arme genommen, die einen so erstaunlich festen Druck haben konnten. »Vertrau mir«, hatte sie ihm ins Ohr geflüstert. »Ich weiß, was ich tue, ich hab das schon tausendmal gemacht.«

Er bezweifelte nicht, dass sie eine sehr erfahrene Seglerin war, und ihr Boot machte einen robusten Eindruck. Aber dass er mitfuhr, das kam dann doch nicht in Frage, nicht einmal ihr zuliebe. Ihm wurde jedes Mal übel, wenn er auch nur einen Fuß auf schwankende Bootsplanken setzte.

»Aber du lebst doch auf einer Insel, wie kann es sein, dass du so gar nichts am Hut hast mit Wasser?«, hatte sie ihn gefragt, kurz nachdem sie sich kennengelernt hatten, und ihn mit dieser Mischung aus Belustigung und Neugierde angesehen, mit der es ihr gelang, ihm das Gefühl von Verlegenheit zu nehmen, das ihn bei solchen Themen mit jedem anderen Menschen immer wieder überkam.

»Ein Irrtum der Natur, mich ausgerechnet hier auf die Welt zu bringen«, hatte er denn auch gewitzelt, ganz automatisch, weil er das immer so machte. Aber zu seiner Überraschung klangen diese so oft dahingesagten Bemerkungen gar nicht so abgenutzt, wenn sie es war, die ihm zuhörte. »Ich hätte eigentlich eine

Landratte werden sollen, und tief im Herzen bin ich das auch.«

Kaum hatte er das ausgesprochen, hätte er am liebsten die Augen zugekniffen. Halb erwartete er, dass es das gewesen war mit ihnen beiden. Dass sie sich mit einem Hochziehen der Augenbrauen oder einem verständnislosen Kopfschütteln von ihm abwenden würde, wie er es so ähnlich oft erlebt hatte bei Kollegen oder Bekannten und natürlich vor allem bei Frauen. Wenn er einen Ausflug nicht mitmachen wollte oder wieder mal vorgab, keine Zeit zu haben. Wenn eine Fährfahrt anstand und er wieder einmal erfahren musste, dass alle außer ihm vom Meer gar nicht genug bekommen konnten. Ein geborener Fehmarner, aber Angst vorm Wasser? Was für eine Witzfigur! Aber er konnte es ja nicht ändern – die See war ihm nun mal nicht geheuer. Und so hatte er sich irgendwann an den ewigen Spott gewöhnt, jedenfalls redete er sich das ein, um sich das Leben erträglicher zu machen.

Aber diesmal gab es keinen Spott. Diesmal nicht, nicht mit ihr. Meret hatte ihm nur ein Lächeln geschenkt und gesagt: »Kein Problem. Dann nehme ich das Boot, und du fährst etwas später mit dem Auto hinterher.« Das war alles. Er hatte es kaum glauben können. Sie hatte ihn nicht mit Verachtung gestraft, sie hatte sich nicht abgewandt, ihn nicht für uncool oder eine Spaßbremse gehalten. Dass er jetzt die lange Autofahrt einmal quer durch Schleswig-Holstein allein machen musste – geschenkt. Damit konnte er leben. Sonst war er ja auch meistens allein unterwegs gewesen. Neu war, dass es ihm überhaupt nichts ausmachte. Denn diesmal war es trotzdem anders. Diesmal würde er am Ziel der Reise diese einmalige und unglaublich attraktive Frau treffen.

Er hatte ungefähr die halbe Strecke hinter sich gebracht, als ihm klar wurde, dass er noch immer nicht ganz verstanden hatte, was sie ausgerechnet an ihm fand. Noch nie hatte sich eine Frau wie sie für ihn interessiert. Eine, die vermutlich jeden haben konnte, den sie wollte, wenn sie es darauf anlegte. Eine, die alle Blicke auf sich zog, wo immer sie auftauchte.

Auch an jenem Abend vor drei Monaten, als sie in die Bar gekommen war, wo er sich ab und zu mal mit den alten Kumpeln von der Schule traf, war es so gewesen. Alle hatten sich umgedreht, als sie an der Tür stehen geblieben war und den Blick durch den Raum schweifen ließ. Und dann war das Unglaubliche passiert, und dieser Blick war an ihm hängengeblieben. Ausgerechnet an ihm.

Obwohl sich Björn und Malte wirklich Mühe gaben, ihre Aufmerksamkeit auf sich zu lenken, und Malte gewöhnlich einen ordentlichen Schlag bei den Frauen hatte und Björn seit einer Ewigkeit mit der in Arnes Augen tollsten Frau der Insel zusammen war. Aber dieser Abend änderte alles. Diesmal war er der Gewinner, er, der unscheinbare Arne, und es sah so aus, als wäre er genau derjenige, nach dem sie gesucht hat-

te. Und bis zu diesem Tag, da er an einem Bahnüber-
gang irgendwo zwischen Rendsburg und Alt-Duvens-
tedt stand, konnte er sein Glück noch immer nicht so
richtig fassen. »Nicht zu glauben«, hatte Malte später
gesagt und ihn mit einem Blick bedacht, als nähme er
ihn zum ersten Mal so richtig wahr. »Unser Kleiner
hat sich einen Paradiesvogel geangelt.« Und es hatte
unüberhörbar Bewunderung in seinem Tonfall gelegen. Arne kam sich vor, als wäre er gleich drei Zenti-
meter größer geworden.

Jetzt waren sie also seit drei Monaten ein Paar, und
praktisch seit dem ersten Tag wohnte Meret bei ihm.
Ihr Boot lag im Hafen, dort hatte sie wohl vorher gelebt, genau wusste er das nicht, sie arbeitete für irgendeine Regierung, da stellte man nicht zu viele Fragen, das hatte sie schnell klar gemacht. Und dass sie
bei ihm wohnte, war ihm sehr recht. Es war ziemlich
lange her, dass jemand mit ihm zusammen gefrühstückt, geschweige denn, neben ihm geschlafen hatte,
seit seine letzte Freundin ihn verlassen hatte. Und die
hatte er danach nicht einmal besonders vermisst. So
viele Dinge, die er machen musste, ihr zuliebe, dabei
hatte er zu den meisten gar keine Lust gehabt.

Aber mit Meret war das anders. So selbstverständlich. Mit ihr machten ihm sogar Sachen Spaß, die ihn
vorher nie interessiert hatten oder die er sich nicht
zugetraut hatte. Und komischerweise schien sie sich
oft für dieselben Dinge zu interessieren wie er. Sie
hatten so viel gemeinsam, abgesehen natürlich von

der Sache mit dem Segelboot. Und den Tieren – aber da nahm sie so viel Rücksicht auf ihn, dass es gar nicht zu stören schien. Bei ihr hatte er das Gefühl, jemand zu sein – egal, was er machte oder sagte. Und mehr noch: Dass sie jetzt seit Wochen die Wohnung mit ihm teilte, seine kleine, unscheinbare Wohnung in einem unscheinbaren Wohnblock in einer Nebenstraße der Insel, zeigte ihm, dass ihre Zuneigung für ihn echt war. Dass sie gern mit ihm zusammen war, obwohl er das schwarze Schaf in einer Familie war, in der alle entweder erfolgreich oder sehr wohlhabend waren oder beides zugleich. Der kleine Arne, dem nie irgendwas so richtig gelungen war, der hatte jetzt sie.

Sie war einfach perfekt und etwas Besonderes. Wenn er abends aus dem Büro kam, dann kochten sie zusammen, am Wochenende gingen sie manchmal in eine Ausstellung oder ins Kino, und sogar mit seinen Freunden und deren Partnerinnen hatten sie sich schon getroffen. Mehr brauchte er nicht. Denn er, Arne, der sich so oft wie ein Außenseiter und Versager vorgekommen war, war jedes Mal insgeheim stolz, dass er, wo immer er hinging, von der mit Abstand anziehendsten und interessantesten Frau von allen begleitet wurde, die Augen nur für ihn hatte und ihn so zu lieben schien, wie er war.

Vielleicht war das der Grund, warum er das Gefühl hatte, ihr etwas schuldig zu sein. Und vielleicht war er deshalb so schnell einverstanden gewesen, als sie ihm vorschlug, ja, ihn geradezu drängte, doch gemeinsam nach Daakum zu fahren, nachdem er ihr von seiner kürzlich verstorbenen Mutter und deren letzter Bitte erzählt hatte, Kontakt zu dem Onkel aufzunehmen. Er allein hätte diese Reise sicher nicht auf sich genommen – was sollte er auf einer anderen Insel, wenn diese hier ihm schon oft genug lästig war? Aber Meret hatte ihn bisher noch nie um etwas gebeten, und es schien ihr wichtig zu sein. Und letzten Endes hatte sie ja Recht – es würde ein gutes Gefühl sein, diesen einen Wunsch seiner Mutter zu erfüllen, er hatte es ihr ja auf dem Sterbebett versprochen. Und dann hatte er das hinter sich und erledigt, hatte mit dem alten Leben abgeschossen und konnte sich seinem neuen Leben widmen. Dem Leben mit Meret.

Erleichtert und mit einem guten Gefühl lenkte er den Wagen auf die Fahrspur, die zur Autofähre nach Daakum führte.

Jetzt dauerte es nicht mehr lange, bis er sie wiedersah, und sein Herz machte einen Freudensprung bei diesem Gedanken.

ZEHN

Sie trafen sich wie vereinbart auf dem großen Parkplatz am Ortseingang, wo Arne seinen Wagen abstellte, ausstieg und fröstelnd den Kragen seiner Jacke hochschlug. Hier war es unverkennbar noch diesiger als auf Fehmarn, und der Wind streifte mit scharfen Böen um die wenigen Bäume, die vermutlich gepflanzt worden waren, um dem weitläufigen Platz, auf dem nur eine Handvoll anderer Fahrzeuge standen, etwas von seiner Trostlosigkeit zu nehmen.

Bis eben hatte er noch geglaubt, sich mit dem Gedanken arrangiert zu haben, hierherzufahren – immerhin konnte er auf diese Weise ein paar Tage mit Meret an einem Ort verbringen, an dem ihn niemand kannte. Doch dieses Hochgefühl hatte sich allmählich verflüchtigt, als er zusammen mit den anderen Reisenden von der Fähre gerollt war, und nachdem er die kurze Strecke hierher in feuchter Luft und bei schlechter Sicht zurückgelegt hatte, war davon kaum noch etwas übriggeblieben.

Doch dann sah er, wie vom anderen Ende des Platzes, da, wo ein Kirchturm auf den Ortskern hinwies, eine schlanke, hochgewachsene Gestalt auf ihn zu kam, und seine Stimmung hob sich augenblicklich. Wie immer konnte er nicht anders, als warme Zuneigung und auch ein bisschen Stolz zu empfinden, wenn er sie sah. Wie zum Beispiel jetzt, wenn sie so mit langen, tänzelnden Schritten auf ihn zukam. Als sie vor ihm stand und ihn umarmte, ihm der frische, leicht salzige Duft ihres Haars in die Nase stieg und er ihren warmen Körper in seinen Armen spürte, war er schon fast wieder versöhnt mit dieser Insel, die ihm noch grauer und reizloser erschien als die, auf der er geboren war. Sie hatten vereinbart, Daakum gemeinsam zu erkunden, ehe sie bei seinem Onkel vorsprachen, und so ließ er sein Gepäck im Wagen, legte den Arm um Merets Schultern, während sie ihren um seine Taille schob, und so machten sie sich auf den Weg in den Ort.

Es war gut, dass sie ihm so nahe war, denn der Ort hatte nicht viel zu bieten. Die alten Klinkerhäuser, die Souvenirläden, die in diesen Monaten geschlossen waren, zeigten wenig, das das Auge erfreuen konnte. Allein die Lebensmittelgeschäfte und die wenigen Werkstätten, die es noch in den Hinterhöfen hier und da gab, boten ein wenig Abwechslung. Meret hatte einen dicken Pullover über ihr Kleid gezogen und ging hoch aufgerichtet neben ihm her, und er musste sich konzentrieren, um mit ihren langen Schritten mitzuhalten. Ab und an warf Arne ihr verstohlen einen Seitenblick zu, während sie durch die schmalen Straßen gingen, in denen es seiner Meinung nach wenig Spannendes zu entdecken gab. Er jedenfalls war nicht beeindruckt. Was ihn wirklich beeindruckte, war die Tatsache, dass die Kälte, der Wind, die alles durchdringende Feuchtigkeit ihr nichts auszumachen schien, während er über die Wollmütze noch die Kapuze gezogen hatte. Ganz im Gegenteil, Meret schien das Wetter zu genießen.

Neben der Kirche führte eine schmale Straße in leichtem Bogen zu einem baumbestandenen Platz, und hier hielt Meret ihn am Arm fest. »Das muss es sein«, sagte sie und wies mit ausgestrecktem Arm auf ein kleines Haus hin, das ganz allein dort stand. Arne wäre es nicht aufgefallen, wenn sie das nicht gesagt hätte, aber er musste zugeben, dass es hübscher aussah als die meisten anderen. Sehr gepflegt, und mit dem niedrigen Holzzaun davor und den beiden vermutlich ziemlich alten Bäumen daneben hätte es sich gut auf jeder Postkarte gemacht.

»Nett«, sagte er und schüttelte sich ein wenig, als der eisige Wind ihm ins Gesicht fuhr wie tausend Stecknadeln und einen fauligen Geruch mit sich brachte, der zu dieser Jahreszeit an der Küste eher selten war. »Lass uns weitergehen, wir können es uns ja nachher in Ruhe ansehen.«

Arne ertappte sich dabei, den Duft nach Salz und Tang zu vermissen, wie er ihn von der Ostsee kannte. Nie hätte er gedacht, dass er sein Zuhause mal vermissen würde. Hier war die Luft ganz anders. Die tiefhängenden Wolken gingen in dichte Nebelschwaden über, die wie schemenhafte Geister vor ihnen her zu tanzen schienen, und je näher sie der Promenade kamen, umso schlechter wurde die Sicht. Als sie den Hafen erreichten, hatte Arne so gar keine Lust mehr, auf das Boot zu gehen, aber er hatte es Meret versprochen.

»Ich muss noch einmal nach den Tieren sehen«, hatte sie gesagt. »Dann bin ich frei und kann ganz entspannt mir dir zusammen deinen Onkel besuchen.«

Er sah die beiden großen Hunde schon, als er hinter Meret den Steg betrat, und das Knarren der Holzplanken unter seinen Stiefeln mischte sich mit dem Schlagen der Segel und dem leisen Plätschern der Wellen. Das Boot schaukelte leicht, als er ihr mit einem großen Schritt an Deck folgte, und er unterdrückte einen Anflug von Übelkeit.

Die Hunde folgten ihnen lautlos, als Meret die wenigen Stufen hinunterschritt und die Tür zur Kajüte öffnete. Arne war zwar schon ein oder zweimal auf dem Boot gewesen, aber noch nie in der Kajüte, und trotz des leichten Schwindelgefühls, das noch immer nicht verflogen war, sah er sich mit einem Funken Neugier um. Der Raum war klein, aber selbst er musste zugeben, dass es hier drinnen behaglich war. Auch hier dominierte dunkles Holz, zwei reichverzierte Schwerter, offenbar sehr gute gemachte Repliken, dienten als Wandschmuck und passten zum antikisierenden Stil des alten Bootes, den Arne durchaus schätzte, auch wenn es ihm lieber gewesen wäre, dergleichen in einem hübschen Hotel irgendwo auf dem Festland zu finden. Ein kleiner Ofen erwärmte die kalte Luft auf eine erträgliche Temperatur. Trotzdem fröstelte Arne, als er sich auf der Holzbank niederließ, deren Kälte er durch die Kleidung spürte.

»Warte einen Moment, ich füttere nur kurz die Tiere, dann habe ich etwas für dich.«

Er rührte sich nicht von der Stelle, als Meret zwei Näpfe aus einem Schrank holte und große Fleischbrocken darauf verteilte. Dann stellte sie die Näpfe auf den Boden, und auf ein Zeichen von ihr kamen die riesigen weißen Hunde heran, um sich dann geräuschvoll schmatzend über das Futter herzumachen. Erneut kämpfte Arne gegen die Übelkeit. Diesmal waren es der Geruch nach Blut und die Ausdünstung der Tiere, deren Fell nass war vom Aufenthalt draußen an Deck, die seinen Magen rebellieren ließen. Er mochte diese Hunde nicht, sie waren ihm nicht geheuer. Von Hunderassen verstand er nicht viel, aber er vermutete, dass es sich um so etwas wie irische Wolfshunde handeln musste, solche Tiere hatte er einmal in einem Historienfilm gesehen. Aber er wusste, dass Meret die beiden abgöttisch liebte, und immerhin gehorchten sie ihr aufs Wort, was ihn etwas beruhigte.

Als die Hunde ihr Fressen vertilgt hatten, räumte Meret die Näpfe ins Spülbecken, wusch sich kurz die Hände und bedeutete den zotteligen Riesen dann, sich auf die Decke zu legen, die in einer Ecke auf dem Boden ausgebreitet war. Kurz darauf war leises Schnarchen zu hören, und Meret brachte zwei Becher mit, als sie sich ihm gegenüber an den Tisch setzte.

»Hier sind wir wenigstens ungestört«, sagte sie und lächelte ihn an. »Möchtest du einen Tee? Ich habe vorhin eine Thermoskanne voll gekocht.« Sie griff nach der schwarzen Kanne, die auf dem Tisch schon bereitstand. »Eine so geniale Erfindung, der Tee ist ganz sicher noch heiß.«

»Ja, gern.« Arne schob einen Becher zu ihr hin und hoffte, dass der Tee ihn nicht nur wärmte, sondern vielleicht auch den Geruch nach Hund und süßlichen Innereien vertrieb, den er noch immer in der Luft wahrzunehmen glaubte.

»Ist es nicht wunderbar hier?«, fragte sie ihn, als sie beide Becher gefüllt hatte. »Ich finde, die Reise hat sich unbedingt gelohnt.«

Arne sah sie an. Ihre Wangen waren gerötet, ihre Augen glänzten, offenbar meinte sie das wirklich ernst. Er zögerte mit der Antwort. »Wir werden sehen. Mal abwarten, was der Onkel zu sagen hat.

»Ich meinte eigentlich die Insel an sich.« Meret hielt ihren Becher mit beiden Händen umfasst und wirkte nachdenklich. »Sie hat so etwas Ursprüngliches, das ist selten geworden, überall an der Küste.«

Darüber hatte Arne noch nicht nachgedacht. »Mag sein«, räumte er ein. »Aber hier ist es auch kälter und unwirtlicher als zu Hause an der Ostsee.« Er zog die Schultern hoch.

»Siehst du, gut dass du es erwähnst, ich hätte es beinahe vergessen. Ich hab doch etwas für dich.« Mit einer einzigen Bewegung schob Meret sich aus der Bank und trat zu den gekreuzten Schwertern an der Wand. Erst jetzt bemerkte Arne, dass darunter etwas stand. Ein Webrahmen?

»Für dich«, sagte Meret, als sie zum Tisch zurückkam, und legte etwas vor Arne hin. »Damit du nicht mehr so frieren musst.«

»Ein Schal?« Er war irritiert. Er hätte Meret nie mit Handarbeiten in Verbindung gebracht. »Hast du den gemacht?«

»Ja, extra für dich.« Sie schien seine Verwirrung zu bemerken und lachte. »Ich bin damit aufgewachsen«, sagte sie leichthin. »Wo ich herkomme, ist das nichts Ungewöhnliches. Jedes Mädchen musste so etwas lernen. Und ich mache das ab und zu immer noch. Eine sinnvolle Art, Zeit zu verbringen, wenn gerade nichts anderes zu tun ist.«

»Okay.« Arne legte sich den Schal um den Hals, weil es unhöflich gewesen wäre, das nicht zu tun, und musste zugeben, dass er sich angenehm anfühlte. Warm, weich, und er nahm noch ein bisschen von Merets Duft darin wahr, sodass er lächelte. »Ich glaube, ich behalte ihn gleich an.«

Sie strich ihm über die Schulter und nahm dann wieder den Platz ihm gegenüber ein.

»Vielleicht heitert dich das kleine Geschenk ein bisschen auf, du wirkst bedrückt. Was ist los mit dir, machst du dir Sorgen? Ich bin sicher, du musst dir wegen des Onkels keine Gedanken machen. Er hat ja schon geschrieben, dass er sich freut. Alte Leute sind oft einsam. Er wird begeistert sein von dir und sich freuen, dich kennenzulernen. Sagtest du nicht, er hat keine Kinder?«

Eine Böe pfiff um die Fenster, und obwohl das Boot gut vertäut war und sich kaum bewegte, genügte das sanfte Schaukeln, um Arne das Gefühl zu geben, ihm würde sich gleich der Magen umdrehen.

»Wenn du meinst.«

»Stimmt etwas nicht?« Ihr Blick war besorgt. »Du bist ganz blass geworden.«

»Es tut mir leid. Es ist das Boot.« Er umklammerte die Tischkante, als müsste er sich irgendwo festhalten, und auf einmal schien ihm die Luft zum Atmen zu fehlen. Selbst der Schal um seinen Hals schien plötzlich zu viel zu sein, und er hob eine Hand, um den Knoten zu lockern. »Entschuldige«, brachte er gerade so heraus. »Ich muss immer daran denken, wie tief es hier nach unten geht, ich kann einfach nicht anders. Unter uns – das Nichts.« Er spürte selbst, wie das Blut aus seinem Gesicht wich.

Meret lächelte nur und berührte ihn kurz am Arm. »Wir sind hier ja fertig und können gleich gehen. Ich bin sicher, dass dir die Insel bald gefallen wird, du wirst sehen. Ich jedenfalls finde sie ganz wunderbar.«

Arne bemühte sich, so etwas wie Interesse zu zeigen. »Meinst du wirklich?«

»Ja.« Sie beugte sich vor und nahm wieder seine Hand. »Ich kann es kaum erwarten, das Haus deines Onkels aus der Nähe zu sehen. Von weitem sah es ganz bezaubernd aus. Du hast Glück, eine solche Familie zu haben.«

Arne lächelte etwas schief. »Das kann ich mir schwer vorstellen. Aber wir werden sehen.« Er musste zugeben, dass Merets Begeisterung zwar noch keinen Funken in ihm entzündet hatte, aber ein bisschen was von ihrem Optimismus hatte ihn angesteckt. Wenn sie das so empfand, dann musste etwas daran sein. Vielleicht lohnte es sich wirklich, diesen Onkel einmal kennenzulernen.

Ein paar Minuten blieben sie noch sitzen und tranken ihren Tee, die Stille nur unterbrochen von gelegentlichen Seufzern der Hunde, die unruhig zu schlafen schienen. Dann begann Meret, das Geschirr zusammenzuräumen, trug alles zum Becken und spülte es ab, und Arne spürte auf einmal, dass die Luft sich merklich abgekühlt hatte. Wenn man eine Weile hier saß, wurde deutlich, dass die Wärme des kleinen Ofens allein nicht ausreichte, eine angenehme Temperatur zu schaffen. Dann drehte Meret sich zu ihm um, und ihr Lächeln schien den Raum wenigstens ein bisschen zu erwärmen.

Sie kam auf ihn zu, blieb vor ihm stehen, umfasste die Enden seines neuen Schals und zupfte ein wenig daran. »Ich schlage vor, wir gehen zurück, lernen deinen Onkel endlich persönlich kennen und schauen uns sein Haus an. Was meinst du?«

ELF

Hinnerk Sörensen betrachtete sich im Spiegel, was er außer morgens beim Rasieren eher selten tat. Aber jetzt war es ihm wichtig, dass alles stimmte. Seine Wangen brannten noch und waren gerötet von dem After Shave, das er vorhin aufgelegt hatte, und er presste die kalten Hände auf die Haut, um die Hitze zu vertreiben. Der Kragen seines weißen Hemdes scheuerte ein wenig auf den wunden Stellen an seinem Hals, wo er die Klinge etwas zu gründlich angesetzt hatte. Aber ansonsten konnte er zufrieden feststellen, dass es an seinem Spiegelbild nichts auszusetzen gab. Der Pullover, den er über dem Hemd trug, war einer der letzten, die Tede ihm gestrickt hatte, es schien ihm passend, den jetzt zum ersten Mal zu tragen, wenn der Sohn ihrer Schwester zu Besuch kam. Und zur Feier des Tages hatte er sogar eine der wenigen Stoffhosen angezogen, die er besaß. Nur von den Holzbotten wollte er sich nicht trennen, die gehörten einfach dazu. Jetzt klapperten sie hörbar auf den Dielenbrettern, als er auf das Läuten hin zur Tür schritt. Er hatte die Hand schon auf die Klinke gelegt, als er noch einmal innehielt und tief Luft holte. Nun denn, Tede, Liebes, sagte er in Gedanken, ich bin gespannt, wie er so ist, der Sohn deiner Schwester.

Damit drückte er die Klinke herunter und zog die Tür auf, die protestierend knarrte.

Er war nicht sicher, was er erwartet hatte, aber ganz sicher nicht, dass der Mann, der da vor der Tür stand, seiner verstorbenen Frau wie aus dem Gesicht geschnitten war. In ein Augenpaar wie dieses hatte er sich vor vielen Jahrzehnten verliebt und über fünfzig Jahre lang jeden Morgen als Erstes geblickt und jeden Abend als Letztes, und die Form der Nase, das runde Kinn – es hätte Tedes Sohn sein können, der da vor ihm stand. »Verdammich«, murmelte er und vergaß ganz, dass er sich fest vorgenommen hatte, diesem Verwandten von der Ostsee mit ausgesuchter Höflichkeit entgegenzutreten, so wie man das wohl machte in einer so vornehmen Familie, wie seine Frau sie immer beschrieben hatte. Stattdessen musste er nun einen Moment lang blinzeln, damit das Brennen in seinen Augen nachließ, das bestimmt nur von dem kalten Winterwind kam, der vom Meer her und sogar durch die offene Tür bis ins Haus wehte.

»Guten Tag, mein Name ist Arne Bruhns. Sind – sind Sie Hinnerk Sörensen?«

Die wenigen Worte genügten, um Hinnerk wieder ins Hier und Jetzt zurückzuholen. Der Mann, der da vor ihm stand, hatte die gleichen Augen, das gleiche runde Kinn und die kurze, leicht nach oben strebende Nase, die auch seine Frau gehabt hatte, aber wo diese Züge bei Tede Wärme und Optimismus verbreitet hatte, wirkte der Mann, den Hinnerk auf Ende Dreißig schätzte, eher ernst und mit den förmlichen Worten seltsam distanziert. Doch das konnte auch an der etwas ungewohnten Situation liegen, und Hinnerk wollte alles tun, um diese Begegnung für sie beide so angenehm wie möglich zu gestalten. Das war er seiner Tede schuldig.

»Na klar bin ich das, min Jung«, sagte er, öffnete die Tür weiter und umfasste mit beiden Händen die Hand, die der Ankömmling ihm etwas zögerlich entgegengestreckt hatte. »Kannst Hinnerk zu mir sagen, immerhin sind wir eine Familie, nicht?« Nachdem er die Hand des Gastes ausgiebig geschüttelte hatte, trat er zur Seite. »Komm rein, min Jung, ich hab Kaffee und Kuchen vorbereitet. Bestimmt willst du dich ein bisschen stärken nach der Fahrt.«

In diesem Moment trat hinter dem Mann, der sich als Arne vorgestellt hatte, eine zweite Person hervor, die Hinnerk bis dahin gar nicht bemerkt hatte. Während Arnes etwas rundlicher Körper in Jeansjacke, Jeanshose und Sneakers steckte, wirkte die Frau, die jetzt vor Hinnerk stand, schlank und in ihrem schwarzen, fast bis auf die Knöchel reichenden Kleid beinahe eine Spur zu elegant für den Anlass, und Hinnerk musterte sie etwas irritiert. »Ich wusste gar nicht, dass du jemanden mitbringst«, sagte er an Arne gewandt. Ehe der etwas antworten konnte, ergriff die Frau das Wort. »Ich bin Meret, Arnes Frau«, sagte sie. »Ich bin so froh, dass es geklappt hat und ihr beide euch endlich kennenlernt. Wunderschön ist es hier!« Sie lächelte Hinnerk an, und ihm wurde es ganz warm in der Brust.

»Ihr müsst schon entschuldigen, das war eben dumm von mir.« Er hatte sich jetzt an Meret gewandt und erwiderte ihr Lächeln. »Natürlich ist einer wie Arne verheiratet, ich Esel hab gar nicht an so was gedacht.« Er schüttelte den Kopf, das Ganze war ihm sichtlich peinlich, aber zu seiner Erleichterung lachte Meret nur.

»Kein Problem. Arne hätte es dir eigentlich schreiben sollen, aber er hat es wohl vergessen. Es ist doch in Ordnung, wenn ich du sage?«

»Aber natürlich, das machen wir hier alle so, und immerhin sind wir ja alle miteinander verwandt.« Er trat noch ein Stück weiter zurück. »Jetzt kommt aber endlich rein«, sagte er und machte eine einladende Handbewegung. »Die ganze kalte Luft kommt sonst ins Haus, und der Kaffee wird davon auch nicht wärmer.«

»Und, findest du nicht, dass er wirklich sehr nett ist, dein Onkel?« Meret nahm das Tuch ab, das sie sich zum Schutz gegen die Zugluft, die in dem alten Haus fast überall zu spüren war, umgelegt hatte, und warf es auf das Bett. »Ich finde ihn ganz reizend.«

»Ja, er ist nett«, gab Arne mit deutlich weniger Enthusiasmus in der Stimme zu. »Etwas zu vertrauensselig vielleicht.«

»Du meinst, weil er uns gleich das halbe Haus gezeigt hat?«

»Er kennt uns ja eigentlich kaum.« Nachdenklich sah Arne sich um. Der Raum, den der Onkel ihnen als Schlafzimmer zugewiesen hatte («Nur die eine Nacht«, hatte er gesagt. »Für morgen finden wir was Besseres, ich hatte ja noch gar nicht mit euch gerechnet ...«) war klein und wirkte durch die niedrige Decke mit den sichtbaren Balken noch kleiner. Ganz offenbar war dieses Zimmer nicht als Gästeschlafzimmer gedacht gewesen. Vielleicht hätten sie doch vorher Bescheid sagen und den genauen Zeitpunkt ihrer Ankunft nennen sollen? Andererseits hätte der alte Mann sich ja auch etwas mehr Mühe geben können, wenn er schon wusste, dass zum ersten Mal ein Verwandter seiner verstorbenen Frau zu Besuch kam, die er doch angeblich so sehr geliebt hatte.

Arne ertappte sich dabei, dass er die Stirn runzelte, als er an die Gespräche dieses Nachmittags zurückdachte. Gern hätte er noch erwähnt, dass die Geschichte von dieser zwielichtigen Malerin, von der man ja im letzten Jahr alles Mögliche gehört hatte und die offenbar hier im Haus ein und aus ging, wirklich haarsträubend gewesen war. Und dass er bezweifelte, dass man einer solchen Person vertrauen konnte und Hinnerk ja doch ein alter Mann mit einem vielleicht nicht mehr so ganz zuverlässigen Urteilsvermögen war. Aber dann hörte er, wie Meret mit ihrer weichen Stimme ganz leise eine Melodie summte. Er sah auf. Während er seinen Gedanken über seinen Onkel nachhing, war sie zum Fenster getreten, hatte die

Vorhänge zurückgeschoben, sodass das Licht einer einzelnen Straßenlaterne hereinfiel, und öffnete dann das Fenster. Sie stand mit dem Rücken zu ihm und atmete die eisige Seeluft tief ein, die durch den Spalt hereinkam, als wäre das ihr Lebenselixier, und Arne hatte Gelegenheit, ihren schmalen Rücken zu bewundern und die anmutige Haltung, die sie so selbstverständlich eingenommen hatte. Und dachte an nichts anderes mehr. Ein Lächeln stahl sich auf sein Gesicht, und er ging langsam auf sie zu, legte von hinten die Arme um ihre Taille, schloss die Augen und grub sein Gesicht in ihr Haar.

»Ist es nicht wunderschön hier?« Er fühlte ihre Stimme mehr, als dass er sie hörte.

»Hm«, murmelte er, ohne die Augen zu öffnen. Alles, was ihn eben noch so beschäftigt hatte, war verflogen, und seine Sinne waren von nichts anderem mehr erfüllt als von ihr.

»Dein Onkel lebt einen Traum.«

Arne öffnete die Augen wieder. Meret hatte sich in seinen Armen nicht geregt. Sie blickte noch immer hinaus, wo es nichts als den nachtschwarzen Himmel zu sehen gab, der mit zahllosen goldenen Lichtpünktchen übersät war. Der kalte Luftzug, der durch das offene Fenster von draußen hereinkam, streifte seine Stirn, und er fröstelte leicht. Wieder runzelte er die Stirn, als er versuchte, zu verstehen, wovon sie sprach. »Was meinst du?«

»Ist dir bewusst, was für ein Schatz das hier ist?«, begann sie leise. »Dieses Haus dürfte eines der ältesten in der ganzen Nordseeregion sein, und nach der Innenausstattung würde sich jedes Museum die Finger lecken. Hier waren namhafte Künstler am Werk. Jedes einzelne Möbel muss mal ein Vermögen gekostet haben, und heute wäre das alles unbezahlbar. Und hast du die Gemälde gesehen? Das eine könnte ein echter Nolde sein. Kaum zu glauben, dass noch niemand darauf aufmerksam geworden ist.«

»Du meinst, es steht noch in keinem Fremdenführer?« Es fiel Arne schwer, sich auf ihre Worte zu konzentrieren, aber ihr zuliebe wollte er es versuchen. Noch einmal atmete er den Duft ihres Haars ein. Diese Frau hatte etwas an sich, das ihn immer wieder zu ihr hinzog – er konnte gar nicht genug von ihr bekommen. Aber es schien ihr wichtig zu sein, darüber zu sprechen, was sie beschäftigte, und er hörte ihr zu.

»Nicht nur das, ich meinte, jemand, der den Wert beurteilen kann. Es gibt mit Sicherheit Investoren, die genau so etwas suchen.«

Jetzt richtete Arne sich ein Stück weit auf. In seine Gedanken kam Bewegung, langsam zwar, aber dann nahmen sie Fahrt auf. Auch er hatte durchaus bemerkt, dass das Sörensen-Haus sehr speziell war, aber über den Geldwert hatte er sich bisher noch keinen Kopf gemacht. Aber das Wort »Investor« hatte etwas in ihm angestoßen. »Du meinst, mein Onkel ist wohlhabend?«

»Vermutlich nicht an Barmitteln, aber dieses Haus und der gesamte Inventar – das ist wirklich außergewöhnlich.« Meret blickte immer noch durch das Fenster in die Nacht hinaus, aber sie hatte begonnen, seine Hände zu streicheln, die noch immer auf ihrem Bauch ruhten. Versonnen griff er ihren Gedanken auf und spann ihn weiter und sah auf einmal ganz vage vor sich, wie es sein könnte, wenn dieses Haus aus seinem Dornröschenschlaf geweckt und in ein anderes Licht gerückt würde. Ohne dass er sagen konnte, woher diese Gedanken kamen, wanderten sie durch seinen Kopf und nahmen Gestalt an. Fremdenzimmer tauchten vor seinem geistigen Auge auf, Zimmer wie dieses, in dem sie gerade standen. Ganz wenige natürlich nur und auch nur zu bestimmten Zeiten, um das Rare und Begehrenswerte zu erhalten. Er sah Menschen, die hierherkamen und in kleinen Gruppen durch das Haus geführt wurden, Berichte, die über die sozialen Medien in in alle Welt gelangten. Er sah Licht und Helligkeit, wo jetzt das vom Alter nachgedunkelte Holz dominierte, und so wie das alte Haus in seinen Gedanken lichter und heller wurde, so wurde auch seine Stimmung ganz langsam heller. Man müsste … Man könnte … Ganz behutsam, natürlich …

»Sehr behutsam«, mischte sich Merets sanfte Stimme in seine Betrachtungen, und er zuckte zusammen. Hatte er diesen Gedanken tatsächlich laut ausgesprochen? Sie drehte sich in seinen Armen herum, sodass ihr Gesicht nun ganz nah an seinem war, und obwohl sie beinahe gleich groß waren, schien sie zu ihm aufzublicken. »Aber ist das nicht eine wunderbare Vorstellung?«, fragte sie, und in ihren Augen lag ein Lächeln. »Was könnte man nicht alles machen aus diesem Haus. Eigentlich schade, dass daraus nichts werden wird, oder?«

Seine Gedanken waren längst wieder bei ihr, als er ihr das Haar aus der Stirn strich.

»Aber man darf doch träumen, oder?«

Sie legte die Arme um seinen Hals, ihre Wange an seine, und er spürte ihren Atem an seinem Ohr, als sie leise seufzte und flüsterte: »Es ist einfach ein zu schöner Traum.«

Ein Luftzug wehte die Gardine ins Zimmer, und der leichte Stoff streifte Arnes Hände, als er Meret an sich zog. Sie hob den Kopf, reckte sich ihm entgegen, und als er ihre weichen Lippen küsste, fühlte er sich, als gehörte dieser Traum ihm, als wäre er ein König in seinem prachtvollen Schloss, der seine Prinzessin im Arm hielt.

ZWÖLF

Mein Weg zu Hinnerk führte mich einmal quer durch den ganzen Ort, und nach meinem Gespräch mit Annchen betrachtete ich die Straßen und Häuser der Insel besonders aufmerksam. Dass die Menschen hier sich wenig veränderten, hatte meine Mutter gesagt. Ich sah mir jede Tür, jede Fassade genauer an als sonst und kam zu dem Schluss, dass das vielleicht für die Menschen gelten mochte. Für den Ort galt das nicht. Überall gab es Veränderungen, es war viel passiert, und das Daakum meiner Kindheit war ein anderes gewesen als das, was ich jetzt sah. Hier war ein Hotel abgerissen worden, dort ein Neubau hingestellt, wo eine Ladenfassade gewesen war, stand nun ein Privathaus und umgekehrt. Der Menschenschlag hier mochte sich selbst seit Generationen treu geblieben sein, aber ich konnte mit eigenen Augen sehen, dass alles andere sich ständig wandelte. Die Zeit schritt unerbittlich weiter. Überall.

Als ich vor dem schmucken kleinen Inselhaus der Sörensens ankam, klopfte ich kurz und wollte dann wie üblich einfach hineingehen. Doch zu meiner Verblüffung gab die Tür diesmal kein bisschen nach. Irritiert betrachtete ich die Klinke, die sich nicht bewegte, und rüttelte daran, für den Fall, dass sie auf einmal klemmte. Nichts tat sich. Warum um alles in der Welt hatte Hinnerk abgeschlossen? Niemand hier machte das, jedenfalls nicht außerhalb der Urlaubssaison.

Ganz kurz überlegte ich, ob der alte Seemann unsere Verabredung vielleicht vergessen hatte, hielt das dann aber selbst für unmöglich. Schließlich war ihm dieses Projekt hier sehr wichtig, und sollte irgendetwas dazwischengekommen sein, hätte er mir sicher etwas gesagt. Also blieb mir nichts anderes übrig als zu läuten.

Die Türglocke hörte sich an, als wäre sie schon sehr lange nicht mehr benutzt worden, und eine Weile passierte gar nichts. Ich wollte gerade zum zweiten Mal auf den Klingelknopf drücken, als ich Schritte hörte. Dann sah ich einen Schatten hinter der mattierten Glasscheibe und wollte schon ansetzen, Hinnerk zu fragen, ob etwas passiert sei, dass er mitten am Tag die Tür verschlossen hielt – aber dann war es gar nicht der alte Sörensen, der aufmachte, sondern ein mir völlig fremder Mann. Mittelgroß, schütter werdendes Haar, auf der kurzen Nase eine runde Brille, durch die er mich misstrauisch ansah.

»Ja, bitte?«

Ich war nie besonders kontaktfreudig gewesen, und seit dem vergangenen Jahr war ich Fremden gegenüber eher noch zurückhaltender geworden. Im ersten Moment fühlte ich daher das dringende Bedürfnis, einfach kehrt zu machen und davonzulaufen. Aber ich war erwachsen und hatte gelernt, Impulse zu kontrollieren. So machte ich nur einen Schritt zurück, und dann fiel auch endlich der Groschen und ich wusste, wen ich vor mir hatte. »Ach, du bist bestimmt Hinnerks Neffe, oder? Er hat mir schon viel von dir erzählt. Ich bin Aleide. Ich wusste gar nicht, dass du schon angekommen bist.« Ich streckte ihm die Hand hin. »Herzlich willkommen auf Daakum!«

Doch der fremde Mann lächelte nicht und nahm auch nicht meine Hand. Also ließ ich den Arm wieder sinken und wurde etwas förmlicher. »Ich hab einen Termin mit Hinnerk. Ich bin die Malerin, die den Wintergarten dekorieren soll.«

Der Mann an der Tür rührte sich trotzdem nicht. »Ich hab von Ihnen gehört.«

Seinem Blick nach zu urteilen, war das nicht unbedingt etwas Positives.

»Hinnerk hat mir nichts davon gesagt, dass er Sie heute erwartet.«

Ich muss gestehen, dass ich irritiert war. Aber gut, er kannte mich nicht, und vielleicht gab es hier irgendein Missverständnis. Ich dachte daran, wie sehr Hinnerk sich auf diesen Besuch gefreut hatte, und bemühte mich um einen besonders freundlichen Tonfall. »Vielleicht holst du ihn einfach mal her, okay? Hinnerk und ich, wir kennen uns gut, und er erklärt dir dann sicher alles.«

Der Mann musterte mich wieder durch die runde Brille, und ich dachte schon, jetzt würde er mir die Tür vor der Nase zuschlagen. Doch stattdessen sagte er: »Warten Sie hier.« Und verschwand im Innern des Hauses.

Ich hörte, wie er die Treppe hinaufging, und fragte mich, was Hinnerk um diese Tageszeit da oben machte. Bei dieser Art von Häusern gab es unterm Dach nur ehemaligen Gesindekammern, die jetzt meistens als Abstellräume genutzt wurden, weil sie nach heutigen Maßstäben zu klein waren, um als Wohnräume zu dienen.

Ich hörte Stimmen, ohne zu verstehen, was gesagt wurde, dann wieder Schritte, und dann kam der Mann die Treppe wieder herunter.

»Sie können durchgehen«, erklärte er und stellte sich so hin, dass ich mich mit meiner Arbeitstasche gerade so an ihm vorbeiquetschen konnte.

Ganz allmählich ärgerte mich sein Verhalten. »Hast du Hinnerk gesagt, dass ich da bin? Ich bräuchte ihn hier unten, ich muss noch ein paar Sachen mit ihm besprechen, ehe ich anfange.« Ich duzte ihn beharrlich, obwohl er weiterhin beim Sie blieb. Ein bisschen provokant vielleicht, das gebe ich zu, aber ich war gerade nicht in der Stimmung, seiner abweisenden Art nachzugeben. »Sag ihm doch bitte, dass er mal runterkommen soll.«

»Es geht ihm nicht so besonders heute, er hat sich wohl erkältet.«

»Oh, das tut mir leid.« Ich blieb stehen. »Gestern ging es ihm noch wunderbar, ich hoffe, es ist nicht allzu schlimm. Wo er sich doch so auf den Besuch gefreut hat.«

Jetzt wäre eigentlich ein nettes Lächeln angebracht gewesen, aber der Fremde ging wortlos an mir vorbei, und mir blieb nichts anderes übrig, als ihm bis zum Wintergarten zu folgen. Wie immer stellte ich meine Tasche auf den großen Tisch und begann, meine Arbeitsmaterialien auszupacken und so zu sortieren, wie ich sie brauchte. Eigentlich hatte ich erwartet, dass der Mann, dessen Namen ich noch immer nicht wusste, mich dann allein lassen würde, aber er machte keine Anstalten, zu gehen. Ich fühlte mich unbehaglich. Bei der Arbeit war ich am liebsten für mich, und von einem wildfremden Menschen so beobachtet zu werden, als hätte ich die Absicht, mit dem Familiensilber durchzubrennen, störte mich gewaltig in meiner Konzentration. Ich hasste es, angestarrt zu werden.

Um mein Unbehagen zu überspielen, versuchte ich, etwas Konversation zu machen. »Bist du schon lange hier? Hinnerk hatte mir gar nicht gesagt, wann genau du kommst, deswegen war ich vorhin so überrascht.«

»Wir sind gestern erst angekommen.«

»Wir? Hast du deine Familie dabei?«

Als ich darauf keine Antwort bekam, blickte ich automatisch zu ihm hinüber. Er hatte sich inzwischen an den Türrahmen gelehnt und beobachtete mich mit unverhohlenem Misstrauen, die Arme vor der Brust verschränkt.

So ging das nicht, diese Situation war absurd. »Ich muss wirklich mal mit Hinnerk reden. Wenn er nicht runterkommen kann, dann kann ich ja mal kurz raufgehen.« Ich schob die Pinsel noch einmal zurecht, dann trat ich vom Tisch zurück. »Du musst nicht mitkommen, ich kenne mich aus«, sagte ich schnell, als ich bemerkte, wie er sich vom Türrahmen abstieß. Damit wollte ich an ihm vorbeigehen.

»Das halte ich für keine gute Idee«, sagte er und streckte die Hand nach mir aus, als wolle er mich am Arm packen und festhalten, aber da gab es ein Geräusch im Gang hinter ihm, und wir drehten uns beide danach um.

Eine Frau kam auf uns zu. Sie war groß, sehr schlank, ihr schwarzes Haar umrahmte ein Gesicht mit hohen Wangenknochen, dessen Blässe noch betont wurde durch ein hochgeschlossenes schwarzes Kleid, das ihr bis zu den knöchelhohen Stiefeln reichte. Ich stutzte. Obwohl ihre Kleidung, ihr ganzes Erscheinungsbild so ganz anders wirkte, erkannte ich sie sofort. Die Frau vom Gaffelkutter.

Im Gegensatz zu ihrem Partner trat sie mit einem warmherzigen Lächeln zu mir und streckte mir ihre Hand hin. »Hallo, ich bin Meret«, sagte sie mit einer etwas rauen, aber sehr melodisch klingenden Stimme. »Du bist die Malerin? Hinnerk hat erzählt, dass du heute kommst.« Nichts an ihrem Verhalten deutete darauf hin, dass wir uns schon einmal getroffen hatten, und ich wollte nicht so unhöflich sein, sie darauf anzusprechen. Vielleicht erkannte sie mich wirklich nicht wieder – immerhin war ich bei unserer Begegnung unten am Hafen dick eingemummt gewesen.

Ihre Hand war kalt, aber ihr Händedruck fest, und ich konnte gar nicht anders, als ihr Lächeln zu erwidern. »Ja, ich bin Aleide.« Aus der Nähe wirkte sie ganz anders als die Frau vom Boot – elegant, weltgewandt, kaum etwas erinnerte an die zupackende Frau in Twillhose und Arbeitshandschuhen. Aber da war noch etwas anderes … »Kann es sein, dass wir uns schon einmal begegnet sind? Ich meine, nicht hier auf der Insel. Irgendwo anders? Früher?«

Der Anflug eines Stirnrunzelns huschte über ihr Gesicht und war gleich darauf verschwunden. »Menschen sehen einander ähnlich, vielleicht haben wir uns aber wirklich mal getroffen. Ich bin viel unterwegs gewesen, früher.« Lächelnd drehte sie sich zu Arne um. »Das hat jetzt hoffentlich ein Ende.« Und wieder zu mir gewandt: »Wir sind gestern hier angekommen.«

»Und, gefällt es euch?« Sie war freundlicher als ihr Partner, und ich wollte höflich sein.

»Oh ja, sehr!« Sie schien es ernst zu meinen, denn ihre Augen leuchteten, als sie das sagte. »Die Insel ist wirklich speziell, und dieses Haus ist ein Traum.«

»Das ist es. Und Hinnerk ist wirklich unglaublich nett.«

»Das ist er, und er hat auch von dir erzählt.« Sie sah mich aufmerksam an, und ich ergriff meine Chance.

»Wenn du über mich Bescheid weißt, dann ist es ja wohl okay, wenn ich kurz mit Hinnerk rede, weil ich hier noch was ändern will?«

Meret war inzwischen zu dem Mann getreten, der an der Tür lehnte, und hatte eine Hand auf seinen Arm gelegt, sah aber noch immer mich an. »Arne war wohl gerade nicht im Zimmer, als Hinnerk und ich darüber sprachen, verzeih, das muss eben schrecklich unhöflich ausgesehen haben.«

Der Mann, der also Arne hieß, murmelte etwas Unverständliches. Er wirkte noch immer mürrisch, aber nicht mehr ganz so abweisend. Die Frau schien eine beschwichtigende Wirkung auf ihn zu haben, und unwillkürlich fiel mein Blick auf ihre Hand, die noch immer auf seinem Arm ruhte. Es war eine kräftige Hand, die Nägel kurz und nicht lackiert, der einzige Schmuck ein breiter Ring. Elegante Hände, ging es mir durch den Kopf. Kein Wunder, dass sie Arbeitshandschuhe auf dem Boot getragen hatte.

Sie plauderte noch ein wenig, über das Wetter, über den vielen Verkehr auf der Reise hierher, nichts Besonderes, aber mir fiel auf, dass sich die Stimmung im Raum veränderte. Und das hatte nicht zuletzt mit Arne zu tun. Noch immer lag Merets Hand auf seinem Arm, und je länger die Berührung anhielt, je sanfter ihre Stimme wurde, desto mehr verlor er von seiner feindseligen Haltung. Seine gesamte Gesichtsmuskulatur entspannte sich, und schließlich erschien sogar die Andeutung eines Lächelns auf seinen Lippen, als er sich an mich wandte. »Ich sehe mal nach Hinnerk. Vielleicht fühlt er sich nachher ja gut genug, um herunterzukommen und uns ein bisschen Gesellschaft zu leisten.«

Das klang unerwartet freundlich, und ich starrte ihm verblüfft nach, als er durch die Tür verschwand und ich dann hörte, wie er die Treppe hinaufging. Dann hörte ich Merets Stimme. »Wenn Hinnerk allein zurechtkommt, dann werden Arne und ich vielleicht noch ein bisschen spazierengehen. Wir haben uns zwar schon im Ort umgesehen, aber wir waren noch gar nicht am Strand unten. Wir werden dich also nicht stören. Ich bin sicher, du willst lieber in Ruhe arbeiten.« Sie ließ ihren Blick für ein paar Sekunden auf meinem Gesicht verweilen, dann nickte sie kurz und folgte Arne.

Die nächsten Stunden war ich tatsächlich allein und verbrachte die Zeit damit, den Entwurf komplett auf die Wand zu übertragen und ein paar Farbproben an verschiedenen Stellen der Mauer aufzutragen, um ihre Wirkung in unterschiedlichem Licht zu prüfen. Hinnerk war nicht aufgetaucht, aber ich stellte fest, dass ich auch allein noch ziemlich viel zu tun hatte, sodass ich ihn gar nicht weiter vermisste. Ich war so vertieft, dass ich nicht mal mehr an ihn dachte, bis ich aus den Wohnräumen ungewöhnliche Geräusche hörte, gefolgt von einem Hustenanfall. Ich erwartete eigentlich, Stimmen dabei zu hören, schließlich befanden sich ja mehrere Personen im Haus, doch als alles still blieb, abgesehen von dem anhaltenden Husten, nahm ich an, dass Arne und Meret tatsächlich noch spazieren gegangen und noch nicht zurückgekehrt waren. So ging ich durch den kleinen Flur an den Zimmern entlang bis in die Diele, um nach Hinnerk zu sehen, denn nur um ihn konnte es sich handeln.

Es war inzwischen dunkel geworden, und der alte Mann war gerade dabei, eine große Truhe, wie man sie früher für die Aussteuer benutzt hatte, aus einer der kleinen Kammern in die Diele zu schleifen.

»Was um alles in der Welt machst du da? Ich denke, du bist krank!«

»Ach was.« Er blickte nur kurz auf und zerrte dann weiterhin keuchend an der riesigen Truhe. »Nur ein bisschen erkältet. Das haut doch einen alten Seemann nicht gleich um.«

»Der alte Seemann hat aber einen ziemlich üblen Husten, wie ich finde.« Gerade versuchte er, das reich mit Beschlägen verzierte Möbel über eine hohe Türschwelle zu wuchten. »Warte, das ist viel zu schwer für einen allein. Wo sind denn deine Gäste hin?«

Aus der Nähe fiel mir auf, dass sein Gesicht gerötet war, und ich sah die Schweißperlen auf seiner Stirn. Immerhin widersprach er nicht, als ich die Truhe auf der anderen Seite packte und ihm half, sie über die Dielenbretter zu schieben. »Warum lässt du sie eigentlich nicht in der Kammer?«, fragte ich, nachdem wir das antike Möbel in einer Ecke platziert hatten.

»Das alte Ding!« Hinnerk winkte ab. »Ich dachte nicht, dass sie jetzt schon kommen, und hatte noch gar nicht alles vorbereitet. Und die jungen Leute sollen sich ja wohlfühlen bei mir und nicht zwischen lauter altem Gerümpel schlafen. Das gehört sich einfach nicht.«

Wenn sie schon so früh und quasi unangemeldet kommen, dann hätten sie zumindest mit anpacken können, wenn es ans Umräumen ging, wie ich fand.

Hinnerk schien meine Gedanken erraten zu haben. »Sie sind sicher noch unten am Strand, sollen sie doch Daakum ein bisschen kennenlernen, das ist doch schön.«

»Und lassen dich hier allein arbeiten, in deinem Zustand?«

»Lass mal«, sagte er und richtete sich mühsam auf, die Hände in den Rücken gestemmt. »Sie haben mich ja nicht darum gebeten. War ja meine Idee, ich wollte, dass sie ein bisschen mehr Platz haben.«

»Okay.« Wir gingen hinüber in den Raum, den Hinnerk offenbar als Gästezimmer vorgesehen hatte, und ich sah mich um. Es war ein gemütliches kleines Zimmer, groß genug für zwei Menschen, die es eigentlich nur zum Schlafen nutzen würden. »Gibt es sonst noch was, bei dem ich dir helfen kann?«

»Nein, das war alles. Die Betten hab ich vorhin schon frisch bezogen, und der Kühlschrank ist auch voll.« Er setzte sich auf den Truhendeckel, stützte die Arme auf die Oberschenkel und atmete schwer. »Wie weit bist du mit dem Bild?«

»Morgen können wir mit den Farben loslegen.« Ich warf einen Blick auf den altmodischen Wecker, der neben dem breiten Bett stand. »Mika wollte eigentlich noch mit dir weiter an dem Modell arbeiten, aber wie es aussieht, hat er das heute nicht mehr geschafft. Aber dir gehts ja heute sowieso nicht so gut, oder?«

»Nein, nicht so.« In Hinnerks Stimme schwang eine Spur von Bedauern mit. »Ist ein netter Kerl, dein Mika. Und von Booten versteht er auch was.«

Meine Nackenhaare stellten sich auf. »Er ist nicht mein Mika.«

»Aber immerhin ist er dir nachgefahren, oder? Von da unten, vom Bodensee?«

Ich spürte, wie ich rot wurde. Hinnerk kannte die Geschichte also. Ich dachte an Annchen und ihre Bemerkung über die Leute hier. Hatte sie recht gehabt, und es interessierte hier niemanden so wirklich? Ich tat so, als wäre es mir egal. »Er wohnt nur auf Zeit hier«, berichtigte ich. »Er hat sich ein halbes Jahr unbezahlten Urlaub genommen.«

»Na, hör auf einen alten Mann, der das Leben kennt. Der ist gekommen, um zu bleiben.«

Das war ein Thema, das ich lieber nicht vertiefen wollte. »Ich muss jetzt los, wir sehen uns morgen.« Ich wandte mich zur Tür. »Und du«, ich zeigte mit dem Finger auf Hinnerk, »gehst jetzt ins Bett und ruhst dich aus. Sonst hast du nämlich gar nichts von deinem Besuch.«

Er tippte sich kurz an die Mütze. »Aye, aye, Käptn!« Doch seine Stimme klang müde dabei, und zum ersten Mal machte ich mir ernsthaft Sorgen um den alten Hinnerk. Diese Erkältung schien ihn wirklich ziemlich schlimm erwischt zu haben.

DREIZEHN

Etwas später, es war für mich an der Zeit, nach Hause zu gehen, legte ich gerade eine Hand auf die Klinke der Haustür, als jemand von außen dagegen drückte. Ich rechnete damit, dass Arne und Meret zurückkamen, und wollte ihnen noch kurz sagen, dass sie doch später noch nach Hinnerk sehen sollten, als zu meiner Überraschung Mika vor mir stand. Er brachte eine gehörige Welle kalter Luft mit, beeilte sich, ins Haus zu kommen, und schob die Tür gleich hinter sich zu. »Moin«, sagte er nur und schüttelte sich wie ein Hund nach dem Regen.

»Ich wollte gerade gehen, ich dachte, du kommst nicht mehr.« Ich sah zu ihm auf. Sein rundes Jungengesicht war vom Wind und der Kälte gerötet.

»Hat ein bisschen gedauert«, sagte er, und ein breites Grinsen wurde sichtbar, als er die Kapuze zurückschob. »War noch am Meer.«

Ich warf einen Blick auf sein Haar, das tatsächlich etwas feucht war – aber ob das vom Salzwasser war oder von dem Nebel, der an diesem Abend beinahe allgegenwärtig war, das konnte ich nicht sagen. »Wie hast du eigentlich überlebt ohne die See vor der Tür?«, fragte ich und hob gleich darauf die Hand. »Antworte lieber nicht darauf.«

Mika zog eine Braue hoch und spähte dann an mir vorbei, während er den Reißverschluss seiner Jacke öffnete. »Ist Hinnerk in seiner Bastelstube? Ich hatte grad noch eine Idee für sein Boot und dachte …«

»Hinnerk ist nicht so fit«, unterbrach ich ihn. »Er hat sich wohl ne Erkältung eingefangen.«

»Hoffentlich nicht schlimm?« Mika war augenblicklich besorgt.

»Das denk ich nicht. Aber er muss sich etwas ausruhen.«

»Ach, das tut mir leid. Ausgerechnet jetzt.« Er stand da, sichtlich unschlüssig, was er jetzt tun sollte.

»Ich hab ihm gesagt, er soll sich hinlegen, vielleicht könnt ihr ja morgen …«

Ein Knall unterbrach mich, und Mika und ich drehten uns gleichzeitig in die Richtung, aus der das Geräusch gekommen war. Mika reagierte schneller als ich. »Hinnerk«, murmelte er und setzte sich schon in Bewegung, ich hinterher.

»Da vorn rechts ist die Treppe, ich glaube, das Geräusch kam von dort.«

Am Ende der Diele befand sich die schmalen Treppe, die nach oben zur Schlafkammer führte, in die Hinnerk sich während der Dauer des Besuchs zurückgezogen hatte. Dort, am Fuß dieser Treppe, die so eng war, das heute vermutlich kein Bauamt im ganzen Land sie abnehmen würde, lag eine zusammengesunkene Gestalt. Hinnerk.

Mika beugte sich sofort über ihn, und ich kniete mich neben dem alten Seemann auf den Boden. Im selben Moment, da ich seine Wange berührte, öffnete er die Augen. »Aleide«, murmelte er. »Was machst du hier? Wolltest du nicht gehen?«

Ich lächelte. Immerhin schien sein Verstand noch zu funktionieren. »Du bist gestürzt, Hinnerk. Wir haben es rummsen gehört und sind gleich hierher gekommen.«

Ich sah, dass Mika seine Hände über den alten Mann gleiten ließ und ihn zumindest oberflächlich untersuchte. Dann schüttelte er den Kopf, und mir fiel ein Stein vom Herzen. Auf den ersten Blick schien Hinnerk offenbar nicht ernsthaft verletzt zu sein.

Er war auch schon dabei, sich aufzusetzen, und ich legte ihm behutsam eine Hand auf die Schulter. »Mach langsam. Tut dir was weh?«

Der alte Mann schien nachzudenken und rieb sich dann den Ellenbogen. »Fühlt sich nach ein paar blauen Flecken an«, meinte er und sah zu mir auf. »Aber der Kopp ist heile geblieben.«

Ich musste lächeln. »Das ist die Hauptsache. Kannst du aufstehen?«

»Klar!« Etwas umständlich und mit meiner und Mikas Unterstützung kam Hinnerk wieder auf die Beine. Er hielt sich noch an Mikas Arm fest, und seine Knie zitterten ein wenig, das war nicht zu übersehen, aber das konnte auch von dem Schreck kommen.

»Du solltest dich hinlegen«, sagte Mika, der das auch bemerkt hatte, zu ihm, und auf Hinnerks fragenden

Blick hin nickte ich eifrig. »Unbedingt. Und zwar am besten irgendwo hier unten.«

»Nee, nee«, widersprach Hinnerk. »Ich hab ja meinen ganzen Kram nach da oben geschafft, und da will ich denn jetzt auch wieder hin, wenn ich mich schon hinlegen soll.«

Er machte Anstalten, die Treppe wieder zu erklimmen, und wenn wir ihn nicht mit Gewalt zwingen wollten, hier unten zu bleiben, dann blieb uns nichts anderes übrig, als ihm dabei zu helfen.

Es war ganz schön eng mit drei Erwachsenen auf der schmalen Stiege, aber irgendwie schafften wir es. Oben angekommen, sank Hinnerk aufs Bett und schloss die Augen. Als er sie wieder öffnete, war sein Blick eigenartig leer.

»Was ist passiert?«, fragte er und hörte sich auf einmal gar nicht mehr so unerschütterlich an, wie ich ihn kannte. Stattdessen klang seine Stimme unsicher und fast ein wenig ängstlich. Dann runzelte er die Stirn, sah mich an und dachte offenbar angestrengt nach. »Ich kenne dich.«

»Alles gut, Hinnerk«, beschwichtigte ich ihn und versuchte gleichzeitig, mir nicht anmerken zu lassen, wie sehr mich diese Veränderung erschreckte. »Ich bin's, Aleide, und das da ist Mika. Ich hab dir doch von ihm erzählt. Er baut mir dir an deinem Bootsmodell.«

Hinnerk schloss die Augen wieder, aber er lächelte, wenn auch schwach. »Der Polizist vom Bodensee, ich weiß«, flüsterte er. Dann sah er mich wieder an. »Mein Kopf tut weh.«

»Du bist ohnmächtig geworden, weißt du noch? Vermutlich hast du dir da doch was am Kopf gemacht. Vielleicht eine Gehirnerschütterung.«

Der alte Mann rührte sich nicht mehr, nur seine Brust hob und senkte sich regelmäßig. Mika zog ihm die Schuhe aus und öffnete den Reißverschluss an Hinnerks zopfgemustertem Troyer. »Ich glaube, er hat Fieber«, sagte er und legte eine Hand auf die Stirn des alten Mannes. »Er ist ganz heiß, und er atmet schwer. Das ist nicht gut.«

»Er war wohl den ganzen Tag schon etwas angeschlagen. Er hätte vermutlich gar nicht aufstehen sollen.«

Das hatte Hinnerk gehört, denn wieder sah er mich an. »War wichtig«, sagte er und war dabei kaum zu verstehen. »Die beiden ...«

Ich beugte mich vor. »Arne und Meret? Meinst du die? Was ist mit den beiden?«, fragte ich.

Er schüttelte den Kopf und flüsterte etwas, aber ich verstand ihn nicht, daher beugte ich mich noch tiefer, das Ohr näher an seinem Mund. »Kannst du das wiederholen?«

Hinnerk hob eine Hand und legte sie auf meinen Arm, aber ehe er etwas sagen konnte, ging die Tür hinter uns auf, und eine andere Stimme erklang. »Was machen Sie hier?«

Offenbar waren Arne und Meret inzwischen zurückgekommen, ohne dass wir es bemerkt hatten. Ich
seufzte. In Hinnerks Interesse wünschte ich mir Ruhe
hier oben, keine Diskussionen. Und Arnes Tonfall
verhieß nichts Gutes. Behutsam schob ich Hinnerks
Hand weg und drehte mich um. »Dein Onkel hatte
einen Schwächeanfall oder so etwas, wir haben ihn
unten in der Diele gefunden.«

Mit zwei Schritten war Arne am Bett. »Der alte
Narr«, stieß er hervor. »Er sollte in seinem Zimmer
bleiben.«

»Vielleicht hätten Sie hier bleiben können, um sich
um ihn zu kümmern«, mischte Mika sich ein. »Er
braucht vielleicht Hilfe.«

»Und was geht Sie das bitteschön an? Wer sind Sie
überhaupt?«

»Er ist ein Freund von mir und hilft Hinnerk mit seinem Bootsmodell«, erklärte ich rasch, um Streit zu
vermeiden. Ich versuchte, höflich zu bleiben, auch
wenn es mir schwer fiel. Bisher hatte dieser Neffe
sich mir von keiner besonders sympathischen Seite
gezeigt.

»Ach, und Sie bringen einfach wildfremde Leute mit
hierher? Zu dem alten Mann, der sich nicht wehren
kann?« Er baute sich vor mir auf, und obwohl er
nicht besonders groß war, wirkte seine Haltung dro-
hend, als wollte er mir den Raum nehmen und die
Luft zum Atmen, und eindeutig angriffslustig. Ehe
ich etwas sagen konnte, mischte sich Mika ein.

»Mal sachte.« Er trat in dem winzigen Zimmer einen Schritt vor, und sein Tonfall war härter geworden. Über Arnes Schulter hinweg betrachtete ich ihn interessiert. Bisher hatte ich selten Gelegenheit gehabt, einen Eindruck davon zu bekommen, wie er sich in seinem Beruf verhielt, aber ungefähr so stellte ich ihn mir dabei vor. Ruhig, aber mit einer unzweifelhaft autoritären Ausstrahlung. Wie weit er dabei gehen würde, das wusste ich natürlich nicht, aber vorsichtshalber versuchte ich zu schlichten. Hinnerk brauchte Ruhe, keinen Stress. Und den würde es unvermeidlich geben, wenn wir hier alle aneinander gerieten.

»Hinnerk umgibt sich gern mit jungen Menschen, das müsstest du doch inzwischen gemerkt haben.« Meine Worte sollten freundlich klingen, aber als ich Arne beobachtete, hatte ich den Eindruck, dass ihn Mikas Anwesenheit noch mehr störte als meine. Jedenfalls verfinsterte sich seine Miene zusehends, aber ob bewusst oder nicht, er gab ein winziges Stück Raum frei, als er sich zur Tür umdrehte. »Könntest du mich bitte mal unterstützten hier?«

Ich hatte nicht bemerkt, dass Meret die ganze Zeit über auf dem kleinen Treppenabsatz vor dem Zimmer gestanden und uns schweigend beobachtet hatte. Über der schwarzen Kleidung, in der ich sie vorhin gesehen hatte, trug sie jetzt einen dicken dunklen Pullover, die dunklen Augen in dem blassen Gesicht, das nicht unfreundlich wirkte, auf Arne gerichtet. »Liebster, ich glaube, es besteht kein Grund zur

Beunruhigung. Hinnerk ist sicher wieder in seinem Bett, was in seinem Zustand vermutlich das Beste ist. Vielleicht sollten wir alle nach unten gehen und ihm ein wenig Ruhe gönnen.«

Wieder fiel mir auf, wie sanft und weich ihre Stimme klang, ganz anders, als man es bei ihrer etwas dramatischen Erscheinung erwarten würde. Diesmal allerdings verfehlte sie die beruhigende Wirkung auf Arne, die ich zuvor bemerkt hatte. Seine Haltung verlor nichts von ihrer Anspannung, und er sah aus, als würde er nur mühsam einen Wutausbruch unterdrücken. »Nicht, ehe das hier geklärt ist«, sagte er denn auch und sah Mika an. »Ich will hier keine Fremden im Haus haben.«

»Wer sind Sie, dass Sie das bestimmen können?«, fragte Mika, und ich hörte die Empörung in seinem Tonfall.

»Das kann ich bestimmen im Interesse des hilflosen alten Mannes, den ich beschützen muss vor Leuten, die hier einfach so eindringen.«

»Wollen Sie mir irgendwas unterstellen?«

»Ich stelle nur Tatsachen fest.«

Es gab noch immer Abstand zwischen den beiden Männern, aber Arnes Aggressivität war beinahe greifbar, und noch immer war ich mir nicht sicher, wie Mika darauf reagieren würde. In einer vergleichbaren Situation hatte ich ihn noch nie erlebt, ich kannte ihn nur gelassen und in sich ruhend, auch wenn es schwierig wurde. Während Meret weiter in der Dunkelheit des Treppenabsatzes wartete, sah ich zwischen den beiden Männern hin und her und merkte erst später, dass ich in diesen Sekunden den Atem angehalten hatte. Einen Moment lang schien die Zeit stillzustehen, wie in der Stille, die entstand, ehe ein Sturm losbrach, und ich rechnete beinahe damit, dass die Auseinandersetzung handgreiflich werden würde. Aber ich kannte Mika immer noch nicht gut genug. Ich hätte wissen müssen, dass er professionelle Erfahrung darin hatte, Situationen zu deeskalieren, und das tat er auch jetzt.

Er löste die Spannung, indem er einfach eine Braue hochzog und sich ohne ein weiteres Wort von Arne abwandte, um in Richtung Tür zu gehen. Vor Meret blieb er stehen und sah mich an.

Ich gab mir einen Ruck. »Ich gehe jetzt nach unten und werde den Arzt anrufen. Dr. Hoekstra wird ihn sich zur Sicherheit ansehen, er kennt hier jeden seit vielen Jahrzehnten. Hinnerk ist sein Patient.«

Damit folgte ich Mika. Beim Hinausgehen mussten wir an Meret vorbei, die uns bereitwillig Platz machte und einen Schritt zurückwich. Mika beachtete sie nicht, mir aber nickte sie zum Abschied zu, und ich bemerkte, dass sich in ihre Augen ein trauriger Ausdruck geschlichen hatte, der zuvor nicht da gewesen war, und unwillkürlich dachte ich an die tiefe Traurigkeit, die ich nach meinem Traum empfunden hatte. Es war ein eigenartiger Moment.

Wir sprachen nicht, während wir unten unsere Jacken anzogen und das Haus verließen. Das Telefonat mit dem Inselarzt hatte nicht lange gedauert, er wollte sich gleich auf den Weg machen.

»Was ist los mit dir«, fragte Mika, nachdem wir ein paar Meter gegangen waren. »Du bist auf einmal so still.«

»Du sprudelst ja gerade auch nicht über.« Ich zog den Reißverschluss meiner Jacke höher.

»Nein, aber ich hab auch nichts zu erzählen.«

Ich blieb stehen. »Und ich hab?«

Mika zuckte die Achseln. »Du siehst jedenfalls so aus.«

Ich wich seinem neugierigen Blick aus. Oder versuchte es jedenfalls. »Sorry, das hat nichts mit dir zu tun.«

»Womit dann?«

»Irgendwas an Meret irritiert mich.«

»Aha«, machte Mika. »Und das heißt was?«

»Ich hatte da einen Traum ...«

Ich hörte, wie er tief Luft holte, und seufzte. »Na schön, irgendwann muss ich dir das ja sowieso erzählen. Ich habe also wieder geträumt. Neulich. Ist noch nicht lange her.«

Er machte große Augen. »Ah! Endlich! Ist das nicht super?«

»Ja und nein.«

»Geht es etwas deutlicher?«

»Es ist nicht so einfach. Also, grundsätzlich ja. Die Träume sind gut. Aber irgendwas ist anders. Ich tue mich noch schwer damit, die Bilder zu verstehen.«

Wir gingen langsam weiter, und Mika fragte: »Was waren das denn für Bilder?«

Ich erzählte ihm mit wenigen Worten, was ich in der Nacht gesehen hatte. Als ich fertig war, runzelte er die Stirn. »Irgendwelche Tiere, die die Stadt stürmen? Eine Sturmflut?« Vermutlich sah ich ihn ziemlich ausdruckslos an, denn er fügte schnell hinzu: »Sorry, aber ich glaube, ich bin dir da keine große Hilfe. Träume interpretieren, das ist nicht meine starke Seite. Hast du vielleicht in der letzten Zeit Pferde irgendwo gesehen oder so?«

Ich schüttelte den Kopf. »Nein, das ist es nicht. Und so funktioniert das eben auch nicht. Es ist so – das, was ich träume, muss nichts mit dem zu tun haben, was heute Morgen passiert ist oder gestern oder vor drei Tagen. Zeit spielt dabei keine Rolle.«

Mika überlegte einen Moment. »Versteh ich nicht«, sagte er dann. »Erklär mal.«

Ich zögerte. Es fiel mir immer noch schwer, über das zu sprechen, was mich nun schon so lange beschäftigte, worüber ich aber bisher kaum jemals mit irgendwem geredet hatte. Was nicht zuletzt daran lag, dass ich es selber noch nicht richtig verstanden hatte. »Zeit verläuft nur scheinbar linear«, begann ich und suchte noch beim Sprechen nach den richtigen Worten für etwas, das ich gerade erst zu entdecken begann. »Alles, was irgendwann einmal passiert ist, beeinflusst uns noch heute. Ich stelle mir das vor wie lauter Fäden, die immer von jemandem mitgenommen und weitergetragen werden. Die dünner werden, je länger sie schon halten müssen, aber die nie ganz verschwinden. Und die Enden dieser Fäden, die reichen bis heute, aber die Anfänge, die können Jahre oder Jahrzehnte oder sogar Jahrhunderte weit zurückliegen. Und manchmal finde ich so ein Ende irgendwo. Und dann weiß ich, von da führt eine Spur zurück, und wenn ich diesen Fäden folge, dann komme ich irgendwann an den Anfang. Aber die Fäden sind oft verworren und manchmal haben sie sich auch geteilt in zwei oder drei oder vier einzelne Stränge, und es dauert oft lange, bis ich zu ihrem Ursprung zurückkomme. Und manchmal verlaufe ich mich auch und muss aufgeben. Es ist nicht so einfach«, setzte ich leiser hinzu.

»Und diese Enden, die findest du im Traum?« Mikas Stimme klang ganz klar, und das beruhigte mich irgendwie. Etwas Reales in einer Welt, die mir zunehmend irrealer erschien.

»Zum Beispiel.«

Ich hörte ihn schlucken. »Seit wann weißt du das?«

»Ich weiß es noch nicht lange, aber da war es schon immer, und ich habe es wohl auch schon eine ganze Weile geahnt. Eigentlich schon als Kind.«

»Was ist damals passiert?«

»Damals, als ich noch klein war – wenn ich es Annchen erzählt habe, wollte sie davon nie was hören. Sie sagte immer nur, ich hätte zu viel Fantasie. Also dachte ich, das wäre nichts Gutes, und behielt es für mich, wenn so etwas passierte. Wenn ich etwas Komisches spürte oder träumte. Und ich hoffte einfach darauf, dass es aufhören würde, irgendwann. Wenn ich groß bin, oder so.« Ich musste selbst über mich lachen. Wenn man es erzählte, klang es albern.

Mika lachte nicht mit. »Aber es hörte nicht auf?«

»Nein, es hörte nicht auf. Es wurde mehr, und es hörte nicht mal auf, als ich von Daakum wegging, obwohl ich das eine Weile geglaubt hatte. Denn anderswo konnte ich viel besser damit umgehen und vergaß es zeitweise sogar. Weil, wenn ich in Südamerika oder irgendwo in Asien war, dann wusste ich wenig bis gar nichts über das, was früher dort passiert ist, und war auch zu schnell wieder fort, um mitzubekommen, wenn irgendwer etwas in meinen Bildern erkannt hatte. So bin ich ziemlich unbeschwert durchs Leben gegangen und hab das ziemlich genossen.«

»Also sozusagen die Bilder, aber nicht die Nebenwirkungen.«

»Genau. Ich konnte malen, und sonst nichts. Keine Folgen.«

»Bis du an den Bodensee gekommen bist.«

»Und dann wieder hierher. Genau.« Ich zuckte mit den Schultern. »Ist eben doch was dran an dem alten Spruch, dass man vor sich selbst eben nicht davonlaufen kann.«

»Ja, davon hörte ich. Und was machen wir nun?«

»Dasselbe wie immer. Du gehst schwimmen, und ich male die Wand an.«

»Das ist alles?«

»Ich fürchte, im Moment ja.«

»Also schön.« Wir waren an der Ecke angekommen, an der sich unsere Wege trennten. »Und was machst du mit deinem Traum?«

»Ich werde noch ein Weilchen darüber nachdenken. Ich halte dich auf dem Laufenden.«

»Ich bitte darum. Aber vergiss nicht – ich bin für dich da. Immer.« Er hob zum Abschied eine Hand und wandte sich zum Gehen. »Wir sehen uns.« Und damit trabte er davon.

»Pass auf dich auf.«

Er drehte sich um. »Keine Sorge.« Mika grinste. »Ich schwimme wie ein Fisch.«

Ich sah ihm noch einen Moment lang versonnen nach und dachte, dass ich das eigentlich nicht gemeint hatte.

VIERZEHN

»Dieses Haus ist ein Schatzkästchen, noch viel schöner, als ich es von außen erwartet hatte.«

Hinnerk hatte seine Dachkammer an jenem Abend nicht mehr verlassen. Der Arzt hatte ihn untersucht, aber nichts Beunruhigendes gefunden, er hatte ihm nur geraten, im Bett zu bleiben und sich zu schonen, und den beiden Gästen hatte er nahegelegt, ab und an nach ihrem Onkel zu sehen. Und vor allem sollten sie darauf achten, dass er seine Medikamente regelmäßig nahm, der alte Hausarzt hatte den Verdacht, dass Hinnerk damit in der letzten Zeit etwas zu sorglos gewesen war. Falls sich sein Zustand verschlechterte, sollten sie ihn sofort benachrichtigen.

Das war zwei Stunden her, und Hinnerk hatte sich seitdem nicht gerührt. Jetzt schlenderten Arne und Meret Hand in Hand durch die stillen, dämmerigen Räume, zum ersten Mal ganz allein. Das Haus war nicht besonders groß, aber zu der Zeit, als es errichtet wurde, hatte man vor allem viele kleine Kammern gebaut, die sich für Uneingeweihte wie ein Labyrinth darstellten, und so gab es für sie einiges zu entdecken.

Sie öffneten hier eine Tür und spähten dort um eine Ecke, schalteten das Licht an und sahen sich um. Irgendwann blieb Arne stehen und betrachtete die reich verzierte Holzdecke in einem der größeren

Zimmer, das früher vielleicht einmal eine Art Versammlungsraum gewesen war. Die prachtvolle Ausstattung ließ jedenfalls darauf schließen, dass dies nicht als privates Refugium gedient hatte, sondern eher als Repräsentationsraum, um Wohlstand und Bedeutung des Eigentümers zu demonstrieren. Meret konnte sich ein belustigtes Lächeln nicht verkneifen, während sie beobachtete, wie Arne sich langsam um die eigene Achse drehte, als wäre er ein Kind in einem Süßigkeitenladen und könnte sich nicht entscheiden, wohin er zuerst blicken sollte.

Sie ließ seine Hand los und trat hinter ihn, rieb ihre Wange an seinem Rücken, schloss einen Moment lang die Augen und lächelte. So sollte es sein. Sie hatte gewusst, dass es ihm gefallen würde. Nun musste er nur noch die richtigen Schlüsse ziehen. »So habe ich es mir vorgestellt«, sagte sie leise.

Arne griff nach hinten und zog sie behutsam wieder neben sich. »Was hast du dir vorgestellt, Liebes?«

»Das Haus.«

»Das Haus?« Er sah sie erstaunt an. »Bist du schon einmal hier gewesen?«

»Nein, nein«, sagte sie schnell. »Aber ich hatte etwas vor Augen, als du mir davon erzählt hast.« Sie berührte sacht seinen Arm. »Vielleicht hatte ich auch einfach nur gehofft, dass es dir gefallen würde.«

Einen Moment lang schien er verwundert, dann zog er sie an sich. »Meine kluge, kluge Frau, was habe ich ein Glück, dich gefunden zu haben. Gib zu, du wusstest das also schon und hast mich deswegen hierher gelockt!« An seinem Tonfall erkannte sie, dass er das im Scherz gesagt hatte, und als er sich zu ihr beugte und ihr einen raschen Kuss gab, war sie sicher, das Richtige getan zu haben.

»Es ist außergewöhnlich, nicht wahr?«

»Außergewöhnlich, das trifft es wohl.«« Arnes Blick war wieder nach oben gerichtet auf die reich verzierten Deckenbalken, als er den Arm um ihre Schultern legte. »Obwohl mir gar kein Wort einfällt, das dem hier gerecht wird. Dies hier ist ein Traumhaus, so etwas wird heute gar nicht mehr gebaut. So wohnen können …« Sie hörte das Sehnsüchtige in seinem Tonfall.

»Nicht wahr?« Noch immer lächelnd, schob sie ihren Arm um seine Taille und wandte den Blick nicht von ihm, der noch immer in die Betrachtung des Balkenwerks versunken war. »Und bei so einer Schönheit stört es nicht einmal, dass es auf einer Insel steht, oder?«

Endlich riss er sich los von den Lettern aus Blattgold, die den mittleren Balken zierten, und sah sie an. »Nein, genau hier gehört es hin. Und in den richtigen Händen …«

Ihr Herz tat einen kleinen Freudensprung. Es gefiel ihm, wie sie es gehofft hatte. »Ich freue mich so sehr, dass du das sagst. Ich hab mich auf den ersten Blick in dieses Haus verliebt.« Sie legte eine Hand auf seinen Arm. »Meinst du, wir könnten Hinnerk dazu bringen, sich noch mehr darum zu kümmern? Es müsste einiges gemacht werden, und bestimmt könnten wir so lange hier wohnen – stell dir vor, wir hätten eine gemeinsame Aufgabe …«

Er machte einen Schritt zur Seite und sah sie überrascht an. »Wer redet denn davon? Hier wohnen? Um Gottes Willen, nein! Keine zehn Pferde würden mich dazu bringen, hier zu wohnen. Doch nicht bei dem alten Mann!«

Sie trat einen Schritt zurück. »Ich dachte, du magst ihn?«

»Klar mag ich ihn. Aber ich würde nicht bei ihm wohnen wollen, wirklich nicht.«

»Es gefällt dir nicht?« Sie klang eine Spur enttäuscht, und er zog sie an sich.

»Natürlich gefällt es mir. Seit wir darüber gesprochen haben, habe ich immer wieder darüber nachgedacht. Hinnerk wohnt hier seit einer Ewigkeit, und das merkt man dem Haus auch an. Es müsste auf den heutigen Standard gebracht werden – natürlich ohne die alte Substanz anzugreifen«, fügte er schnell hinzu, als er bemerkte, dass sie etwas sagen wollte. »Aber ob man ihn dazu bringen kann …«

Sie lächelte ihn an. »Man kann aber mal davon träumen, oder?« Sie strich über seine Arme, seine Schultern. »Wenn das hier dir gehören würde, was würdest du damit machen?«

»Wie meinst du das?«

»Na, stell dir doch nur mal vor, das Haus wäre deins. Unser. Was würdest du damit tun?«

»Du meinst, wenn es mir gehören würde?« Er zögerte einen Moment, dann löste er sich von ihr, ging ein paar Schritte rückwärts und breitete die Arme aus. »Wenn das mir gehören würde, dann würde ich ein Hotel daraus machen. Dann wäre dies hier der Frühstücksraum. Da drüben«, er zeigte auf einen Durchgang, »ließe sich die Wand durchbrechen, um die Küche zu erweitern. Und da«, jetzt wies er in die andere Richtung, »könnte der Ausblick zum Garten und dem Meer dahinter freigemacht werden. Der Wintergarten müsste natürlich weg.«

Dann sah er sie an, und sie bemerkte, wie seine Augen leuchteten und seine rundlichen Wangen vor Aufregung gerötet waren. »Okay, Herr Hotelbesitzer«, erwiderte sie, »was würden denn Ihre Freunde dazu sagen, wenn Sie hier auf einmal das erste Haus am Platz besitzen würden?«

Arne lachte kurz auf. »Die würden mir das vermutlich gar nicht glauben – der kleine Arne, ein Hotel?« Plötzlich wurde er ernst. »So was besitzen, das wäre ein Traum, da würden mich alle beneiden.« Das sagte er ganz leise, wie zu sich selbst.

Sie beobachtete ihn genau. »Und was sich damit verdienen lassen würde …«

»Oh ja.« Arne hatte sich wieder gefangen. Er schob die Hände in die Hosentaschen und schien den Raum mit Blicken auszumessen. »Hier würden die Tische stehen, natürlich alles aus der Region und von der Zeit her passend. An der Wand würde ich altes Geschirr ausstellen, und vielleicht ein paar stimmungsvolle antike Malereien. Und da ….« Er fuhr fort, die Einrichtung zu beschreiben, wie er sie sich vorstellte, und war so in seine Betrachtungen vertieft, dass er Meret vergessen zu haben schien. Sie ließ ihn eine Weile gewähren, dann unterbrach sie ihn, und ihre Worte schienen die kühle Luft zu durchschneiden wie ein zu scharfes Messer.

»Fast ein wenig schade, dass es dazu nie kommen wird, oder?«

Arne drehte sich zu ihr um und wirkte, als sei er gerade aufgewacht. »Was meinst du?«

»Na, als ich dir so zuhörte, dachte ich, wie schade es ist, dass das Haus so ein bisschen verschwendet wird.« Sie verschränkte die Arme und musterte ihn. »Ein Mann, so ganz allein …«

»Ja, Hinnerk würde hier natürlich nie weggehen. Kann man ja auch verstehen, irgendwie …« Sie hörte das Bedauern in seiner Stimme. Offensichtlich fiel es ihm schwer, sich von diesem Traum zu verabschieden, der ihm für eine kleine Weile so real erschienen war.

»Und da ist ja auch noch diese Malerin mit ihrem Freund …«

»Ach, die.« Arne winkte ab. Über die wollte er im Moment nicht nachdenken.

»Aber wer weiß ...«, begann Meret dann.

»Was meinst du?« Arne sah zu ihr hinüber.

»Ach, nichts.«

»Komm, sag schon. Du wolltest doch irgendwas dazu sagen, oder? Was dachtest du gerade?«

»Ich dachte daran, dass das Haus ja doch irgendwann ohnehin verkauft werden muss.«

»Ja, bestimmt. Hinnerk ist alt. Ewig kann er hier nicht so allein wohnen bleiben.« Er machte eine Pause, ehe er weitersprach. »Aber so weit sind wir ja noch nicht.«

»Nein, das sind wir noch nicht.«

Arne schwieg einen Moment. Dann schien ihm ein Gedanke zu kommen. »Sag mal, und wenn wir ...«

Er brachte den Satz nicht zu Ende. Meret aber wusste genau, was ihm gerade durch den Kopf ging. Und sie war gespannt, wie er sich entscheiden würde. Denn von dieser Entscheidung hing so viel ab. Viel mehr, als er ahnte.

FÜNFZEHN

Obwohl sich in den wenigen Tagen ein Vielfaches mehr ereignet hatte als in den ganzen Wochen davor, ging mir die Erinnerung an den Traum, den ich gehabt hatte, nicht aus dem Kopf, und das Gespräch mit Mika hatte das Ganze noch einmal intensiviert. So sehr ich die Bilder von den Pferden, die aus dem Meer kamen, auch hin und her wälzte und versuchte, sie irgendwie einzuordnen, als wären sie ein Puzzleteil, für das ich nur die richtige Stelle finden musste — es gelang mir nicht, sie in irgendeine Beziehung zu meinem Leben, zu Daakum oder den Menschen, die ich hier kannte, zu setzen. Schließlich stellte ich fest, dass ich allein damit offenbar nicht weiterkommen würde, und ich beschloss, die Person zu fragen, von der ich wusste, dass sie sich zumindest mit allem auskannte, was die Insel betraf.

Ich verabredete mich mit Imme.

»Danke, dass du so spontan Zeit für mich gefunden hast.« Ich ließ mich auf einen der Besucherstühle fallen, die in Immes Büro neben dem Schreibtisch standen. »Ich könnte deinen Rat gebrauchen. Weißt du ...«

Imme hatte sich noch an ihrem Schreibtisch zu schaffen gemacht und kam jetzt zu mir herüber. Dabei fiel mein Blick auf ihr Gesicht, und sie sah mich so besorgt an, dass ich mitten im Satz innehielt. »Um Himmels willen, nein!«

Erst jetzt wurde mir klar, dass sie geglaubt hatte, ich wäre wieder in einer ähnlichen Situation wie letzten Herbst. Das war der Grund, warum sie so schnell diese Stunde am Nachmittag für mich freigeschaufelt hatte. »Nein, ich werde nicht bedroht oder so.« Ich zog den zweiten Stuhl in der kleinen Besucherecke zurecht und zeigte darauf. »Setz dich zu mir. Ich brauche nicht deinen anwaltlichen Rat, ich brauche dich als meine Freundin.«

Sofort entspannte sich Immes Haltung. »Okay, das beruhigt mich. Ich hatte schon befürchtet …« Sie beendete den Satz nicht, schüttelte nur den Kopf und nahm neben mir Platz. »Ich dachte schon, du hast noch immer mit übereifrigen Fans zu kämpfen.«

»Ich hätte Jette Marquardt nicht unbedingt als übereifrigen Fan bezeichnet, aber gut …«

»Du weißt, was ich meine.« Da hatte sie recht. Andere Menschen reagierten nicht immer nur positiv auf mich und das, was ich darstellte. Das hatte mich durchaus schon in Schwierigkeiten gebracht.

»Das hab ich jetzt im Griff«, erklärte ich und bemühte mich um einen sehr zuversichtlichen Tonfall.

Über Immes schmales Gesicht huschte jetzt ein Lächeln, und ihre Augen blitzten. Jetzt sah sie wieder aus wie zu unseren gemeinsamen Schulzeiten, als die jetzt so ernsthafte Anwältin oft genug die Erste war, die irgendeine übermütige Idee zu einer gewagten Unternehmung hatte. »Gib zu, du hast einen Schutzzauber um dich gelegt.«

Ich zog vielsagend die Brauen hoch und stellte erleichtert fest, was mir in den letzten Wochen schon ein paarmal aufgefallen war: Dass ich inzwischen nicht mehr so empfindlich auf Bemerkungen wie diese reagierte. Ganz im Gegenteil, ich konnte tatsächlich lachen über Bemerkungen, die auf meine angeblichen oder tatsächlichen besonderen Fähigkeiten anspielten. Seit ich für mich selbst entschieden hatte, mich endlich damit auseinanderzusetzen, war es, als wäre ein Knoten geplatzt, von dem ich bis dahin nicht gewusst hatte, dass es ihn gab und wie sehr er mich einschränkte.

Dafür die richtigen Worte zu finden, war nicht leicht, aber es ließ sich am ehesten so beschreiben, dass ich das Gefühl hatte, eins mit mir geworden zu sein. Etwas von der Getriebenheit, die mich jahrelang um den halben Erdball gejagt hatte, war aus meinem Leben verschwunden, und ich war in mir selbst angekommen. Bisher waren mir solche Betrachtungen immer albern und überflüssig vorgekommen, und auch jetzt hörten sie sich für mich nach Binsenweisheiten an, aber ich hatte es am eigenen Leib erlebt, was es bedeutete, wenn man mit sich selbst nicht besonders gut zurechtkam – und was sich verändert hatte, nachdem ich begonnen hatte, mich selbst zu akzeptieren mit dem, was ich war und wie ich war: Eine Frau mit nicht ganz alltäglichen Fähigkeiten. Jetzt musste ich nur noch deren Ausmaß erkennen, aber dafür war ich nicht hier.

Ich atmete tief ein. »Schön wäre es, so etwas nicht um mich selbst, sondern um die Menschen legen zu können, die mir etwas bedeuten.« Ich dachte an Hinnerk und die beinahe kindliche Freude, die ich in seinen Augen sah, als er mir das erste Mal von dem bevorstehenden Besuch seines Neffen erzählt hatte. Jetzt lag der alte Seemann kränkelnd im Bett, und ich war mir nicht mehr so sicher, ob sein Besuch ihm wirklich guttat.

»Ich bin nicht sicher, ob ich da die Richtige bin, um dir zu helfen«, ließ sich nun Immes Stimme vernehmen.

»Das musst du auch nicht. Ich will dich ganz was anderes fragen.« Ich setzte mich aufrechter hin und sah Imme an. »Du hast doch früher in den Ferien hier im Museum gearbeitet und kennst dich da gut aus. Ich brauche ein paar Infos zu Daakums Geschichte.«

»Weiß ich da mehr als du?« Imme runzelte die Stirn. »Also, wenn hier eine die Fachfrau für altes Wissen ist, dann bist das ja nun ganz sicher du.«

Das stimmte. Trotzdem gab es einen Grund, warum ich hier war. »Ich denke, du weißt vermutlich andere Dinge als ich. Und mit dem, was ich weiß, komme ich gerade nicht weiter. Ich hab nämlich folgendes Problem. Da war dieser Alptraum …«

Jetzt hatte ich Immes ungeteilte Aufmerksamkeit. »Oh, die Träume – das klappt endlich wieder?« Ihre dunklen Augen strahlten. »Super, das freut mich so, so sehr für dich!«

»So was Ähnliches hat Mika auch schon gesagt.« Ich verzog das Gesicht. »Und es ist ja auch schön, dass ich wieder träumen kann. Es geht nur alles noch etwas durcheinander.« Ich kniff die Augen zusammen, in der Hoffnung, die Bilder aus der Nacht noch einmal deutlicher hervorrufen zu können. Dann fasste ich für Imme zusammen, was ich im Traum gesehen hatte, und als ich damit fertig war, sah ich meine Schulfreundin erwartungsvoll an. »Gibt es irgendein besonderes Ereignis auf Daakum, das dir einfällt und das mit Pferden zu tun hatte?«

Imme hatte mir aufmerksam zugehört und mich nicht unterbrochen. Jetzt aber zog sie die Brauen hoch. »Mit Pferden?«, wiederholte sie verständnislos. Diese Frage schien sie zu überraschen. »Wo soll ich denn da anfangen?«

»Sorry«, sagte ich und hob die Hände. »Das ist das Einzige, was wirklich konkret ist.«

»Natürlich gab es immer Pferde auf der Insel«, sagte sie schließlich nach kurzem Nachdenken. »Aber ich wüsste jetzt keines, das mit einer besonderen Geschichte verbunden war. Hattest du sonst noch irgendeinen Hinweis? Farbe? Rasse oder so?«

Ich überlegte. »Nicht wirklich. Es waren riesige Tiere, sie tobten wie rasend über die Insel und wollten irgendwas zerstören, aber dazu schien es nicht zu kommen.« Ich versuchte noch einmal, die Bilder zurückzurufen, mich in ihren Anblick zu versenken. »Ich wusste, sie hatten ein bestimmtes Ziel, auch wenn ich nicht weiß, wieso ich das wusste.« Ich hab vermutlich etwas unglücklich ausgesehen, als ich das sagte. »Klingt das irgendwie verwirrend?«

Aber Imme ging auf meine Frage gar nicht ein. »Haben sie es gefunden?«

»Nein, ich glaube nicht, ich bin vorher aufgewacht. Ach – eins noch. Sie kamen aus dem Wasser. Eigentlich waren sie Wasser.«

»Die Pferde waren Wasser?« Imme runzelte die Stirn. »Das ist allerdings sehr speziell.«

»Ja, das Ganze ist eine seltsame Mischung, wie das ja oft bei Träumen ist. Aber meistens gibt es einen ganz besonderen Anlass, warum ich so träume. Oft geht es um etwas, das ich vorher gesehen habe. Aber ich habe kein Pferd gesehen, da bin ich ganz sicher. Und jetzt zerbreche ich mir den Kopf darüber, was das Ganze zu bedeuten hat. Und weil ich nicht weiterkam, dachte ich, es ist vielleicht etwas aus der Geschichte, etwas Altes, etwas, das sich früher mal hier ereignet hat und das mir irgendwie …« Ich brach ab. »Ach, ich weiß es auch nicht. Das Einzige, was ich weiß, ist, dass es etwas zu bedeuten hat.«

»Meinst du nicht, dass du dich da vielleicht ein bisschen verrennst?«

»Wie meinst du das?«

»Naja.« Ich sah, dass Imme nach Worten suchte. »Du hast herausgefunden, dass deine Träume eine Bedeutung haben. Aber das muss ja nicht heißen, dass das bei allen Träumen so ist. Wir träumen ja oft mehrmals in jeder Nacht, aber wir können uns nicht immer daran erinnern.«

»Du meinst, ich messe dem zu viel Bedeutung bei? Und es ist gar nicht so wichtig?«

»Das will ich damit nicht sagen, denn für dich ist es ja offensichtlich wichtig. Aber ja, vielleicht misst du dem jetzt gerade wirklich ein bisschen zu viel Bedeutung bei. Nur weil du entdeckt hast, dass manche deiner Träume eine wichtige Botschaft enthalten, muss es ja nicht so sein, dass das bei allen Träumen so ist.« Imme sah mich an, und ich erkannte den Zweifel in ihrem Blick. »Aber ich bin natürlich auch keine Fachfrau in solchen Dingen. Ich meine nur, dass du diese Möglichkeit nicht ganz außer Acht lassen solltest.«

Die Enttäuschung, die ich in jenem Moment empfand, war so heftig, dass ich mich wie gelähmt fühlte. Es wäre mir nicht einmal möglich gewesen, aus diesem Stuhl aufzustehen. Das war nicht die Antwort, auf die ich gehofft hatte, obwohl ich Imme insgeheim recht geben musste. Vielleicht war es wirklich so, dass ich etwas suchte, das es nicht gab. Aber in meinem Kopf flogen die Gedanken hin und her wie ein aufgescheuchter Wespenschwarm, und sie waren ungefähr genauso schmerzhaft wie ein Stich dieser Tiere. Zu erfahren, dass meine Träume eine wichtige Bedeutung haben konnten und mir etwas mitteilen wollten, auf das ich achten sollte, war eine Sache. Zu wissen, dass diese Botschaften da sein konnte, aber sie nicht entschlüsseln zu können, das war eine ganz andere. Mit dieser Art von Problemen hatte ich überhaupt noch nicht gerechnet. Und in den Sekunden, die ich brauchte, um zu verarbeiten, was Imme gerade gesagt hatte, wurde mir bewusst, dass mich das, wenn ich Pech hatte, meinen Verstand kosten könnte.

Ratlos sah ich Imme an, und ich fühlte, wie meine Augen zu brennen begannen. Sofort stand sie auf, hockte sich neben mich und legte einen Arm um meine Taille. »Es tut mir leid, dass ich dir nicht helfen kann«, sagte sie leise, und ich wusste, dass sie das ernst meinte. »Bist du ganz sicher, keine Pferde in den letzten Tagen gesehen zu haben, die sich in deinen Traum schleichen konnten?«

»Absolut sicher«, flüsterte ich und blinzelte gegen die Tränen an. Als das Brennen nachließ, drückte ich liebevoll Immes Arm und stand dann auf. Hier sitzenzubleiben, würde mich nicht weiterbringen, das wusste ich jetzt. »Trotzdem danke«, sagte ich und war froh, dass meine Stimme wieder etwas fester klang. »Vielleicht hast du recht. Ich werde noch ein bisschen nachdenken, aber ich werde auch die Möglichkeit ins Auge fassen, dass das vielleicht gar nichts zu bedeuten hat.« Ich beugte mich vor und umarmte meine Schulfreundin kurz, die sich ebenfalls erhoben hatte.

»Halt mich auf dem Laufenden«, sagte sie.

Ich bemerkte ihren besorgten Blick und rang mir ein Lächeln ab. »Mach dir keine Sorgen«, sagte ich. »Ich mach das ja nicht zum ersten Mal.« An der Tür blieb ich kurz stehen. »Entschuldige, ich hab dich gar nicht gefragt, was es bei dir Neues gibt. Alles gut bei euch?«

»Bei uns? Du meinst, zwischen Jan und mir?« Imme hatte Jan im vergangenen Jahr kennengelernt, kurz nachdem ich nach Daakum gekommen war. Die Beziehung der beiden war noch von einigem Hin und Her geprägt. Sie zuckte mit den Schultern. »Geht so. Im Augenblick machen wir eine Pause. Mal sehen.«

»Das tut mir leid«, sagte ich und schämte mich, meine Freundin in der letzten Zeit so vernachlässigt zu haben. »Wir müssen uns mal wieder treffen, und dann erzählst du mir alles, ja?«

»Machen wir.« Sie warf einen Blick auf ihren Schreibtisch. »Im Moment lenkt mich die Arbeit ganz gut ab. Lass uns mal nächste Woche ins Auge fassen, dann wissen wir beide vielleicht mehr über die Lösung für unsere jeweiligen Probleme.«

Ich nickte, winkte ihr noch einmal zu und verließ dann die Kanzlei.

Die Sorgen nahm ich mit mir.

SECHZEHN

Ich hatte nicht die allergrößten Hoffnungen darauf gesetzt, dass Imme mir wirklich helfen könnte, die rätselhaften Bilder jener Nacht zu verstehen, aber es war zumindest eine Chance gewesen. Ihre Ansicht, es könnte sich tatsächlich um nichts weiter als einen banalen Traum handeln, an den ich mich nur zufällig erinnerte, war nicht von der Hand zu weisen. Aber in mir gärte immer noch die Vorstellung, dass mir diese Bilder eben doch etwas sagen sollten. Etwas Wichtiges, möglicherweise sogar Lebenswichtiges. Vielleicht aber war ich auch nur nicht bereit, hinzunehmen, dass nicht jeder Traum eine besondere Bedeutung hatte, nachdem ich mich nun einmal der Erkenntnis gestellt hatte, dass ich tatsächlich über besondere Fähigkeiten verfügte. Ich wusste es einfach nicht.

Kurz gesagt, in meinem Kopf kreisten die Gedanken, und ihre Kreise wurden immer schneller und schneller, bis mir schwindelig wurde davon und eine Lösung immer weiter entfernt zu sein schien. Als der Abend herannahte, das Schwindelgefühl stärker wurde, auch noch Kopfschmerzen dazukamen und ich anfing zu frieren, schob ich es der Belastung zu, die diese Überlegungen – ach, überhaupt die letzten Tage mit sich gebracht hatten. Dann aber wurde mir übel, mir war heiß, während ich am ganzen Körper zitterte, und ich begriff, dass dieses Gefühl nichts mit meinem

Ringen um Erkenntnisse aus einem Traum zu tun hatte. Ich hatte mir schlicht eine heftige Erkältung eingefangen und mich vermutlich bei Hinnerk angesteckt.

So banal. Ich war beinahe enttäuscht.

Annchen legte eine Hand auf meine Stirn, fühlte mir den Puls, schüttelte dann mit einem tiefen Seufzen den Kopf und schickte mich, ganz die Mutter, ins Bett.

»Ins Bett? Nicht dein Ernst. Es ist viel zu früh.«

Meinen Protest ignorierte sie. »Ich denk, du willst unbedingt dieses Bild bei Hinnerk fertigmachen und, wenn ich dich richtig verstanden habe, den alten Mann jetzt auch gerade nicht allein lassen? Dann sieh zu, dass du schnellstmöglich gesund wirst.«

»Ich bin gar nicht krank, nur ein bisschen verkühlt.« Ich musste zugeben, dass meine heisere Stimme nicht gerade dazu beitrug, das überzeugend vorzubringen.

»Umso besser. Dann pack dich ins Bett, ruh dich aus, lies von mir aus ein bisschen oder hör Musik, dann geht das Schlimmste vielleicht an dir vorüber und du bist schnell wieder auf den Füßen.«

»Ja, Mama«, murmelte ich im übertrieben Tonfall eines besonders gehorsamen Kindes und erntete dafür ein Kopfschütteln und einen halb strafenden, halb amüsierten Blick von Annchen, die sich auf den Weg in die Küche machte.

Als sie zurückkam, musste ich geschlafen haben, denn ich wurde davon wach, dass sie das Licht anknipste.

»So, meine Liebe, ich hab dir einen Kräutertee gemacht.« Vorsichtig, um nichts zu verschütten, stellte sie ein Tablett auf meinen Nachttisch. »Salbei und Kamille, und damit es dir auch schmeckt, hab ich noch einen Klecks Honig reingemacht.«

Meine einzige Antwort war ein Stöhnen. Mit Kranksein tat ich mich schwer, ich hatte immer das Gefühl, mein Körper würde mich verraten. Denn ich achtete meistens ziemlich gut auf ihn, lief immer noch regelmäßig und war auch sonst ziemlich fit. An jenem Tag aber schmerzten meine Arme und Beine, selbst wenn ich mich überhaupt nicht bewegte, mein Kopf dröhnte, und beim Schlucken fühlte sich mein Hals ziemlich übel an. Vom eigenen Körper so die Grenzen aufgezeigt zu bekommen war etwas, mit dem ich mich schlecht arrangieren konnte. Es war jedes Mal so, als würde die Sterblichkeit sich kurz in Erinnerung bringen: Vergiss nicht, du bist hier nur zu Gast.

Annchen ahnte vielleicht etwas von meinen Gedanken, denn sie strich mir eine Haarsträhne aus der verschwitzten Stirn und lächelte liebevoll. »Komm schon, es wird dir guttun. Und du bist bald wieder auf den Beinen, das verspreche ich dir.«

Ich sah sie an, sah die Zuversicht und die Liebe in ihrem Blick, und das Gefühl von Dankbarkeit vertrieb meine Unzufriedenheit. Wenn ich etwas seit meiner Rückkehr nach Daakum zu schätzen wusste, dann, dass hier jemand war, der sich kümmerte, wenn es sein musste.

Vorsichtig setzte ich mich hoch und schloss dabei die Augen, denn das Hämmern in meinem Kopf wurde heftiger. Doch als Annchen mir helfen und das Kissen richten wollte, winkte ich ab. »Steck dich bloß nicht noch an.« Etwas umständlich rückte ich mir das Bettzeug selbst so weit zurecht, dass ich aufrecht sitzen konnte. Sobald ich mich zurücklehnte, kam mein Kopf zur Ruhe, und ich brachte sogar ein Lächeln zustande, während ich Annchen die Tasse aus der Hand nahm. »Und?«, fragte ich, während ich vorsichtig an dem heißen Getränk nippte. »Was gibt es so Neues in der Welt?«

»Du meinst, seit vorhin, als du das letzte Mal draußen warst?« Annchen hatte am Fußende des Bettes Platz genommen.

Ich zog eine Grimasse. »Ich hab das Gefühl, das ist eine Ewigkeit her.«

»Das ist so, wenn man krank ist.«

»Das wäre ja nicht mal das Schlimmste«, erklärte ich mit belegter Stimme und versuchte, einen Hustenanfall zu unterdrücken, damit der Tee nicht aus der Tasse schwappte. »Ich müsste nur eigentlich wirklich malen, schließlich werde ich dafür bezahlt. Außerdem mache ich mir Sorgen. Hinnerk geht es nicht gut.«

»Hat er nicht Verwandtenbesuch?«

»Doch.« Ich dachte an Arne und verzog das Gesicht. »Aber ich weiß nicht, ob das so gut läuft. Dieser Neffe ist ein komischer Typ.«

»Ist der allein gekommen? Ich hab gehört, da ist noch eine Frau dabei.«

»Geheimnisse gibt es auf dieser Insel irgendwie nie, oder?« Ich schüttelte den Kopf und ließ es dann gleich wieder bleiben, als es hinter meiner Stirn wieder zu pochen begann. »Ja, er hat seine Frau oder Partnerin oder was auch immer dabei.«

»Na dann.« Für Annchen war die Sache klar. »Sollen die sich doch kümmern.«

»Ich bin mir nicht sicher, ob ihnen das so liegt«, meinte ich nachdenklich. »Aber ganz abgesehen davon hatte ich mich so gefreut, endlich wieder richtig zu arbeiten, und jetzt liege ich hier.« Resigniert klopfe ich auf die Bettdecke.

»Kommst du denn gut voran?«

»Es geht.« Ich dachte an die Entwürfe, die noch bei Hinnerk auf dem Tisch im Wintergarten lagen. »Also, eigentlich schon. Aber ich habe das Gefühl, es fehlt noch irgendwas. Ich hab bloß noch nicht herausgefunden, was es ist.«

»Soll ich dir einen Skizzenblock bringen oder so? Ein bisschen Zeichnen wird dich nicht anstrengen, aber dann ist es vielleicht nicht so langweilig.«

Ich überlegte kurz. »Nein, lass mal, im Bett geht das nicht so gut. Ich hoffe einfach, dass es mir morgen besser geht, wenn ich mich heute etwas schone, dann kümmere ich mich selbst darum.« Tapfer griff ich wieder zur Teetasse. Das Schlucken tat höllisch weh, aber allmählich linderte die Flüssigkeit den Schmerz ein wenig.

»Hinnerk wird sicher auch gern einen Tag länger auf dich warten.«

»Er vielleicht schon, aber ich würde wirklich wahnsinnig gern arbeiten«, wiederholte ich. Ich blickte zu Annchen hinüber, und vermutlich konnte sie mir vom Gesicht ablesen, dass ich mit der Situation alles andere als glücklich war. »Ich hab so lange nicht richtig arbeiten können, ich muss unbedingt etwas tun. Das sagen nicht nur meine Hände und mein Kopf, das sagt auch mein Bankkonto. Das letzte Jahr hat uns beiden nicht gut getan.«

»Das kann ich mir vorstellen. Aber von jetzt an kann es nur noch bergauf gehen, und immerhin hast du ein Dach über dem Kopf, ein warmes Bett und heißen Tee.« Meine Mutter zwinkerte mir zu, und ich bemühte mich, diesen Versuch der Aufmunterung großzügig zu akzeptieren. »Und falls es dir nachher etwas besser geht«, fügte sie hinzu, »kannst du ja in die Küche kommen. Ich habe eine Suppe vorbereitet, die wird dir guttun. Und wenn du aufgegessen hast, mach ich dir einen Grog, dann kannst du bestimmt gut schlafen.«

Ich antwortete nicht. Ich trank nur selten Alkohol, höchstens mal ein Glas Wein, aber das auch nur selten, und wenn, dann blieb es auch bei einem Glas. Ich hatte die Beobachtung gemacht, dass Alkohol meinen Träumen nicht guttat. Zwar kamen die Bilder im Schlaf, aber sie waren so wirr und unverständlich, dass ich nichts damit anfangen und nichts festhalten konnte. Und damit nützten sie mir nichts für meine Kunst.

Aber da ich im Moment mit meinen Träumen offenbar sowieso nicht umgehen konnte, spielte das vermutlich keine Rolle.

»Ja, ein Grog ist bestimmt gut.« Hoffen wir das mal, dachte ich und nippte an meinem Tee, während Annchen ein bisschen über dies und das plauderte, um mich zu unterhalten, bis ich zu müde wurde und mir fast im Sitzen die Augen zufielen. Ich merkte noch, wie sie mir die Tasse aus der Hand nahm und mich zudeckte, und dann muss ich eingeschlafen sein.

SIEBZEHN

Irgendwann in der Nacht wachte ich auf und fühlte mich, als würde ich von innen heraus verbrennen. Mein Nachthemd war nass von Schweiß, meine Haut glühte, und gleichzeitig zitterte ich vor Kälte. Schrecklicher Durst quälte mich, und mein Hals fühlte sich so rau an, als wäre er innerlich wundgerieben. Vorsichtig tastete ich nach meiner Wasserflasche, die ich für die Nacht neben das Bett gestellt hatte, und als ich sie zwischen den Fingern spürte, versuchte ich, mich aufzurichten, aber sofort explodierte etwas in meinem Kopf, und mir wurde so übel, dass ich mich gleich wieder zurücksinken ließ. Mühsam und umständlich trank ich halb liegend, halb sitzend ein paar Schlucke aus der Flasche, aber die Flüssigkeit brannte in meiner Kehle, als wäre es ätzende Säure und nicht einfaches Wasser ohne alles. Das Fieber hatte die Oberhand in meinem Körper gewonnen, und ich konnte mich nicht erinnern, wann ich mich das letzte Mal so elend und krank gefühlt hatte. Zähneklappernd rollte ich mich in Embryonalstellung zusammen, zog mir die Bettdecke über den Kopf, in der Hoffnung, so das Zittern vertreiben zu können, und schloss die brennenden Augen, während bunte Lichter hinter meinen geschlossenen Lidern tanzten.

Und irgendwann schlief ich wieder ein.

Ich wusste nicht, wie lange ich geschlafen hatte, als ich das nächste Mal aufwachte. Das Fieber schien wie weggeblasen, offenbar, so nahm ich an, war das vorher die Krise gewesen, die ich nun überwunden hatte. Die glühende Hitze war ebenso verschwunden wie der Schüttelfrost, und als ich mich auf den Ellenbogen stützte, um einen Schluck zu trinken, fühlten sich mein Kopf und mein Hals an wie immer. Ich sah mich im Schlafzimmer um. Es herrschte noch vollkommene Dunkelheit, nicht einmal der Mond oder die Sterne spendeten ein wenig Licht. Es musste noch immer mitten in der Nacht sein. Offenbar hatte ich gar nicht so lange geschlafen, wie ich glaubte. Ich wollte mich gerade wieder unter der Decke zusammenrollen, als ich ein Geräusch hörte.

Das war an sich nichts Ungewöhnliches, das Kraihuus war ein altes Haus, da krachte und knirschte es schon mal im Gebälk. Das hier aber war anders. Ein rhythmisches Knarren und Schlurfen, als würde jemand über meinem Kopf hin und her laufen. Schlagartig war ich hellwach. Die Erinnerung an das vergangene Jahr rief alle möglichen Bilder in mein Gedächtnis zurück, und keines davon war besonders angenehm.

Das Kraihuus war ein Haus vom Typ Haubarg, das heißt, es gab eine große rechteckige Diele in der Mitte, und alle Wohnräume drängten sich drumrum. Über die Jahre war es immer mal wieder den jeweiligen Wohnbedürfnissen angepasst worden, und so hatte irgendeiner der Bleeckenschen Vorfahren auch mal an einer Stelle eine Zwischendecke eingezogen, sodass es eine Galerie und einen teilweise ausgebauten Dachboden gab. Das entsprach zwar nicht mehr der originalen Bauweise, war aber durchaus praktisch. Seit ich zurückdenken konnte, waren die Kammern vermietet gewesen, meistens an alleinstehende Seeleute, die nur kurz hier waren. Ansonsten wurde da oben alles das gelagert, was nicht mehr gebraucht wurde, aber in den Augen der jeweiligen Bewohner zu schade war, um weggeworfen zu werden. Als Kind hatte ich gern zwischen all den Schätzen gespielt und mir alle möglichen Geschichten dazu ausgedacht. Ich konnte mich allerdings nicht daran erinnern, wann ich das letzte Mal da oben gewesen war, so weit ich wusste, stand selbst die Treppe zur Galerie voll mit irgendwelchen kleinen Möbelstücken oder Kisten, die Annchen und ich bisher noch nicht weggeräumt hatten. Es fehlte uns einfach an Zeit, und andere Dinge waren immer wichtiger gewesen. In diesem Moment aber nahm ich mir vor, mich darum zu kümmern, sobald ich wieder auf den Beinen war.

Ich hatte diesen Gedanken noch nicht ganz zu Ende gedacht, da hörte ich das Geräusch wieder, und diesmal war ich ganz sicher, dass es sich um Schritte handelte, als würde da oben jemand umherlaufen, jemand, der sich dabei Mühe gab, leise zu sein. Ich hatte die Bettdecke bis zum Kinn hinaufgezogen und starrte die Holzbalken an, die meine Zimmerdecke bildeten. Dies war nicht meine erste Nacht hier, und ich hatte schon öfter eigenartige Geräusche gehört, aber mir nie etwas dabei gedacht. Dies hier war anders, und an Weiterschlafen war nicht zu denken.

Ich schob die Bettdecke beiseite, stand vorsichtig auf, um zu prüfen, ob mir nicht doch vielleicht schwindelig wurde, aber es war alles ganz normal. Also zog ich mir eine Jogginghose über den Schlafanzug und dicke Socken an die Füße und öffnete leise die Zimmertür. Die Diele wurde ein kleines bisschen erhellt von dem Licht der einzigen Straßenlaterne, das durch das Fenster der Haustür einfiel, und so durchquerte ich den großen Raum bis hin zu dem schmalen Gang, an dessen Ende die enge Treppe lag, die in steilem Winkel nach oben führte.

In diesem Teil des Hauses war ich seit unserer Ankunft hier noch gar nicht gewesen. Während die Räume vorn fast immer bewohnt gewesen waren, war der hintere Bereich vernachlässigt worden und gehörte dringend renoviert. Ganz früher, als Mensch und Tier noch unter einem Dach wohnten, hatten sich hier die Ställe für das Vieh befunden, und auch wenn hier schon lange keine Kühe oder Ziegen mehr standen, war es nie nötig gewesen, weitere Wohnräume zu bauen. Haubarge sind keine kleinen Häuser, und wo früher die Bauernfamilie samt Mägden, Knechten und Vieh unterkommen konnte, gab es reichlich Platz. Was es hier nicht gab, war ordentliche Beleuchtung, und ich war froh, zumindest genug zu erkennen, um ohne Sturzgefahr an allen möglichen Hindernissen vorbei die Treppe hinaufsteigen zu können.

Schon auf der Galerie sah ich, dass unter einer der beiden Türen, hinter denen die Dachkammern lagen, ein matter Lichtschein zu sehen war. Annchen, dachte ich im ersten Moment, aber gleich darauf fragte ich mich, warum um alles in der Welt meine Mutter hier oben sein sollte, noch dazu um diese Zeit? Ich war maximal verwirrt, sagte mir aber, dass es sicher irgendeine Erklärung geben würde, und klopfte vorsichtig an die alte Holztür, um meine Mutter nicht zu erschrecken, sollte sie tatsächlich hier oben sein und nicht einfach nur irgendwann vergessen haben, das Licht auszuschalten.

Einen Moment lang herrschte Stille, und ich lauschte angestrengt. Die Schritte waren verstummt, aber ich glaubte, auf der anderen Seite der Tür jemanden atmen zu hören. Dann ging die Tür auf, und vor mir stand ein bärtiger alter Mann. Er musterte mich, sog dabei ein paarmal an der Pfeife, die zwischen seinen Lippen klemmte und einen leichten Duft nach Vanille verbreitete. Dann nahm er die Pfeife aus dem Mund und nickte langsam, ohne den Blick von mir abzuwenden. »Ich hab mich schon gefragt, wann du wohl den Weg nach hier oben findest, min Deern«, sagte er in der unverkennbaren Klangfarbe der Küstenbewohner.

Ich glaube nicht, dass ich besonders intelligent ausgesehen habe, als ich ihn anstarrte und zu meinem eigenen Erstaunen sofort wusste, wen ich vor mir hatte. »Momme? Momme Jochums? Aber – wie kann das sein?«

Er lachte leise in sich hinein und antwortete nicht.

Ich starrte ihn immer noch an und versuchte, einen Sinn in dem zu erkennen, was hier gerade passierte.

»Willst du da noch länger stehen oder willst du nicht lieber reinkommen?« Er sah aus, als würde er sich amüsieren.

Mir aber war gar nicht nach Lachen zumute. »Ich verstehe das nicht. Das ist unmöglich. Ich dachte, du bist …«

Er beendete den Satz für mich. »… längst tot?« Er lachte wieder dieses leise, ein wenig heisere Lachen, als hätte er gewusst, dass ich diese Fragen stellen würde. »So einfach geit dat nich mit dem Sterben.« Er schob die Tür ein wenig weiter auf. »Komm rein in die gute Stube. Hier ist es warm und gemütlich. Hab grad Tee gekocht.«

Ich sah an ihm vorbei in die kleine Kammer, in der eine altmodische Laterne in Form einer Petroleumlampe ein traniges Licht verbreitete. Auf einem Tisch, der ordentlich gedeckt war mit einer karierten Tischdecke, einem Holzbrett mit einem Messer darauf und einer großen Tasse mit Blumenmuster, stand auf einem Stövchen eine dickbauchige Kanne, aus deren Tülle ein kleiner Dampffaden Kringel in die Luft malte. Es sah heimelig aus, und ich spürte einen Anflug von Sehnsucht, mich zu ihm zu setzen und von meinen Sorgen zu erzählen. Mir fiel wieder ein, wie oft ich das früher, als kleines Mädchen, auch schon getan hatte. Momme war damals Untermieter bei meiner Großmutter gewesen und hatte genau hier eine Kammer bewohnt. In meiner Erinnerung war er damals schon ein uralter Mann gewesen, aber wenn man ein Kind ist, erscheinen einem vermutlich die meisten Erwachsenen wie alte Leute. Dennoch – Momme hier jetzt zu sehen, das war etwas, mit dem ich absolut nicht gerechnet hatte. Er gehörte zu den Erinnerungen an längst vergangene Sommer, und dass er jetzt vor mir stand, riss ein Schlagloch in die Straße der Zeit, die ich seitdem gegangen war. Er sah noch immer aus wie vor dreißig Jahren, sogar die Jacke, die Pfeife und die Kapitänsmütze, die er seltsamerweise immer auch in der Stube getragen hatte, schienen noch dieselben zu sein.

Ich warf noch einen Blick an ihm vorbei in das Innere der Kammer und verspürte den nahezu unwiderstehlichen Wunsch, hineinzugehen, mich zu ihm zu setzen und ihm alles zu erzählen, was mich gerade beschäftigte und bekümmerte. Aber irgendetwas sagte mir, dass dies nicht der richtige Moment dafür war. Das es ein Fehler sein würde, diese Schwelle zu überschreiten. Ich konzentrierte mich wieder auf den alten Mann, sah ihm

»Ein andermal gern, Momme«, sagte ich schließlich.
»Sei nicht böse. Ich wusste gar nicht, dass du noch

hier wohnst, das hat mir niemand gesagt. Und jetzt gerade habe ich keine Zeit.«

»Das verstehe ich«, sagte er und nickte. »Du solltest um diese Zeit schlafen. Geh zurück in dein Bett, min Deern, und werd gesund.«

Ganz kurz fragte ich mich, woher er wusste, dass ich krank war, aber dann war ich sicher, dass es dafür bestimmt eine Erklärung geben würde. Auf einmal fühlte ich mich sehr müde. Daher nickte ich ihm nur kurz zu und wandte mich wieder zur Treppe. Ehe ich hinunterging, drehte ich mich noch einmal um. »Annchen hätte mir das sagen müssen«, sagte ich und versuchte, irgendeinen Sinn in diese Begegnung zu bringen.

»Ach, deine Mutter. Vielleicht hat sie es vergessen«, sagte er und zwinkerte mir zu. »Frag sie doch einfach mal. Aber jetzt schlaf gut, min Deern. Erzählen kannst du ja ein andermal.« Er sagte »vertellen«, und nachdem ich mich verabschiedet hatte und vorsichtig die dunkle Treppe wieder hinunterstieg, fragte ich mich, woher er wohl wusste, dass es etwas zu »vertellen« gab.

Als ich das nächste Mal aufwachte, war es draußen schon hell, jedenfalls so hell, wie es um diese Jahreszeit an der Nordsee eben wurde. Ich blinzelte und stellte fest, dass ich mich gar nicht so schlecht fühlte. Erschöpft, durstig, aber weder so sehr von Fieber geschüttelt wie in der Nacht, noch drohte mir der Kopf vor Schmerzen zu explodieren, als ich ihn versuchsweise ein wenig bewegte. Dann richtete ich mich vorsichtig auf. Die Zimmertür war noch geschlossen, aber ich hörte Annchen in der Küche rumoren. Während ich auf ihre Schritte lauschte, erinnerte ich mich nach und nach an das, was mich in der vergangenen Nacht geweckt hatte. Die Geräusche. Der Zwischenboden. Momme. Ich versuchte, mir ins Gedächtnis zu rufen, wie es da oben ausgesehen und was Momme gesagt hatte, aber es fiel mir schwer. Jetzt, im fahlen Licht eines frühen Wintertages, erschien mir das Ganze noch viel seltsamer als in den dunklen Nachtstunden.

Ich beschloss, noch einmal nachsehen zu gehen, doch als ich mich auf die Bettkante setzte, wurde mir schwindelig und etwas übel, sodass ich mich erst mal wieder hinlegte und wartete, bis mein Kreislauf sich beruhigt hatte. Wie eigenartig, schließlich war ich in der Nacht nach der Fieberattacke im Haus herumgewandert und hatte mich ziemlich gut gefühlt. Davon war ich im Moment noch weit entfernt. Vermutlich hatte ich mich doch etwas übernommen.

Im zweiten Anlauf gelang es mir, die Beine aus dem Bett zu schwenken und langsam aufzustehen, ohne dass mein Körper protestierte. Ich zog mir einen dicken Pullover und Socken an und tappte dann aus dem Zimmer und quer über die Diele in Richtung Küche. Annchen war gerade dabei, Geschirr weg-

zuräumen. Als sie mich hörte, schloss sie die Schrank-
tür und drehte sich zu mir um.

»Ah, da bist du ja endlich. Gut geschlafen?«

»Geht so. In der Nacht hatte ich nochmal ziemliches
Fieber, aber jetzt geht es mir besser. Glaub ich.«

Sie musterte mich. »Das freut mich, aber du solltest
dich noch ausruhen.« Sie deutete auf den Herd, auf
dem unter einer Wärmemütze eine Kanne stand. »Ich
hab dir Tee gekocht, und du solltest was essen. Was
Leichtes. Soll ich dir ein Brot toasten?«

»Das wär lieb.« Ich zog mir einen Küchenstuhl heran
und ließ mich darauf sinken. Der Weg vom Bett hierher war anstrengend gewesen.

»Du bleibst aber heute zu Hause, oder?« Es war
mehr eine Anweisung als eine Frage. Annchen stellte
einen Becher und einen Teller für mich auf den
Tisch. »Du siehst noch immer etwas angeschlagen
aus.«

»Vermutlich hätte ich heute Nacht nicht herumlau-
fen sollen.«

Meine Mutter sah mich erschrocken an. »Was war
denn los? Hast du nicht gut geschlafen?«

»Ich bin in der Nacht zweimal aufgewacht. Einmal,
weil ich Schüttelfrost hatte, und einmal, weil ich ein
Geräusch hörte.«

Jetzt zog sie sich einen Stuhl heran und setzte sich.
»Was denn für ein Geräusch? Ich hab nichts gehört.«

»Es klang wie – Schritte.« Ich sah sie aufmerksam an, aber ihre Miene blieb ausdruckslos. Kein Wort über unseren Mitbewohner, der unter dem Dach hauste.

»Schritte? In der Nacht?«, fragte Annchen stattdessen und sah tatsächlich so aus, als könnte sie sich darunter überhaupt nichts vorstellen.

»Ja, das war seltsam, und es war so laut, dass ich nicht weiterschlafen konnte.«

Annchen, die gerade dabei war, mir Tee nachzuschenken, schüttelte den Kopf. »Vermutlich Mäuse. Wir sollten unbedingt mal da oben aufräumen.«

Sie sagte das völlig gelassen, meine stets vernünftige Mutter, und ich fragte mich, wie viel ich ihr erzählen sollte von dem, was ich in der Nacht gesehen hatte. »Für mich klang das wir Schritte«, begann ich ein wenig halbherzig. »Ich würde gern nachher nochmal nachsehen ...«

Annchen stellte die Kanne ab und legte mir eine Hand auf die Stirn. »Du solltest besser wieder ins Bett gehen. Du hast noch immer Fieber. Die Mäuse sind morgen auch noch da.«

Sie seufzte, wandte sie sich ab und machte sich an der Spüle zu schaffen.

Ich trank in kleinen Schlucken meinen Tee und fühlte mich fürchterlich. Ich sollte wirklich besser ins Bett gehen. Was immer da oben unterm Dach gewesen sein mochte, es musste noch etwas warten.

ACHTZEHN

»Ehrlich? Das hatte ich den beiden nie zugetraut!«

Die beiden Männer saßen einander im Wintergarten gegenüber. Aleide war nicht gekommen, sie hatte nur angerufen und mit hörbar belegter Stimme erklärt, dass sie noch immer schwer erkältet sei. Ihre Papiere und Arbeitsmaterialien nahmen noch den halben Tisch ein, aber Hinnerk hatte sie ein Stück weit zur Seite geschoben, sodass Platz genug war, um zu zweit Tee zu trinken und sich zu unterhalten. Gerade hatte er eine Geschichte erzählt, die Tede ihm aus ihrer Kindheit überliefert hatte, und danach hatte Arne ihm etwas Ähnliches berichtet. Offenbar hatten die beiden Schwestern, Hinnerks Frau und Arnes Mutter, trotz des großen Altersunterschieds gemeinsam viel erlebt, und es waren einige lustige Begebenheiten darunter gewesen.

Meret war selten dabei, wenn Arne sich so mit Hinnerk unterhielt. Im Stillen ärgerte Arne sich darüber. Anfangs hatte er gar nicht gewusst, worüber er mit seinem Onkel reden sollte, und immerhin war es ja ihre Idee gewesen, hierher zu fahren. Da wäre es doch nur richtig gewesen, dass sie ihn auch unterstützte. Sie musste doch inzwischen wissen, wie ungern er unter fremden Menschen war. Fremde machten ihn unsicher, und das machte ihn manchmal wütend. Und so einen Anflug von Wut empfand er in der letzten Zeit, seit sie hier auf Daakum waren, hin und wieder auch auf Meret. Er konnte sich nicht vorstellen, dass sie wirklich jedes Mal Grund hatte, irgendetwas auf dem Boot zu erledigen, sich um die Hunde zu kümmern oder etwas besorgen zu müssen, wenn sie nicht bei ihm war. Allmählich aber kam er an einen Punkt, da war es ihm fast egal. Ihm war nicht entgangen, dass sein Onkel sich wirklich sehr um ihn bemühte. Beinahe rührend war das. So musste er sich eingestehen, dass er die unerwartete Aufmerksamkeit, die ihm hier zuteil wurde, durchaus genießen konnte, und außerdem verschafften diese Gespräche ihm die Möglichkeit, mehr zu erfahren über das Leben auf Daakum und natürlich auch über das Haus.

Und das ganz ohne sich groß anstrengen zu müssen. Hinnerk war, das musste er zugeben, ein guter Erzähler, selbst die albernste Anekdote aus seinem oder Tedes Leben hatte, wenn sie aus seinem Mund kam, noch eine liebenswerte Seite und fast immer eine Pointe. Und schließlich ertappte er sich sogar dabei, selbst das eine oder andere von seiner Mutter und sogar seiner Kindheit zu erzählen, die nicht immer glücklich gewesen war. Der linkische, ein wenig pummelige Junge, der er gewesen war, konnte kaum jemals mit den erfolgreichen Cousins und Cousinen mithalten und galt als Schulversager, nachdem er nur mit Ach und Krach den mittleren Schulabschluss geschafft hatte und es zu einem Studium damit nicht reiche. Lange Zeit hatte er sich deswegen in der Familie, in der alle eines der »großen Studien«, wie sein Großvater es immer genannt hatte, also Medizin, Theologie oder Jura studiert hatten, wie ein Versager gefühlt und stets darauf geachtet, nicht aufzufallen und ja nichts falsch zu machen und sich dadurch irgendeine Blöße und noch mehr Anlass für Spötteleien zu geben. Damit niemand sagen konnte: »Ach, Arne, ja – von dem haben wir ja nichts anderes erwartet.«

Aber damit sollte jetzt Schluss sein.

Es hatte sich schon geändert, als Meret in sein Leben getreten war, und wie es aussah, würde sein Leben jetzt noch einen Schritt in eine bessere Richtung einschlagen. Der Schwager seiner Mutter, der Mann, den ihre Schwester Tede geheiratet hatte und damit von der Familie quasi verstoßen worden war, erwies sich als netter, lebenskluger Mann, dem es völlig egal war, ob Arne einen Doktortitel hatte oder nicht. Er hatte nur anerkennend genickt, als Arne ihm auf seine Frage hin geantwortet hatte, dass er Sachbearbeiter bei der Stadtverwaltung in Burg auf Fehmarn war und in der Meldestelle arbeitete. »Ein anständiger Beruf, min Jung«, hatte der alte Mann gesagt. »Kann nicht schaden, wenn da so ein Netter sitzt, wie du einer bist.« Die Worte hatten Arne gutgetan. Er musste wirklich aufpassen, um nicht eine zu große Zuneigung zu diesem angeheirateten Onkel zu entwickeln.

Vielleicht hatte die unerwartete Sympathie, die er für den alten Mann empfand, auch einfach damit zu tun, dass Hinnerk Sörensen in seinen Augen nicht der einfache Binnenschiffer war, der nichts war und nichts hatte, wie die Familie seiner Mutter ihn oft dargestellt hatte. Das alte Haus mit allem, was darin war, hatte ihn beeindruckt. Einige der Möbelstücke hatten einzeln sicher einen Wert im oberen Tausenderbereich, aber das Besondere war, dass es sozusagen eine Sammlung aus einem Stück war. Die meisten Einrichtungsgegenstände waren nicht nach und nach zusammengetragen worden, sondern sie stammten aus derselben Zeit und waren in demselben Stil gearbeitet, sie bildeten ein Ensemble, wie man es nicht alle Tage irgendwo fand. Und dann die Gemälde, die die Zimmer schmückten. Arne war kein Fachmann, aber viele der Namen sagten ihm etwas. Feddersen, Jensen — und das eine könnte sogar ein echter Nolde sein, aber da war er nicht ganz sicher. Und Hinnerk, sein Onkel Hinnerk, war der Mann, dem all das gehörte, und der lebte hier mit der Selbstverständlichkeit derjenigen, die das schon immer getan hatten und sich gar keinen Kopf machten über das Geld, das in den Dingen steckte, die für sie ganz normaler Alltag waren. Der sich um sie kümmerte und mit großer Selbstverständlichkeit dafür sorgte, dass sie erhalten blieben, so wie man das eben machte mit dem eigenen Zuhause. Er war keiner dieser Neureichen, die sich ein Haus kauften und es womöglich von irgendeinem Fremden einrichten ließen. Er gehörte einfach hierher, und das strahlte er aus. War voller Selbstvertrauen und ohne eine Spur von Überheblichkeit.

Und genau das hätte Arne auch gern.

Er reckte sich ein wenig auf seinem Stuhl und überlegte gerade, ob er wohl vorschlagen sollte, etwas zu essen, denn sein Magen begann allmählich zu rumoren, als ein Summton den Moment der Stille unterbrach.

Arne warf einen Blick auf das Smartphone, das er vor sich auf den Tisch gelegt und das das störende Geräusch von sich gegeben hatte. Unentschlossen blickte er zu Hinnerk hinüber und dann wieder auf das blinkende Display, auf dem er den Namen des Anrufers lesen konnte.

»Geh ruhig ran«, sagte Hinnerk heiter, deutete auf das Telefon und stemmte sich dann aus dem Korbstuhl hoch, auf dem er gesessen hatte. »Ich geh mal in die Küche und schau nach, ob noch ein paar Kekse da sind, das viele Reden hat mich hungrig gemacht. Willst du auch was?«

Arne nickte erleichtert, und Hinnerk zwinkerte ihm zu, als hätte er geahnt, dass sein Vorschlag auf offene Ohren stoßen würde. Dann schlurfte er auf seinen Holzschuhen zur Tür und verschwand im Haus.

Arne nahm das Smartphone in die Hand und drückte auf den grünen Knopf. »Sönke. Was gibts?«

»Na, Alter, alles klar?«

Eine ganze Weile erzählte Arnes alter Schulfreund von dem, was er die Woche über gemacht hatte, was er am Wochenende vorhatte, und Arne hörte ihm so aufmerksam zu, wie er es immer tat, wenn einer seiner Freunde von ihrem vermeintlich aufregenden Alltag erzählte, während er meistens stumm blieb, weil sein Leben so ereignislos war, wie man es sich nur vorstellen konnte. Irgendwann aber machte Sönke eine Pause, und Arne fragte ihn nach dem eigentlichen Grund seines Anrufs.

»Ich wollte dich fragen, ob du morgen dabei bist, wenn wir angrillen.«

»Angrillen? Bei dem Wetter?«

»Wieso? Ist doch sonnig und fast schon warm.«

Arne warf einen Blick hinaus in den Garten. Der Himmel war grau und es sah aus, als würde es gleich anfangen zu regnen. Dann erinnerte er sich, dass Sönke ja von der Ostsee anrief.

»Ich bin noch auf Daakum«, erklärte er.

»Ach, hältst du es immer noch da draußen aus, ja? Ich dachte nicht, dass du wirklich fährst. Was sagt denn Meret dazu?«

»Die ist auch hier.«

»Echt? Das muss wahre Liebe sein, wenn sie mit dir sogar nach Daakum fährt. Wie ich gehört hab, ist das für einen Tagesausflug ja vielleicht mal ganz nett. Aber für länger ...? Wie siehts denn aus da drüben? Wohnt ihr in einer Fischerhütte und jagt euer Essen jeden Tag selbst? Nicht, dass du beim Rausfahren noch seekrank wirst.«

Arne spürte, wie Ärger in ihm aufstieg. Normalerweise machte er sich nichts aus den Spötteleien seiner Freunde. Er war daran gewöhnt, er bemerkte sie nicht einmal mehr. An diesem Tag war das anders. Er war mit Meret hier, dieser auffallend attraktiven Frau, der es offenbar sehr gut gefiel auf der Insel, auch wenn er wünschte, sie würde sich etwas mehr um ihn kümmern. Er hatte sich in den letzten Tagen gut gefühlt. So entspannt und ja, rundum zufrieden eigentlich. Er war hier jemand, nicht der dumme kleine Arne, sondern der Neffe von Hinnerk und seiner vor so kurzer Zeit traurigerweise verstorbenen Frau, gehörte zu einer Familie, die in einem wahrhaft repräsentativen Haus wohnte, das eine interessante Geschichte hatte. Hier war er wer, und er war nicht bereit, sich das kaputtmachen zu lassen.

»Oh, du würdest staunen«, hörte er sich sagen. »Meret und ich, wir überlegen, ob wir nicht vielleicht sogar hierbleiben sollen.«

»Was?«

»Ja, die Insel ist weitaus schöner als ihr Ruf, und mein Onkel ist ein wichtiger Mann hier im Ort. Das Haus ist mit Sicherheit das schönste hier auf der Insel und voller Kunstschätze. Sogar ein Nolde hängt hier.« Er begann, sich warmzureden und sich an seinen eigenen Worten zu berauschen. »Mein Onkel steht in Kontakt mit Experten aus aller Welt.

Und …« Er überlegte, wie er sich noch weiter steigern könnte. »Mein Onkel ist natürlich nicht mehr der Jüngste, und er weiß, dass er sich nicht mehr lange selbst um alles kümmern können wird. Deshalb hat er vor, sich aufs Altenteil zurückzuziehen.« Arne machte eine kurze Pause, ehe er zum Höhepunkt ansetzte. »Deswegen hat er uns hierher eingeladen. Er will mir das alles hier überschreiben. Meret ist natürlich begeistert, und ich muss ehrlich sagen – ich bin in Versuchung.«

Am anderen Ende der Leitung blieb es eine Weile stumm. Dann stieß Sönke etwas hervor, das wie »Wow!« klang. Aber dann hatte Arnes Schulfreund sich wieder im Griff und fiel in seine alte Rolle zurück. »Aber du hast doch keine Ahnung von Kunst und so. Bist du sicher, dass du weißt, was du tust?«

Das war nicht die Reaktion, auf die Arne gehofft hatte, und das konnte und wollte er nicht auf sich sitzen lassen. »Ach, ich hab mich schon immer für so was interessiert, und mein Onkel ist schon dabei, mit mir all die Gutachten und Expertisen durchzugehen. Gerade hat er eine bekannte Malerin engagiert, die den Wintergarten ausmalen soll. Und wir verhandeln schon darüber, wann ich den ganzen Kasten übernehmen soll – das muss natürlich geschickt gemacht werden, wegen der Steuern und so … Aber ja, das Anwesen hier gehört quasi schon mir. Wir besprechen gerade die Einzelheiten.«

Jetzt widersprach Sönke nicht mehr, und auch die Lust am Spott war ihm offenbar vergangen. Nach ein paar letzten Bemerkungen verabschiedete er sich hastig, und Arne, der während des Gesprächs im Wintergarten auf und ab gegangen war, legte das Smartphone mit einem Gefühl tiefer Befriedigung zurück auf den Tisch.

Die Gestalt, die mit einem Tablett an der Tür gestanden und einen Teil des Gesprächs mitangehört hatte, ehe sie sich lautlos zurückzog, hatte er nicht bemerkt.

NEUNZEHN

Eine kleine Melodie vor sich hin summend, war Hinnerk in die Küche geschlendert, als das Telefon geläutet hatte, bemüht, mit seinen Holzsohlen keinen unnötigen Lärm zu veranstalten, um Arne nicht zu stören. Ihm war so leicht ums Herz wie schon lange nicht mehr. Die letzten Tage schienen eine Aneinanderreihung von schönen Momenten gewesen zu sein, die sein Leben in einer Weise bereichert hatten, wie er es nicht mehr für möglich gehalten hatte. Seit Tedes Tod nicht mehr. Es war wirklich schade, dass sie den Sohn ihrer Schwester nicht mehr kennengelernt hatte, sie hätte ihn bestimmt gemocht.

Auf den ersten Blick hatte er, Hinnerk, den jungen Mann etwas abweisend gefunden, ja, sogar ein bisschen überheblich, aber inzwischen war er überzeugt, dass es wohl vor allem anfängliche Schüchternheit gewesen war, die ihn so wirken ließ, denn mittlerweile hatte er sich entspannt und erzählte ein bisschen, vor allem von Tedes jüngerer Schwester, seiner Mutter. Und sogar ganz unterhaltsam machte er das. Es war offensichtlich, dass er seiner Mutter sehr nahe gestanden hatte, und Hinnerk gefiel es, dass sie beide einander in ihrer Trauer um einen geliebten Menschen beistehen und Erinnerungen austauschen konnten. Das hatte er vermisst. Und die Art, wie er mit seiner Frau oder Freundin – Hinnerk hatte es noch nicht über sich gebracht, nach dem genauen Status ihrer Beziehung zu fragen – umging, sagte ebenfalls viel über ihn aus. So liebevoll, so zugewandt und voller Respekt! Meret selbst war stets freundlich und hilfsbereit und strahlte eine sanfte Ruhe aus, die gut zu Arne passte. Sie schien die Stärkere in dieser Beziehung zu sein – und seinem Eindruck nach damit genau das, was sein etwas phlegmatischer, im Grunde aber freundlicher Gast brauchte und was ihm offensichtlich guttat.

Alles in allem ein äußerst angenehmer Besuch – etwas, auf das er kaum zu hoffen gewagt hatte, als so unerwartet der Brief aus Fehmarn eingetroffen war.

Während er so seinen Gedanken nachhing, hatte er eine Packung gefüllter Kekse geöffnet und sie auf einem Teller verteilt, hatte auch noch hinten im Küchenschrank eine angebrochene Packung mit Waffeln gefunden und auch die auf einem Teller arrangiert und dann beides auf ein Tablett gestellt. Als er damit auf den schmalen Flur hinaustrat, konnte er hören, dass Arne noch immer telefonierte. Offenbar mit einem Freund, der viel zu erzählen hatte. Hinnerk trug das Tablett zurück zum Küchentisch, stellte es dort ab und beschloss, den Moment zu nutzen und einen Blick in den kleinen Raum zu werfen, der früher einmal ein Wirtschaftsraum gewesen war und den er jetzt als Bastelzimmer nutzte, wie er es nannte.

Hier stand das Schiffsmodell, das Tede ihm an ihrem letzten gemeinsamen Weihnachtsfest geschenkt hatte. Kürzlich erst, an einem besonders langweiligen Wochenende, hatte er es ausgepackt und angefangen, es zusammenzubauen. Es sollte ein Fischkutter werden, ähnlich dem, auf dem er selbst als junger Mann gefahren war, ehe der Fischfang einfach nicht mehr lukrativ genug war und er auf Fährschiffer umgesattelt hatte. Aber obwohl Tede das Geschenk sicher lieb gemeint hatte und er dachte, sich ihr damit noch einmal nahe fühlen zu können, hatte ihm die Beschäftigung damit bis vor Kurzem keinen richtigen Spaß gemacht.

Das Boot gefiel ihm nicht, es war eben nur ein Modell, ein Massenprodukt als Bausatz, seelenlos. Er hatte schon aufgeben wollen, als Aleides junger Freund Mika ihn auf eine Idee gebracht hatte.

Upcycling hatte er es genannt, aber er hatte dabei gezwinkert, und Hinnerk hatte schnell verstanden, dass er ihn damit ermutigen wollte, das Modell nach seinen eigenen Vorstellungen zu erweitern und umzubauen. An diesem Morgen kurz nach dem Aufwachen war ihm dazu etwas eingefallen, und deswegen wollte er jetzt, solange Arne noch am Telefon war, schnell nachsehen, ob noch Balsaholz da war und vielleicht noch ein Rest Segeltuch in Tedes Nähecke lag. Das brauchte er für das, was ihm offenbar im Schlaf eingefallen war, und wenn Mika das nächste Mal kam, könnten sie da zusammen weitermachen.

Tatsächlich fand er noch ein paar Holzstücke und sogar noch eine angebrochene Dose Beize im Farbton »Teak«, und er freute sich schon darauf, Mika zu erzählen, was er vorhatte. Allein konnte er das nicht mehr, er brauchte den jüngeren Mann, damit der ihm bei den feinen Arbeiten zur Hand ging, die er mit seinen von Arthrose geplagten Fingern nicht mehr ausführen konnte.

Einmal mehr dachte er daran, dass dieser junge Polizist vom Bodensee wirklich ein Glücksfang war. Nicht nur, weil er geschickte Hände und durch seine Sabbatmonate auch die nötige Zeit hatte. Man konnte auch einfach gut mit ihm zusammensitzen und schweigend arbeiten. Oder über alles fachsimpeln, was mit Wasser zu tun hatte. Und Mika kannte sich wirklich gut aus damit, obwohl er ja genau genommen aus dem Binnenland kam. Da hatte Aleide sich auf jeden Fall den Richtigen an Land gezogen. Denn dass die beiden ein Paar werden würden, davon war Hinnerk fest überzeugt.

Wie viele Menschen, die auf eine lange, glückliche Beziehung zurückblicken konnte, wollte er die, die ihm am Herzen lagen, auch in so einer Verbindung sehen, etwas anderes konnte er sich gar nicht vorstellen. Und Mika und Aleide lagen ihm am Herzen, genauso wie Arne und seine Meret. Ach, was hatte er doch für ein Glück, in seinem Alter noch mit so vielen jungen Leuten zu tun haben zu dürfen, und zum ersten Mal, seit Tede gestorben war, hatte er das Gefühl, sich ein Stück weit aus dem Panzer der Trauer befreien zu können, der ihn seit Monaten von der Außenwelt abgeschirmt hatte, und wieder ins Leben zurückzukehren. Zwar nicht mehr in das alte, das mit seiner Frau, aber vielleicht ja in ein neues. Und jetzt hatte er sogar etwas, worauf er sich freuen konnte.

Er bückte sich, um die Kiste mit Tedes Stoffresten, die ganz unten im Regal einen Platz gefunden hatte, zu durchsuchen, und tatsächlich fand er zwei Stücke, die groß genug waren, um als Segel zu dienen. Doch als er sich wieder aufrichtete, schien der Boden unter seinen Füßen zu kippen. Die Stoffstücke fielen ihm aus der Hand, und er musste sich an der Tischkante festhalten, um nicht das Gleichgewicht zu verlieren. »Verdammich«, murmelte er und griff sich mit der freien Hand an die Stirn. Dieser verflixte Schwindel. Sollten die Table

Als er sich etwas besser fühlte, hob er die Stoffe vom Boden auf und legte sie zusammen mit den Holzstücken neben die Dose mit der Beize und die bereits zusammengebauten Teile des Schiffsmodells. Nachdem er sich vergewissert hatte, dass alles ordentlich an seinem Platz lag, schloss er die Tür des kleinen Raums leise hinter sich und ging zurück in die Küche. Das Hochgefühl von vorhin wollte sich nicht mehr recht einstellen, noch immer schien hinter seinen Augen irgendwo dieser lästige Schwindel zu lauern, während er jeden Küchenschrank öffnete. Er zog Schubladen heraus und sah sogar im Brotkasten nach, aber die Schachtel mit den sortierten Tabletten entdeckte er nirgends.

Nun, dann musste es eben so gehen. Er nahm das Tablett vom Tisch und begab sich damit zum Wintergarten, wo Arne, wie er hörte, noch immer telefonierte, aber sicher bald fertig sein würde. Bei der Aussicht auf eine Fortsetzung des Gesprächs von vorhin hob sich seine Laune ein wenig.

Er wollte gerade mit dem Fuß die Tür aufstoßen, als er Arnes letzte Worte hörte und mitten in der Bewegung erstarrte.

»... Das Anwesen gehört quasi schon mir ...«

ZWANZIG

Es war dunkel, als Meret die Tür zu dem schmucken kleinen Haus öffnete, die Bewohner schliefen vermutlich schon längst. Sie war noch auf dem Boot gewesen, hatte etwas Zeit mit den Hunden verbracht und versucht, nicht allzuviel nachzudenken über das, was sich zur selben Zeit vielleicht gerade im Sörensen-Haus ereignete. Sie musste jetzt abwarten. Ihre Aufgabe war erfüllt, jetzt war es wichtig, Arne das Terrain zu überlassen. Und zu sehen, was passieren würde. So war der Ablauf, vielfach erprobt. Aber noch nie war es ihr so schwer gefallen, das auszuhalten, wie dieses Mal.

Sie knipste das Licht an, das den Windfang im Eingangsbereich schwach erhellte, lauschte ganz kurz, aber es war niemand zu sehen oder zu hören. Nur an einer Stelle fiel ein heller Schein durch eine Tür, die offenbar nur angelehnt war. Meret ging darauf zu und spähte in einen kleinen Raum, der Tede oder Hinnerk oder beiden wohl als eine Art Büro gedient hatte. Arne hockte mit dem Rücken zu ihr auf dem Boden und hatte sie ganz offensichtlich nicht bemerkt. Er beugte sich über einen Ordner, der vor ihm auf dem Teppich lag, und blätterte ihn durch.

»Arne? Was machst du da?«

Sie sah, wie er einen Moment erstarrte, als hätte sie ihn bei etwas Verbotenem ertappt. Dann schob er die

Papiere wieder zusammen, schlug den Ordner zu und stellte ihn zurück ins Regal. Das alles betont langsam. Schließlich erhob er sich und drehte sich zu ihr um. »Ich habe ein paar Papiere gesucht«, erklärte er und zuckte mit den Achseln. »Schließlich muss ich wissen, auf was ich mich einlassen würde.«

»Und? Hast du gefunden, was du gesucht hast?« Sie stand noch immer an der Tür und sah ihn an. Er schien ihre äußere Gelassenheit zu missdeuten, denn er kam mit einem Lächeln auf sie zu und legte die Arme um ihren Nacken.

»Aber ja.« Er berührte ihre Nasenspitze mit seiner Nase. »Es gibt jede Menge Unterlagen, für viele der Antiquitäten hier liegen Gutachten vor, und das Haus ist sogar mal geschätzt worden. Wusstest du, dass das eine Bild allem Anschein nach tatsächlich von Nolde stammt?«

»Hat Hinnerk das alles veranlasst? Das hätte ich ihm gar nicht zugetraut, auf so etwas Wert zu legen.«

»Er ist eben sehr gründlich und ordentlich, der alte Mann. Es scheint dabei um Versicherungen gegangen zu sein.« Arne zuckte mit den Schultern. »Aber was interessiert dich das? Wichtig ist doch nur, dass du bald einen sehr wohlhabenden Mann an deiner Seite haben wirst.«

»Und wie komme ich zu dieser Ehre?«

Arne sah über ihren Kopf hinweg, seine Miene war ernst geworden. »Lass mich nur machen.«

»Und wenn ich das gar nicht will?«

»Was?«

»Einen wohlhabenden Mann.«

»Warum solltest du das nicht wollen?« Arne runzelte die Stirn und schob sie ein Stück weit von sich weg.

»Du kannst doch hier nicht einfach in den Papieren anderer Leute herumwühlen. Ich nehme nicht an, dass du Hinnerk gefragt hast, oder? Wo ist er überhaupt?«

»Hast du mal auf die Uhr gesehen?« Arnes Miene verfinsterte sich. »Bin ich sein Aufpasser? Ich nehme an, er schläft. War nicht so fit in den letzten Tagen.«

»Immer noch dieser Schwindel?«

Arne ließ sie los. »Was weißt du denn darüber?«

»Nur, dass der Arzt ihm dagegen Tabletten verordnet hat. Die nimmt er doch hoffentlich?«

»Woher soll ich das wissen?« Arne ging wieder zu dem Regal hinüber, sodass der Bürotisch zwischen ihnen stand, auf den er sich stützte, als er sie ansah. »Was willst du jetzt von mir? Soll ich Kindermädchen spielen bei dem alten Herrn? Bis jetzt ist er doch ziemlich gut alleine klargekommen, oder?«

»Ja, aber jetzt sind wir hier, und statt dich ein bisschen um ihn zu kümmern, durchwühlst du einfach so seine Sachen. Findest du das in Ordnung? Was machst du, wenn er das bemerkt?«

»Warum sollte er?«

»Du sagst doch selbst, er ist sehr ordentlich. Möglich ist es also durchaus. Und was tust du dann?«

»Dann kann ich immer noch sagen, dass einer von den beiden, die hier ständig aus und ein gehen, an seinen Sachen war. Dieser Mika und – wie heißt nochmal die Malerin? Aleide. Wo ist die überhaupt?«

»Na, jedenfalls nicht hier, um in irgendwelchen Unterlagen zu wühlen.« Gegen ihren Willen war Merets Tonfall jetzt doch schärfer geworden, und sie ärgerte sich über sich selbst. Das war nicht der richtige Weg. Aber sie konnte nicht anders. »Warum tust du das alles, Arne? Wofür?«

»Wofür? Das fragst du ernsthaft?« Er richtete sich auf, lehnte sich mit dem Rücken an das Regal, verschränkte die Arme vor der Brust und sah sie herausfordernd an.

»Kannst du das nicht verstehen oder willst du nicht?«

»Erklär es mir einfach, vielleicht versteh ich es dann.«

Er schüttelte den Kopf, als könnte er nicht fassen, dass sie nicht sofort begriff, worauf es ihm ankam. »Hier ruht ein Vermögen. Es muss einen Weg geben, da ranzukommen.«

»Und das willst du? Da rankommen?«

»Natürlich. Würdest du das nicht wollen?«

»Geld ist nicht alles.«

»Nein, Geld ist nicht alles. Aber Geld ist das, was einem den Schlüssel zum Glück bringt. Ohne Geld bist du ein Niemand, und wenn du Geld hast, dann springen die Leute und tun alles für dich, was du von ihnen verlangst.«

»Und das möchtest du? Dass alle für dich springen und das tun, was du verlangst?«

Er hatte sich in Rage geredet, das sah sie an dem Funkeln in seinen Augen, an der Haltung, die Anspannung und sogar Aggressivität ausdrückte. »Warum nicht? Vielleicht möchte ich aber auch einfach nur allen zeigen, dass ich es auch zu was bringen kann. Ich, über den sich alle hinter vorgehaltener Hand immer lustig machen. In meiner Familie, wo alle studiert haben, bloß der kleine Arne nicht, der arbeitet nur beim Amt, ach ja. Und alle schicke Häuer haben, bloß der kleine Arne nicht, der wohnt bloß in einem Wohnblock, tja, kannste nichts machen.« Wieder schüttelte er den Kopf. »Ich hab es so satt.«

So viel Bitterkeit hatte sie noch nie bei ihm gesehen, und sie versuchte zu vermitteln. »Aber das ist doch alles überhaupt nicht wichtig, Arne. Wichtig ist doch nur, dass wir uns haben und dass wir miteinander glücklich sind. Und das sind wir doch, oder?«

Er schwieg einen Moment, und sie wiederholte ihre Frage, drängender diesmal. »Oder?«

»Ja, schon«, sagte er dann langsam. »Aber hier ist eine Gelegenheit, mit der ich nie gerechnet habe. Die

Möglichkeit, einmal etwas mehr zu erreichen. Ist das so schlimm?«

»Wenn du dafür heimlich in den Papieren deines gutgläubigen alten Onkels wühlen musst und Pläne für ein Haus machst, das dir gar nicht gehört, dann ist das schon schlimm.«

»Findest du?«

»Ja, finde ich.« Sie machte einen Schritt nach vorn, wollte die Hand nach ihm ausstreckten, aber er stand hinter dem Tisch, als verschanzte er sich hinter einem Bollwerk, und sie ließ die Hand wieder sinken. »So kenne ich dich ja gar nicht«, sagte sie leise.

»Vielleicht kennst du mich einfach nicht gut genug.«

»Vielleicht. Und was mache ich, wenn mir das, was ich jetzt kennengelernt habe, gar nicht gefällt?«

»Ich dachte, wir ziehen hier an einem Strang?« Er sah sie an, musterte ihr Gesicht, runzelte die Stirn. »Ich dachte, du siehst das genauso wie ich.«

»Was sehe ich, Arne? Was?«

»Dir gefällt das Haus doch genauso wie mir, oder? Und du liebst die See, oder?«

»Ja, schon ...«

»Ist es das nicht wert, dafür zu kämpfen?«

»Du würdest alles dafür tun, oder?«

»Ja.« Jetzt lag etwas wie Trotz in seinem Tonfall. »Dafür würde ich alles tun. Und ich verstehe nicht, dass du das nicht verstehen kannst.«

»Ich fürchte«, sagte sie nach einer kurzen Pause, »ich verstehe dich nur zu gut.«

Es dauerte nur eine Sekunde, dann sah ihr Arne direkt ins Gesicht. »Vielleicht bist du dann doch nicht die richtige Frau für mich.«

»Ist das dein Ernst?«

»Das ist mein voller Ernst.«

Sie nickte langsam. Dann drehte sie sich genauso langsam zur Tür um.

»Wo willst du hin?«

»Ich denke, ich werde heute mal auf dem Boot übernachten.« Damit ging sie hinaus und ließ die Tür hinter sich ins Schloss fallen.

Das Geräusch ließ Arne zusammenzucken. Ganz plötzlich verlor er etwas von der Anspannung, die bis eben seinen Körper beherrscht hatte. »Meret, warte.« Sogar sein Tonfall hatte sich verändert. Es lag etwas Flehendes darin. »Warte auf mich!«

Er lief ihr nach, durch die Diele und dann weiter nach draußen, bis zu dem Tor, das den kleinen Vorgarten von der Straße trennte, doch sie war schon zwischen den Häusern verschwunden.

EINUNDZWANZIG

An jenem Tag, an dem Meret das Sörensen-Haus verließ, um auf ihrem Boot zu übernachten, hockte ich zu Hause und bemitleidete mich selbst. Mich von dieser Erkältung zu erholen, dauerte länger, als ich erwartet hatte. Eigentlich hatte ich damit gerechnet, nach ein, zwei Tagen Pause wieder arbeiten zu können, aber auch am dritten Tag schleppte ich mich nur vom Bett zum Sofa und wieder zurück, mit einem gelegentlichen Abstecher in die Küche oder ins Badezimmer. Ich konnte mich schlecht konzentrieren, und wenn ich irgendetwas aufräumen oder sonst irgendetwas Sinnvolles tun wollte, war ich nach ein paar Minuten zum Umfallen müde. Es war dieses Zwischenstadium, in dem man nicht mehr krank genug ist, um fast nur zu schlafen, aber auch noch nicht fit genug, um wieder all die Dinge tun zu können, die einen normalen Tag ausmachten. Ich wurde zusehends unzufriedener und hatte Annchen mit meiner schlechten Laune schon dazu gebracht, mir aus dem Weg zu gehen.

Und mir war langweilig.

Dann stand irgendwann Mika vor der Tür.

»Krankenbesuch«, sagte er und musterte mich prüfend, als ich auf sein Klopfen hin zur Tür gekommen war. »Bist du willens und in der Lage, mit mir eine Tasse Tee zu trinken?«

»Tee? Bist du krank?« Mika war notorischer Kaffeetrinker, daher war die Frage berechtigt.

»Nein, aber ich wäre bereit, Opfer zu bringen, um dir die Langeweile zu vertreiben.«

Seufzend trat ich ein Stück zur Seite, sodass er hereinkommen konnte. »Man könnte meinen, du kannst Gedanken lesen.«

»Nein, das ist dein Metier – schon gut«, fügte er schnell hinzu, als er meine Miene sah. Ich war noch angeschlagen genug, um etwas dünnhäutig auf Scherze über meine Fähigkeiten zu reagieren.

»Auf jeden Fall kommst du gerade recht, ich könnte etwas Abwechslung gebrauchen.«

Mika schob sich an mir vorbei und hielt dann eine Papiertüte hoch. »Ich hab Scones mitbracht.«

»Scones? Wo hast du die denn her?«

»Morgen ist *St. Patrick's Day*. Da hat das Café unseres Vertrauens ein paar Spezialitäten vorbereitet.« Er reichte mir die Tüte und zog sich die Jacke aus. »Gehen wir in die Küche oder stören wir da jemanden?«

»Annchen ist unterwegs, falls du das meinst, es wird ihr leidtun, dich verpasst zu haben.«

»Ein andermal klappt's bestimmt«, meinte Mika nur und ließ mich vorausgehen.

»Wie geht es Hinnerk?«, lautete meine erste Frage, als wir endlich am Tisch saßen, zwischen uns eine Kanne Darjeeling und ein Teller mit frischen Scones und allem, was dazugehörte. Ich war müde von dem bisschen hin und her laufen, aber gespannt auf Neuigkeiten aller Art.

»Hat sich hingelegt, als ich gegangen bin«, erklärte Mika. »Seit ein paar Tagen, eigentlich schon die ganze Zeit über, seit du nicht mehr da warst, fühlt er sich nicht gut. Ihm ist oft schwindelig, und manchmal scheint er mir ein bisschen durcheinander zu sein.«

»Hm«, machte ich. »Das klingt nicht gut. Nachwirkungen vom Unfall? Weißt du, ob er nochmal beim Arzt war?«

Mika schüttelte den Kopf. »Keine Ahnung. Wohl eher nicht. Er meint immer, so wichtig sei das nicht. Und ich kann ihn ja schlecht hintragen, wenn er nicht will. Irgendwas scheint ihn auch zu bedrücken, aber wenn wir eine Weile zusammen sind, dann ist er eigentlich ganz munter. Dieses Schiffsmodell liegt ihm am Herzen.« Er zuckte mit den Schultern, dann griff er nach seiner Teetasse. »Ich werde ihn ein bisschen im Auge behalten.«

»Wär das nicht eine Aufgabe für Arne und Meret? Die sind doch noch da, oder?«

»Ich denke schon.« Er überlegte. »Das letzte Mal hab ich sie gesehen, als Hinnerk gestürzt war. Ich nehme an, sie sind viel unterwegs.«

»Na, dafür, dass sie eigentlich den alten Mann besuchen wollten, verbringen sie erstaunlich wenig Zeit mit ihm.« Ich machte eine kurze Pause und nippte an meiner Tasse. »Was hältst du eigentlich von den beiden?«

»Gute Frage.«

Ich sah ihm an, dass er überlegte und versuchte, seine Eindrücke in Worte zu fassen. »Ehrlich gesagt, mag ich ihn nicht so besonders. Arne, meine ich. Er wirkt auf mich wie ein aufgeblasener Wichtigtuer. Und die Frau – schwer zu sagen. Sie ist nett und freundlich, aber so ganz werde ich nicht aus ihr schlau.« Er stützte die Arme auf den Tisch, beugte sich ein wenig vor und musterte mich aufmerksam. »Aber du fragst doch nicht ohne Grund, oder?«

Ich seufzte. »Ich mache mir Sorgen um ihn.«

»Um Arne?«

»Blödsinn. Um Hinnerk natürlich. Er hat sich total auf diesen Besuch gefreut, aber seit der da ist, geht es ihm nicht besonders gut, oder? Ob ihn das alles vielleicht zu sehr aufregt? Und ich würde mir wünschen, dass Arne sich wenigstens um ihn kümmert, wenn er schon da ist.«

Mika sah mich aufmerksam an. »Sicher, dass da nicht noch irgendwas ist, was dich beschäftigt?«

Ich sah ihm direkt in die Augen. »Was meinst du?«

»Aleide, versuch nicht, mich für dumm zu verkaufen. Da ist doch noch irgendwas, das du mir nicht erzählst. So gut kenne ich dich inzwischen. Hat es was mit Hinnerk zu tun?«

Ich zögerte kurz. »Ehrlich gesagt, ich weiß es nicht«, sagte ich dann. So vieles ging mir in jenem Moment durch den Kopf, und alles gleichzeitig. Mika hatte diese Wirkung auf mich. Ich dachte an die Begegnung am Hafen, an die wirren Träume der letzten Zeit, daran, dass Imme gesagt hatte, vielleicht hätte das alles gar nichts zu bedeuten. Und war hin und her gerissen, wusste nicht, was ich glauben sollte und wie gut ich mir selbst vertrauen konnte und hatte Angst, darüber den Verstand zu verlieren. Aber das konnte ich ja schlecht einfach so sagen. »Ich habe das Gefühl«, begann ich dann vorsichtig, »dass gerade irgendetwas Wichtiges passiert. Ich kann es nur nicht einordnen. Nicht verstehen. Und das macht mir Angst.« Ich sah in Mikas Gesicht und fragte mich, ob er sich damit zufrieden geben würde.

Natürlich tat er das nicht. Seine Stimme klang ganz ruhig, als er fragte: »Was ist es, das du nicht verstehen kannst?« Und dann fügte er hinzu: »Du weißt, dass du mit mir über diese Dinge reden kannst.«

Und auf einmal begriff ich, dass er recht hatte. Und es erschien mir ganz selbstverständlich, ihm alles zu erzählen. Und so fing ich damit an. Ich erzählte von der Frau, die ich auf dem Kutter gesehen hatte und meinem Eindruck, sie irgendwoher zu kennen – eine Tatsache, die ich selbst schon wieder fast vergessen hatte –, ich erzählte ihm von meinen Träumen, von allen – dem von dem Sturm, den Pferden und dem, in dem der alte Untermieter meiner Großmutter vorkam, und ich erzählte auch davon, dass Imme mir geraten hatte, das alles vielleicht nicht ganz so ernst zu nehmen, weil es das vielleicht nicht wahr. Nichts Ernstes eben.

Als ich fertig war, faltete ich die Hände vor mir auf dem Tisch und wartete auf Mikas Reaktion. Ich hätte ihm Fragen stellen sollen, ihn um Hilfe bitten, aber in meiner Kehle hatte sich ein Kloß gebildet, der dicker wurde, je länger ich redete, bis es mir schwer fiel, die Worte zu bilden. Und dann begannen meine Augen zu brennen. Ein unerwartetes Gefühl völliger Hilflosigkeit drohte mich nach dieser langen Ansprache, die mehr eine Art Ausbruch gewesen war, zu überwältigen, und ich wollte hier nicht zusammenbrechen und in Tränen zerfließen, nur, weil ich mit Bildern überflutet wurde, die mir vielleicht etwas sagen sollten, vielleicht aber auch nicht, und ich das nicht unterscheiden konnte. Irgendwie musste es eine Auflösung geben, aber ich sah sie nicht.

»Wow«, sagte er.

»Das ist alles?« Ich wusste nicht, ob ich nun lachen oder vielleicht doch noch in Tränen ausbrechen sollte.

»Das ist ganz schön viel. Ich meine, was du hier so einfach mal eben so erzählt hast. Und das alles hast du die ganze Zeit über mit dir herumgetragen?«

Ich zuckte mit den Schultern. »Was hätte ich tun sollen?«

»Mit jemandem reden, zum Beispiel?« Mika beugte sich vor und sah mich eindringlich an. »Mal daran gedacht?«

»Mit wem hätte ich reden sollen? Ich hab mit Imme geredet, die mir ganz vorsichtig beigebracht hat, dass ich da vielleicht etwas überinterpretiere. Ich hab mit meiner Mutter geredet, die von Fieberfantasien sprach. Was hätte ich noch tun sollen?«

»Mit mir reden, Aleide. Mit mir.« Mika streckte eine Hand nach mir aus, überlegte es sich dann aber anders und zog die Hand wieder zurück. »Ich kann dir vielleicht nicht alles erklären, aber ich weiß, dass du nichts überinterpretierst und nicht fantasierst. Ich bin derjenige, der selber ein paar Sachen mit sich rumträgt, die zumindest ungewöhnlich sind, mindestens so ungewöhnlich wie das, was dich quält. Wir haben da etwas gemeinsam, und das ist immerhin ein Anfang.« Er machte eine kurze Pause, schien nachzudenken. Dann fuhr er fort: »Vielleicht kann ich dir nicht sagen, um was es bei deinen Träumen geht. Aber ich kann zumindest bei dir sein und dir zeigen, dass ich dich verstehe.« Er machte eine kurze Pause. »Was ist es, das dich am meisten quält?«

Ich überlegte kurz. »Ich glaube, das ist das Gefühl, Verantwortung zu tragen. Mit diesen Fähigkeiten ...« Ich zögerte. Es fiel mir immer noch schwer, Worte dafür zu finden. »Mit so einer – Gabe kommt Verantwortung. Die – Verpflichtung, sie einzusetzen, so wie sie gedacht ist. Dinge zu wissen – und vielleicht zu verhindern.« Ich verstummte. Was redete ich da? Ich wusste ja nicht einmal, was es war, das ich vielleicht verhindern könnte.

»Ich weiß, was du meinst«, sagte Mika. »Deshalb: Rede mit mir, wenn du schon mit sonst niemandem reden magst. Zu zweit finden wir vielleicht ein paar Punkte, die du allein nicht finden kannst.« Er beugte sich vor. »Was ich aber auf jeden Fall weiß, Aleide, denn ich kenne das Gefühl: Das ist gefährliches Terrain, auf dem du dich da bewegst. Und wenn du nicht vorsichtig genug bist und nicht genug auf dich aufpasst, dann kannst du daran zerbrechen. Psychisch — und physisch. Deshalb ist es so wichtig, diese Dinge mit jemandem zu teilen. Um nicht darin verloren zu gehen.«

Während er sprach, hatte ich langsam angefangen zu nicken. Genau das hatte ich auch schon begriffen. »Du hast recht. Das ist das, vor dem ich Angst habe. Diese Bilder zu sehen, das ist eine Sache. Sie verstehen, das ist eine andere. Und sie zu sehen und eben nicht zu verstehen, das ist Folter.« Und vielleicht der direkte Weg in den Wahnsinn, fügte ich in Gedanken hinzu, sprach es aber nicht aus. Wagte das nicht, nicht einmal Mika gegenüber.

Aber er schien mich auch so zu verstehen. »Wie war das denn früher, wenn du solche Träume hattest?«

»Was meinst du?«

»Du hast doch solche Träume schon öfter gehabt, oder?«

Ich nickte. »Natürlich. Eigentlich mein ganzes Erwachsenenleben lang.«

»Wusstest du denn da immer gleich, was sie dir sagen wollten?«

Ich schüttelte langsam den Kopf. »Nein. Aber das spielte früher auch gar keine große Rolle.«.

Mika runzelte die Stirn. »Das verstehe ich nicht. Warum spielte das keine Rolle?«

»Das hab ich dir schon mal gesagt. Ich bin nie lange genug irgendwo geblieben, um zu erkennen, dass sie irgendeinen Zusammenhang zu irgendwas haben könnte, was gerade geschah.« Ich fröstelte jetzt noch jedes Mal, wenn ich daran dachte, mit welche Naivität ich so viele Jahre gelebt hatte. »Ich habe sie in Bilder umgesetzt, mehr nicht. Ich war die Malerin, und das ziemlich erfolgreich. Du erinnerst dich?« Ich zog eine Grimasse. Es war mir trotz allem, was Mika gesagt hatte – und er hatte mit allem Recht gehabt – immer noch etwas peinlich, mich so zu zeigen. So unperfekt.

»Du musst dich deswegen nicht schuldig fühlen«, sagte Mika leise und umfasste nun doch meine Hand, ganz vorsichtig nur. »Du konntest nicht wissen, dass sie etwas bedeuteten.«

In meinen Gedanken tauchten die unterschiedlichsten Bilder auf, und ich war nicht ganz davon überzeugt, dass ich es nicht doch hätte wissen können. Oder zumindest ahnen. Aber das wäre Thema für ein anderes Gespräch.

»Rede mit mir, Aleide«, wiederholte Mika, der meine
Hand inzwischen wieder losgelassen hatte. »Wir sind
jetzt zu zweit und können gemeinsam versuchen, mit
dem was wir sind, was wir können und was uns vielleicht verbindet, irgendwie umzugehen. Du bist nicht
mehr allein.«

Langsam, ganz langsam nickte ich. Er hatte recht.
Ich sollte lernen, zu vertrauen.

ZWEIUNDZWANZIG

Es war beinahe windstill, nur der Nebel schwebte wie von einer leichten Brise getragen vom Meer her heran und legte sich wie ein kaltes, feuchtes Tuch über den Hafen und die Strandpromenade, als wollte er sich ausruhen, ehe er langsam und allmählich ein Stück weiterzog, in Richtung Stadt. Meret ließ sich davon nicht beeindrucken, ja, sie bemerkte kaum, dass die Sicht weit unter zwanzig Metern betrug, und bewegte sich mit energischen Schritten auf ihr Boot zu. Sie brauchte Abstand, Abstand zu Arne und zu Hinnerk und dem Haus, überhaupt zu der ganzen Situation. Und sie vermisste ihre Tiere.

Als sich die Umrisse des Kutters vor ihr im Zwielicht abzeichneten, ging sie noch schneller, und als sie den Fuß auf das Boot setzte, war ihr, als würde sie endlich wieder frei atmen können. Sie strich mit der Hand über die Bordwand, während sie in die Kajüte hinabstieg. »Ich bin wieder da, mein Freund.« Es war mehr ein Gedanke als ein ausgesprochener Satz. »Ich bin so froh, dass du so geduldig auf mich wartest.« Das leise Knarren, das das Boot von sich gab, als sie sich darauf bewegte, war ihr Antwort genug, und sie lächelte. Endlich wieder da, wohin sie gehörte.

Sie betrat die Kajüte, und die Hunde empfingen sie mit leisen Lauten der Zuneigung, stupsten sie mit ihren feuchten Nasen an und warteten auf die Belohnung – ein Streicheln, ein paar Worte, vielleicht ein Stück getrocknetes Fleisch, und Meret erfüllten ihnen diesen Wunsch, froh über ihre unverbrüchliche Treue, die so wenig verlangte und niemals enttäuschte. Sie ließ sich auf die Bank sinken, auf der sie mit Arne gesessen hatte, vor ein paar Tagen, es war noch nicht lange her, und trotzdem hatte sich so viel seither verändert. Sie legte eine Hand auf die Stelle, an der er gesessen hatte, wollte ihm nachspüren, dem Gefühl nachspüren, das sie verbunden hatte, doch der Platz war kalt und leer, sprach nicht zu ihr über verlorene Gefühle, verschwendete Hoffnungen. Einer der Hunde legte seinen Kopf auf ihr Knie, der andere eine Pfote auf die Bank, und sie wandte sich den beiden zu, schob die Finger in ihr weiches Fell, spürte ihre Wärme und die vertraute Nähe und wusste, dies war ihre Wirklichkeit und nichts anderes.

Sie ließ den Blick durch den winzigen Raum gleiten, als sähe sie ihn nach langer Zeit zum ersten Mal wieder. Der Raum wirkte vernachlässigt, ihm fehlten die Spuren eines regelmäßigen Lebens. Es wurde Zeit, ihn wieder herzurichten.

Sie erhob sich, begann, die schmale Koje vorzubereiten, lockerte das Kissen auf, faltete die Decken auseinander. Sie fegte den Boden, sortierte das Geschirr neu, wischte den Tisch ab und scheuerte das Spülbecken. Schließlich wischte sie mit einem weichen Tuch auch die beiden Schwerter ab, und nachdem das erledigt war, betrachtete sie sie eine Weile nachdenklich den Webstuhl, der darunter stand. Dann nahm sie das Laken weg, mit dem sie ihn abgedeckt hatte. Der Webstuhl war vorbereitet, die Fäden darauf gespannt, sie musste nur anfangen, doch sie zögerte.

Die Dinge hatten sich nicht so entwickelt, wie sie es gehofft, ja, wenn sie ehrlich war, es diesmal sogar erwartet hatte. Kaum jemals in der ganzen, so unendlich lang erscheinenden Zeit war sie so sicher gewesen, dass es diesmal nicht passieren, dass es gelingen würde. Wie hatte sie sich so täuschen können? Vielleicht war sie einfach müde gewesen. Vielleicht hatte sie es sich so sehr gewünscht, damit es endlich aufhörte, damit sie endlich zur Ruhe kommen konnte, vielleicht war der Wunsch nach Erfüllung ihrer Sehnsüchte stärker gewesen als die Vernunft. Aber jetzt ließ es sich nicht länger verleugnen, sie musste den Tatsachen ins Auge sehen: Dass es auch dieses Mal scheitern würde. Dass sie scheitern würde.

Sie faltete das Laken ordentlich zusammen und schob es unter den Webstuhl. Dann zog sie sich einen Stuhl heran und griff nach der Garnrolle, die ebenfalls unter dem Tuch gelegen hatte.

Sie befestigte den Faden an dem Weberschiffchen und begann, das Garn aufzuwickeln. Ein wenig musste sie noch bleiben. Aber was immer jetzt noch passieren würde, es wäre nur der Abschluss von etwas, das im Grunde schon vorbei war. Nur nicht für sie.

Für sie gab es kein Aufhören, kein Ende, kein Vorbei. Nur immer wieder einen Neuanfang.

Zeit, sich dieser Tatsache zu stellen.

Sie schob das Schiffchen durch das Fach. Der erste Schritt war getan, ehe der letzte stattgefunden hatte.

DREIUNDZWANZIG

In jener Nacht war Hinnerk nach unruhigem Schlaf lange vor Sonnenaufgang wach. Er lag in dem Bett, dass nicht sein Bett war, in der kleinen Kammer unter dem Dach, starrte die schräge Decke an und wusste, er sollte darauf warten, dass es hell wurde, doch er hielt es nicht aus.

Er schlug die Decke zurück, die Wärme darunter verflog sofort, und die kalte Luft im Zimmer verursachte ihm eine Gänsehaut. Rasch tauschte er den Pyjama gegen die Sachen ein, die er am Tag zuvor getragen hatte. Dann öffnete er die Tür und lauschte. Im Haus war alles genauso dunkel und still wie draußen auf der Straße, nur ein ganz schwacher Lichtschein fiel durch eines der unteren Fenster herein, vermutlich von der einzigen Straßenlaterne, die auf dem Gehweg vor dem Haus stand. Hell genug für ihn, um vorsichtig die Treppe hinunterzusteigen, wobei er versuchte, die knarrenden Stufen zu vermeiden.

Unten huschte er in die Küche und schob rasch die Tür hinter sich zu. Er wollte die Stimmen nicht hören, die ihn nicht erst seit dem vergangenen Abend, aber zum ersten Mal bis in den Schlaf hinein verfolgt hatten. Ihm war ein bisschen schwindelig, vielleicht kam das noch von dem Unfall neulich, hatte der Arzt ihm nicht Tabletten dagegen verschrieben? Die Dose, in der er seine Medikamente immer ordentlich vorsortiert hatte, stand nicht an ihrem Platz. War sie am Abend eigentlich da gewesen? Er wusste es nicht mehr, und das bereitete ihm beinahe noch mehr Kopfschmerzen als das leichte Pochen hinter seiner Stirn, das er seit ein paar Tagen ständig fühlte. Er wusste, er sollte das wissen, und er wusste, er müsste mit Arne sprechen oder mit der Frau, die mit ihm gekommen war. Vielleicht wusste sie, wohin all die Dinge verschwanden, sie schien ja ganz vernünftig zu sein. Arne – da war etwas, irgendetwas hatte sich verändert, und es fiel ihm schwer, die richtigen Worte zu finden. Er glaubte, sie wieder sprechen zu hören, aber als er die Tür öffnete, war alles still. Doch die Sätze vom Vortag hallten in seinem Kopf wider, und er erinnerte sich, dass ihm nicht gefallen hatte, was er gehört hatte – nicht, was sie sagten, nicht die Art, wie sie miteinander sprachen, ohne auf ihn zu achten, als gehörte er nicht dazu, als wäre das nicht sein Haus. Irgendetwas stimmte hier nicht, und er wusste nicht, was es war, fühlte sich hilflos, brauchte Hilfe, das immerhin wusste er.

Tede. Tede wüsste, was zu tun wäre, aber Tede war nicht da. Wen könnte er dann fragen?

Er wollte jemanden anrufen, Aleide oder Mika vielleicht, mit irgendwem sprechen, fand nach einigem Suchen das Smartphone in seiner Hosentasche, aber das Display war dunkel und blieb es auch, egal, auf welchen Knopf er drückte, wie hastig er darauf herumwischte. Der Akku war leer, er hatte vergessen, es aufzuladen, wie er in den letzten Tagen überhaupt immer wieder etwas zu vergessen schien, als hätte sein Geist die Flucht schon vorweggenommen, denn fliehen wollte er. Fort von hier, weg aus seinem Zuhause, er wusste nur nicht, wohin. Doch, zu Tede, sie würde Rat wissen.

Er ließ das Smartphone liegen, vergaß es im selben Moment, trat an die Spüle, füllte Wasser in einen Kessel, stellte ihn auf den Herd und vergaß, den Herd anzuschalten. Von draußen hörte er Stimmen, ganz leise zuerst, als wollten die Leute nicht, dass er zuhörte, und dann war da die Stimme einer Frau, sanft, beschwörend, aber sie kam nicht aus dem Haus, sondern von der Straße, es waren fremde Stimmen von fremden Menschen. Die würden nichts für ihn tun können.

Er brauchte Tede, er brauchte seine Frau, wo konnte sie sein? Hatten sie sich nicht früher immer irgendwo getroffen? Ach ja, bei den Findlingen draußen, dem alten Treffpunkt für Liebespaare, da hatte das angefangen. Da hatte er ihr auch den Antrag gemacht, und sie hatte geweint und gelacht und ihn dann in die Arme genommen, und ach, das wünschte er sich so sehr. Später waren sie immer an ihrem Hochzeitstag dorthin gegangen, so oft es ging. Was war das nochmal für ein Tag? Wann war das nochmal gewesen? Es war immer kalt gewesen, immer, nur ganz selten hatte schon ein Hauch von Frühling in der Luft gelegen, aber er hatte immer dafür gesorgt, dass zu Hause frische Blumen auf sie warteten, wenn sie zurückkamen, Freesien und Ranunkeln, weil sie die so mochte. Wann waren sie das letzte Mal dorthin spaziert? War es nicht wieder einmal an der Zeit? Es musste doch schon März sein. Oder war es schon April? Ach, diese verflixte Vergesslichkeit. Das letzte Mal aber, das wusste er noch, das letzte Mal, da war Tede schon zu krank gewesen, und sie konnten nicht zusammen zu dem Platz gehen, der ihnen immer so wichtig gewesen war.

Und dann wusste er, was er zu tun hatte. Er würde zu den Findlingen gehen, gleich jetzt, und da würde Tede auf ihn warten, und die würde wissen, was zu tun war, wie sie es immer gewusst hatte.

So leise er konnte öffnete er die Küchentür, schritt den schmalen Flur hinunter zur Haustür und nahm seine warme Jacke vom Haken daneben. Dann zog er sich die Stiefel an, griff nach Handschuhen und Mütze und trat vor das Haus, wo ihn kalte, feuchte Luft empfing.

Ohne Zögern schlug er den Weg zum Strand ein.

VIERUNDZWANZIG

Mikas Besuch hatte mir offenbar etwas Auftrieb gegeben, jedenfalls fühlte ich mich danach etwas besser. Meine Stimmung hatte sich deutlich gehoben, und das hatte sicher auch Einfluss auf den Genesungsprozess. Es hatte mir gut getan, mit jemandem zu reden, Mika hatte ganz recht gehabt. Wir sollten versuchen, das Beste zu machen aus dem, was wir hatten – und das waren vor allem wir beide. Am nächsten Tag beschloss ich, an diesem Vormittag Hinnerk einen Besuch abzustatten. Noch nicht, um zu arbeiten, aber etwas Bewegung würde meinen Kreislauf in Schwung bringen, und ich könnte mir selbst ein Bild davon machen, wie es dem alten Seemann ging. Noch immer hatte ich das Gefühl, da müsste etwas sein, das ich wissen sollte.

Ich war gerade dabei, mir langsam und umständlich meine Stiefel anzuziehen, als jemand an die Haustür klopfte. »Die Tür ist offen!«, rief ich, und gleich darauf stand Mika im Türrahmen.

Seinem Gesichtsausdruck konnte ich entnehmen, dass irgendetwas nicht stimmte. »Was ist los?«, fragte ich und ahnte doch schon nichts Gutes.

»Hinnerk ist weg.«

»Wie – weg?«

»Er ist verschwunden. Das ganze Haus ist leer.«

»Ich verstehe kein Wort. Wieso warst du überhaupt da?«

»Ich machte mir Sorgen um den alten Mann, und weil ich dachte, dass du erst mal ausfällst, dann schaue ich mal bei ihm vorbei. Vielleicht mag er ja ein bisschen plaudern. Klönen, wie du es immer nennst. Also hab ich geklopft, aber die Tür war nicht abgeschlossen, also bin ich rein – ich hab mich natürlich sofort bemerkbar gemacht.«

»Und?«

»Und? Na, da war niemand. Hinnerk ist weg, was ungewöhnlich ist. Und noch viel ungewöhnlicher ist, dass auch sein Neffe und diese Frau weg sind, Meret.«

»Woher weißt du, dass sie nicht einfach irgendwo rausgegangen sind? Im Ort unterwegs oder am Strand oder irgendsowas?«

»Daran hab ich natürlich auch gedacht und hab überall nachgesehen. Die Sachen von den beiden sind weg. Koffer, Wäsche, alles.«

»Vielleicht sind sie abgereist?«

»Ja, vielleicht, aber ich weiß nicht, mir gefällt das nicht. Die Stimmung im Haus war in den letzten Tagen ganz komisch. Meret war kaum noch da, und Arne war immer furchtbar beschäftigt. Und Hinnerk sprach viel von alten Zeiten und war überhaupt nicht mehr er selbst. Ich hab ein ganz ungutes Gefühl dabei, und ich hab erst wieder Ruhe, wenn ich weiß, wo der alte Mann hin ist. Hast du eine Ahnung, wo ich noch suchen könnte? Ich bin schon die ganze Umgebung abgelaufen ...« In einer hilflosen Geste breitete er die Arme aus.

Ich überlegte kurz. Auch, wenn es keinen eindeutigen, logischen Grund zu geben schien, ging es mir wie Mika – ich hatte ganz definitiv ein ungutes Gefühl bei der ganzen Sache. Und ich war gerade dabei zu lernen, mehr auf mein Gefühl zu vertrauen. Oder besser: Auf meinen sechsten Sinn, den ich ja offenbar zu haben schien, auch wenn ich noch nicht ganz raus hatte, wie ich damit umgehen sollte.

»Warte mal eben, ich zieh mir nur was über.«

»Bist du nicht mehr krank? Ich meine, ich will dich auf keinen Fall ...«

»Mir gehts gut.« Entschlossen nahm ich meinen warmen Mantel vom Haken, wickelte mich in einen Schal, und als ich die Mütze aufsetzte, war ich schon unterwegs zur Tür.

»Wohin gehen wir?«, fragte Mika, der neben mir her trabte.

»Nochmal zum Haus zurück.«

»Aber da war ich doch schon ...«

»Vielleicht ist doch noch jemand zurückgekommen. Außerdem weiß ich, wo der Schlüssel zum Bootsschuppen hängt, wenn der weg ist ... Es wäre eine Möglichkeit, dass Hinnerk da ist, das wäre nicht so ungewöhnlich.« Und dann müssten wir uns keine Sorgen machen, fügte ich in Gedanken hinzu.

»Hinnerk hat ein Boot?«

»Der Mann ist sein Leben lang zur See gefahren, und wir leben auf einer Insel. Natürlich hat er ein Boot.«

Wir erreichten das Sörensen-Haus in Rekordzeit und sahen noch einmal in alle Zimmer, aber Mika hatte recht gehabt: Das improvisierte Gästezimmer war leer, Meret und Arne waren spurlos verschwunden, und auch Hinnerk fehlte. Ich sah an der Stelle nach, wo in der Diele immer der Schlüssel zum Bootsschuppen aufbewahrt wurde, aber der hing ordentlich an seinem Haken. Mein letzter Blick galt dem Wintergarten, und beim Anblick des unfertigen Wandbildes überkam mich eine tiefe Traurigkeit. Sollte Hinnerk wirklich etwas passiert sein …? Ich wollte den Gedanken nicht zu Ende denken und schüttelte mich, wie man ein unangenehmes Gefühl abzuschütteln versucht. Gerade, als ich mich abwenden und zur Haustür zurück gehen wollte, bemerkte ich, wie sich im Wintergarten eine Gestalt aus dem Dunkel löste. Sie öffnete gerade die Tür, die vom Garten herein führte, und ihr langes schwarzes Haar flatterte im Wind, als sie eintrat. Sie trug wieder das lange schwarze Kleid, in dem ich sie zum ersten Mal hier im Haus gesehen hatte. Meret.

Ich dachte, sie hätte mich nicht bemerkt, als ich auf sie zu ging, denn sie schloss gerade die Tür, stand mit dem Rücken zu mir und blickte in die Richtung, in der das Meer lag. Aber als ich näherkam, hörte ich ihre sanfte Stimme. »Aleide. Schön, dass du gekommen bist.«

»Wo ist Hinnerk?«, fragte ich, ohne darauf einzugehen.

Sie zuckte mit ihren schmalen Schultern, als sie sich zu mir umwandte. »Ich weiß es nicht.«

Ich versuchte, von ihrer Miene abzulesen, was sie wusste, aber ich konnte nichts erkennen.

»Er wollte zur Hallig hinübergehen.«

»Jetzt? Zu den Findlingen? Das ist unmöglich. Die Flut kommt gleich. Das kann nicht sein.« Ich starrte sie fassungslos an. Das passte überhaupt nicht zu Hinnerk. Er kannte sich doch aus. Nie im Leben würde er so etwas Unvernünftiges tun. »Allein?«

Sie zuckte mit den Achseln.

»Ist Arne bei ihm?«

Sie schien etwas sagen zu wollen, überlegte es sich dann aber offenbar anders und zuckte wieder mit den Schultern. »Kann sein.«

»Was heißt das, kann sein? Ist er dabei oder nicht?« Meine Besorgnis wuchs mit jeder Minute.

»Ich weiß es nicht«, sagte Meret wieder, und diesmal wirkte auch sie beunruhigt, das musste ich ihr zugute halten. »Jedenfalls ist Arne nicht hier.«

Das machte es nicht besser. Ehe ich noch etwas fragen konnte, sprach sie schon weiter.

»Unsere Wege trennen sich hier. Ich habe meine Sachen gepackt, ich werde weiterziehen.« Dabei sah sie mich wieder mit diesem sonderbaren Blick an, als erwartete sie irgendetwas von mir, und mir lagen tausend Fragen auf der Zunge, doch dafür war jetzt keine Zeit. Ich machte kehrt und wäre um ein Haar mit Mika zusammengeprallt, der mir gefolgt war.

»Hinnerk ist zum Wasser gegangen«, erklärte ich und war schon unterwegs zur Haustür.

»Zum Boot?«

»Nein, der Schlüssel hängt ja noch hier, ich hoffe also, dass er das nicht getan hat.«

»Woher weißt du das auf einmal?«

»Meret.« Ich drehte mich um, wollte auf sie zeigen, doch die Stelle, an der sie eben noch gestanden hatte, war leer.

»Wo ist sie jetzt?«

»Keine Ahnung. Mir schien es jetzt wichtiger zu sein, Hinnerk zu finden. Wir sollten hinunter zum Strand.«

»Und wo ist Arne?«

»Vielleicht bei ihm, Meret hat sich da etwas unklar ausgedrückt, aber für mich hörte es sich so an. Wenn er bei ihr wäre, hätte sie das vermutlich gesagt – und da er nicht hier ist und das Boot, so weit ich weiß, nicht ausstehen kann …«

»Was, glaubst du, ist da passiert?«

»Ich habe keine Ahnung.«

»Ich auch nicht, aber ich könnte mir etwas vorstellen. Er warf mir einen kurzen Seitenblick zu. »Und ich denke, du auch.«

»Du meinst …«

»Dass Arne Hinnerk nach da draußen locken wollte. Und nicht mit guten Absichten.«

Mir wurde kalt, und ich mochte gar nicht daran denken, was da draußen vielleicht gerade geschah. »Wir müssen uns beeilen. Die Flut kommt.«

FÜNFUNDZWANZIG

»Was hast du vor?«, fragte er schließlich, als er mich eingeholt hatte.

»Was glaubst du wohl?«

»Sag nicht, du willst zur Hallig laufen.«

»Hast du einen besseren Vorschlag?«

»Aleide, das ist Wahnsinn.« Mika war stehen geblieben und hielt mich am Arm fest, sodass ich ihn ansehen musste. »Das ist viel zu gefährlich. Das Wasser steht schon so hoch, selbst wenn wir es bis dahin schaffen, kommen wir nicht mehr zurück.«

Erst später fiel mir auf, dass er »kommen wir nicht mehr zurück« gesagt hatte, obwohl er vermutlich Hinnerk und mich meinte. Für Mika wäre Hochwasser kaum ein Problem gewesen. Doch in jenem Augenblick gingen mir ganz andere Dinge durch den Kopf.

»Wir könnten die Seenotrettung informieren«, fuhr Mika inzwischen fort. »Die sind Profis in so was, die wissen, was zu tun ist.«

»Dauert zu lange«, stieß ich ein wenig atemlos hervor. Die Erkältung steckte mir noch in den Knochen, und ich fühlte mich weitaus angestrengter, als das normalerweise der Fall gewesen wäre. Aber das spielte jetzt keine Rolle, es gab Wichtigeres. Ich blickte hinaus aufs Meer, während ich mich aus seinem Griff befreite und dann so zügig weiterging, wie meine

Kräfte es zuließen. Die Wellen liefen jetzt höher zum Strand hinauf, es würde nicht mehr lange dauern, bis alle Priele gefüllt waren. »Wie sind die beiden bloß auf die Idee gekommen, jetzt da raus zu laufen?« Ich sah Mika an und schüttelte den Kopf. »Hinnerk ist Insulaner, der müsste das besser wissen.«

Keine Sekunde zweifelte ich daran, dass die beiden gemeinsam unterwegs waren.

»Vielleicht war das nicht seine Idee. Vielleicht hatte Arne damit zu tun?«

»Wieso Arne?« Ich blieb stehen. »Was willst du damit sagen?«

»Ich weiß auch nicht genau.« Mika hob die Hände und ließ sie wieder sinken. »Ich hatte das Gefühl, dass Arne irgendwie auffallendes Interesse an dem Haus gezeigt hat. Du warst ja ein paar Tage nicht da, und ich hab zwar nicht viel mitgekriegt, aber es war schon so, dass er Hinnerk viele Fragen gestellt hat, die ein bisschen mehr waren als reines Interesse. Jedenfalls kam mir das komisch vor. Da ging es viel um Geld und Wert. Ich meine, nur die Bilder im Haus sind schon ein kleines Vermögen wert. Allein der Nolde ...« Jetzt war er es, der stirnrunzelnd hinaus aufs Meer blickte. »Ich hoffe, dass ich mich irre, aber ich würde nicht ganz ausschließen, dass da irgendwas Übles läuft.«

»Du meinst jetzt aber nicht, dass Arne Hinnerk ans Leben will oder so.« In mir stieg eine ganz dunkle

Ahnung auf. »Oder?« Meine Stimme klang heiser, ich brachte das Wort kaum heraus.

Mika biss sich auf die Lippe und zuckte mit einer Schulter, sagte aber nichts.

Auf einmal schien das alles einen Sinn zu ergeben. Mein Traum. Das Wasser, das Leben zerstörte. Hinnerk, der ins Meer hinausgegangen war. Das passte zusammen. Geschah hier genau das, was mir der Traum vorausgesagt hatte? Mir wurde abwechselnd kalt und heiß. Wenn dem so war, dann durften wir keine Zeit mehr verlieren.

»Okay, dann sollten wir auf keinen Fall noch länger hier rumstehen. Wir suchen die beiden.« Entschlossen setzte ich mich wieder in Bewegung, aber auch diesmal hielt Mika mich wieder zurück.

»Nein, das werden wir nicht tun«, sagte er mit ruhiger Stimme.

»Es gibt sonst keine andere Möglichkeit.« Meine Stimme überschlug sich fast. »Wir können da hinten über die Sandbank immer noch ein gutes Stück weit laufen, und die Priele dort sind nicht sehr tief. Wenn wir Glück haben, steht das Wasser noch nicht höher als bis zum Knöchel. Zum Glück müssen wir nicht durch die ganz großen. Wir können es schaffen.«

»Ja, vielleicht. Vielleicht aber auch nicht. Und deswegen werde ich allein gehen.«

»Mika, das ist viel zu gefährlich. Ich kenne mich hier aus, aber du weißt doch gar nicht ...«

»Ich kann das, vertrau mir.«

»Red keinen Blödsinn. Die Strömung in den Prielen hat schon so mancher unterschätzt. Ich weiß, wo wir lang müssen und wo wir auf keinen Fall …«

»Ich kenne eine Abkürzung.« Ganz kurz erschien die Andeutung eines Lächelns auf seinem Gesicht, und ich verstummte und sah ihn nur an.

Das Lächeln war verschwunden, als er jetzt weitersprach. »Aleide, hör mir zu.« Er stand ganz dicht bei mir, so nahe, dass ich jede einzelne der Sommersprossen auf seinem Nasenrücken erkennen konnte, die sich dunkel von seiner blassen Winterhaut abhoben. »Wir gehen kein Risiko ein. Ich weiß, du kannst schwimmen, aber du sagst selbst, es ist gefährlich, und deswegen bleibst du hier. Wenn Hinnerk und Arne da draußen sind, dann werde ich sie finden und zurückbringen, verlass dich drauf.«

Es gefiel mir nicht besonders, aber ich wusste, dass er im Grunde Recht hatte. Wenn einer die beiden zurückbringen konnte, dann er. »Weißt du, wo du hin musst?«

Mika nickte. »Klar. Wir sind ja zusammen schon mal da gewesen bei den Findlingen, erinnerst du dich? Und den Weg hab ich mir eingeprägt, ich hab einen guten Orientierungssinn. Sonst könnte ich unter Wasser nicht lange überleben. Keine Sorge.«

»Aber die Kälte …«

»Keine Angst.« Er berührte kurz meinen Arm, aber ich merkte, dass er in Gedanken schon weit weg war. »Eine Weile halte ich die Kälte aus.«

Er hatte den Satz noch nicht ganz beendet, da war er schon unterwegs in Richtung Wasser, und ich beeilte mich, ihm zu den Buhnen zu folgen, die schon von den ersten Wellen umspült wurden. Noch im Gehen öffnete er den Reißverschluss seiner Jacke, hängte sie sich über den Arm und wand sich dann aus seinem Hoodie, und als wir die hölzerne Befestigung erreicht hatten, legte er beides auf die alten Pfähle und zog sich in Windeseile Boots und Jeans aus. Dann stand er, nur in T-Shirt und Boxer-Shorts, in der eisigen Kälte, den Blick auf die offene See gerichtet. Ich schluckte. So hatte ich Mika noch nie gesehen. Er hatte die typische Figur eines Schwimmers, mit breiten Schultern, schmalen Hüften und langen Gliedmaßen, dabei kein einziges Gramm Fett unter der Haut. »Du wirst erfrieren da draußen«, sprach ich aus, was mir gerade durch den Kopf ging.

»Keine Sorge«, wiederholte er, als wäre das ein Mantra, und drehte sich ein letztes Mal zu mir um. »Ich weiß, was ich tue. Wenn die beiden da draußen sind, dann bringe ich sie zurück. Versprochen.«

Mit ernster Miene sah er mich an, und ich wünschte mir in jenem Moment, seine Augen besser erkennen zu können, aber er stand im Gegenlicht, sodass ich den Ausdruck in seinem Gesicht nicht deuten konnte. Und dann war es zu spät dafür, denn er wandte sich ab und ging auf das Wasser zu, das ihm schon über die Füße lief. Gleich darauf schwappte eine Welle ihm bis an die Knie, aber er zuckte nicht einmal zusammen, sondern ging ganz ruhig immer weiter, während die Nordsee seine Hüften umspielte, dann seine Brust, und schließlich ließ er sich in die Fluten gleiten. Einen Moment lang sah es so aus, als wollten die Wellen ihn an den Strand zurückwerfen, als würde das Meer ihn verschmähen, aber dann machte er ein, zwei kräftige Züge, und ich sah seinen Kopf noch einmal auftauchen. Und dann war er plötzlich verschwunden.

Ganz selbstverständlich wartete ich darauf, dass er gleich wieder hochkommen würde, auftauchen musste, so wie jeder andere Schwimmer, der im Meer baden ging, aber Mika blieb verschwunden. Die See hatte ihn in sich aufgenommen, nahm ihn mit sich, und ich begriff, dass es eine Welt gab, die ich nicht mit ihm teilen konnte und auch niemals teilen würde. Ich konnte nur hoffen, dass er sich dort wirklich so gut auskannte, wie er behauptete.

SECHSUNDZWANZIG

Das Wasser war trüb an jenem Tag.

Feinste Sandpartikel wirbelten umher und erschwerten ihm die Sicht. Er musste sich auf seinen Instinkt verlassen – oder seinen sechsten Sinn, wie Aleide es nennen würde. Auch wenn sie darunter sicher etwas anderes verstand als er. Beinahe hätte er gelächelt bei dem Gedanken an sie, doch dafür musste er sich zu sehr konzentrieren, um die Richtung nicht zu verlieren. Sein Fuß stieß schmerzhaft gegen etwas Hartes, und er zuckte zusammen. Dies war nicht seine erste Aktion dieser Art. Am Bodensee hatte er mehr als einmal Taucher, Schwimmer oder verunglückte Segler aus lebensbedrohlichen Situationen befreit. Doch noch nie waren die Bedingungen so schlecht gewesen wie hier und jetzt.

Abgesehen von der Sicht, die sozusagen nicht existent war, wechselten jetzt bei zulaufendem Wasser flache und tiefe Stellen einander ab, was bedeutete, dass manche zu flach waren zum Schwimmen und andere zu tief, um nur hindurchzuwaten. So bewegte er sich schließlich die meiste Zeit über wie ein Knurrhahn – halb auf den Unterarmen oder Händen laufend, halb schwimmend über den sandigen Boden der Nordsee und hielt gleichzeitig Ausschau nach Arne und Hinnerk, die überall sein konnten zwischen Daakum und der Findlings-Hallig.

Falls die beiden dort überhaupt waren. Aber Zweifel sollte er auf später verschieben.

Inzwischen kroch ihm die Kälte der Wintersee bis in die Knochen, und er versuchte, darauf zu vertrauen, dass die Anstrengung und die Bewegung der Muskeln genügen würden, um seinen Körper nicht dauerhaft zu schädigen. Zwar konnte er die Kälte im Wasser weitaus länger ertragen als die meisten Menschen, so wie er sich auch weitaus länger unter Wasser aufhalten konnte. Sein Körper war dem Element also durchaus angepasst. Das bedeutete aber nicht, dass er vollkommen immun war gegen Unterkühlung. Einen Moment lang konzentrierte er sich nicht nur auf das Außen, sondern spürte in sich hinein und versuchte, die ideale Haltung einzunehmen, den perfekten Bewegungsrhythmus zu erreichen und die Herzfrequenz darauf abzustimmen, wie er es schon so oft geübt hatte, um in einer solchen Situation seine Kräfte so schonend und gleichzeitig so effektiv wie möglich einzusetzen.

Um ein Haar hätte er daher verpasst, dass ein Stück weiter vorn, rechts voraus, das Wasser etwas heller wurde, die Sicht klarer, was Flachwasser bedeutete und dass er sich den Ausläufern der Hallig näherte. Als er den Blick auf jene Stelle fokussierte, stellte er fest, dass dort jemand sein musste. Ein Umriss, eine Ahnung, ein heller Fleck, den er zu sehen glaubte, und als er sich darauf zubewegte, erkannte er eine Gestalt, die zusammengekauert im Sand hockte. Er richtete sich auf, schob Kopf und Oberkörper aus dem Wasser und begann, aufrecht auf die Gestalt zuzugehen, als er Hinnerk erkannte. Er hob eine Hand, wollte dem alten Mann etwas zurufen, um ihn nicht zu erschrecken durch sein plötzliches Erscheinen, doch der achtete gar nicht auf seine Umgebung. Er hockte auf der letzten trockenen Stelle, umspült vom Wasser, das immer wieder die Hand nach ihm auszustrecken schien und dann doch wieder zurückwich, um beim nächsten Mal etwas näherzukommen.

Sie hatten keine Zeit zu verlieren.

Mika kam näher, rief seinen Namen, doch Hinnerk reagierte noch immer nicht. Er saß da, mit angezogenen Beinen, die Arme um die Knie geschlungen, das Gesicht darin verborgen. Seine Schultern zuckten, und als Mika ihn erreicht hatte, nahe genug war, um ihn behutsam am Arm zu berühren, hob der alte Mann den Kopf, und Mika sah, dass er geweint hatte. Sein Gesicht war gerötet, die Augen verquollen, und noch während er Mika ansah, liefen Tränen über Hinnerks Wangen.

Mika ging neben ihm in die Hocke. »Hinnerk, ich bin es. Was ist passiert? Bist du verletzt?«

»Ich hab Tede gesucht, aber sie ist gar nicht hier«, sagte der alte Seemann. Es war nicht ganz klar, ob er Mikas Frage überhaupt gehört hatte. Aber was er sagte, klang so traurig, so voller Kummer und beinahe anklagend, dass es Mika das Herz zusammenzog. In all den Tagen, die er in der letzten Zeit mit dem alten

Mann verbracht hatte, hatte er Hinnerk nie anders als ausgeglichen, mit einem trockenen Humor ausgestattet und voller Optimismus erlebt. Bis zuletzt. Was war passiert, dass er so verändert erschien?

Mika sah sich um. Das Wasser stieg weiter an, aber ein Stück weit entfernt, da, wo die großen Findlinge standen, schien es noch trocken zu sein. »Hinnerk, wo ist Arne? Ist er bei dir?«

Der alte Mann schüttelte den Kopf und wirkte, falls das überhaupt möglich war, noch trauriger.

Mika versuchte es noch einmal, etwas anders. »Wie bist du hierher gekommen? War jemand bei dir?«

»Wie ich hierher gekommen bin? Na, zu Fuß natürlich!«

Mika umfasste Hinnerks Schultern, so fest, dass der erschrocken zu ihm aufsah. Es tat Mika leid, aber er musste Hinnerk dazu bringen, sich zu konzentrieren, und dazu brauchte er seine Aufmerksamkeit, musste irgendwie durchdringen zu ihm. Er sah Hinnerk fest in die Augen. »War jemand bei dir?«, wiederholte er die Frage von eben. »War Arne bei dir?«

»Arne?« Mika sah, dass Hinnerk versuchte, sich zu konzentrieren, aber seine Gedanken schienen weit verstreut zu sein, es war offensichtlich, dass ihm das schwerfiel. »Arne?«, wiederholte er, als wollte er versuchen, sich diesen Namen einzuprägen. »Da war jemand hinter mir«, sagte er schließlich und sah wieder zu Mika auf. Diesmal war sein Blick klar und unverschleiert. »Da waren Schritte, da war jemand, und dann war er weg ...« Seine Stimme verklang, und es sah aus, als würde sich ein Schleier vor seine Augen legen. »Tede ist tot«, sagte er dann unvermittelt, und es klang, als hätte er das eben erst erfahren, als wäre das eine Neuigkeit.

»Ich weiß«, sagte Mika etwas sanfter und beobachtete besorgt, wie das Wasser nun Hinnerks Füße umspülten.

»Wir wollten uns doch hier treffen, aber sie ist nicht gekommen«, sagte er noch, und dann schien er sich ganz in sich selbst zurückzuziehen und begann, sich langsam hin und her zu wiegen, während wieder Tränen über sein Gesicht liefen.

Mika konnte sich nicht erinnern, sich jemals so hilflos gefühlt zu haben wie in diesem Moment. In seinem Job bei der Kripo hatte er schon oft mit verzweifelten Menschen zu tun gehabt. Angehörige, Opfer, ja, manchmal sogar Täter. Aber dies hier war anders. Hier half ihm keine professionelle Distanz, keine Routine. Dies hier war Hinnerk Sörensen, den er lieb gewonnen hatte in den wenigen Tagen ihrer Bekanntschaft. Und den sturmerprobten Seemann so zu sehen schmerzte ihn mehr, als er es selbst erwartet hatte.

Aber sie hatten keine Zeit zu verlieren.

»Hinnerk«, sagte er daher so sanft, wie er nur konnte. »Wir müssen jetzt gehen.«

»Gehen? Wohin?« Wieder sah Hinnerk ihn an, und wieder wirkte er dabei abwesend.

»Nach Hause, Hinnerk. Wir können hier nicht bleiben. Die Flut kommt.«

Vielleicht war es das Wort Flut, das den Seemann in ihm noch einmal erwachen ließ, vielleicht war es die Aussicht darauf, nach Hause zu kommen, jedenfalls ließ er sich zu Mikas Überraschung – und auch Erleichterung – ohne Widerstand auf die Füße ziehen. Und Mika überlegte nicht lange.

Sanft geleitete er den alten Mann etwas tiefer ins Wasser, dann wandte er sich ab. »Setz dich auf meinen Rücken«, sagte er. »Ich nehme dich Huckepack.«

Hinnerk zögerte kurz. Dann legte er die Arme von hinten um Mikas Hals, und Mika hörte, dass er lächelte. »Du meinst, wir reiten nach Hause?«

»Ja, wir reiten nach Hause.«

Mit Hinnerk auf dem Rücken ließ Mika sich ins Wasser gleiten und dachte dabei ganz kurz an den Traum, von dem Aleide ihm erzählt hatte. Die Pferde – das Wasser …

War es dies, was sie gesehen hatte?

SIEBENUNDZWANZIG

Ich weiß bis heute nicht, wie lange ich da tatsächlich neben Mikas Kleidung gesessen und gewartet habe. Mir kam es wie eine Ewigkeit vor, aber vermutlich war es nicht viel mehr als vielleicht eine halbe Stunde, sonst hätte ich sicher irgendwelche Spaziergänger gesehen, es kam aber tatsächlich niemand vorbei, ich war ganz allein am Strand, saß da und wartete. Bis ich irgendwann sah, wie sich ein Stück weiter rechts, da, wo es ziemlich flach ins Wasser ging, zwei Gestalten aus dem Dunst lösten, und erleichtert sprang ich auf. Es waren tatsächlich Mika und Hinnerk, die da näherkamen. Mika hatte den alten Mann unter die Arme gefasst und zog ihn halb mit sich, während Hinnerk leicht vornübergebeugt mehr an Mika zu hängen schien, als dass er sich aus eigener Kraft aufrecht hielt, während er mühsam einen Fuß vor den anderen setzte. Ich fischte mein Smartphone aus der Tasche und verständigte nun den Rettungsdienst. Wir würden professionelle Hilfe brauchen. Dann lief ich den beiden entgegen.

»Ich habe ihn gerade noch abgepasst«, sagte Mika, sobald ich in Hörweite war. Er klang ein wenig atemlos. »Das Wasser lief immer schneller auf und schnitt ihm den Rückweg ab, und ich denke«, er warf einen Blick auf Hinnerk, der mich mit leerem Blick ansah, »er hatte außerdem die Orientierung verloren.«

Es war ein nicht gerade alltäglicher Anblick, der fast nackte, durchtrainierte Mika neben dem völlig bekleideten, aber bis über die Hüften durchnässten und ganz offensichtlich völlig durchgefrorenen Hinnerk, wie sie sich nebeneinander über das Watt schleppten, aber dafür hatte ich in jenem Augenblick überhaupt keinen Sinn. Ich nahm den Platz an Hinnerks anderer Seite ein und schob einen Arm um seine Taille. Obwohl Mika ihn inzwischen vermutlich mehr trug als stützte, hing der alte Seemann schwer an meinem Arm.

Ich warf einen Blick zu Mika. »Ist mit dir alles okay?«

»Alles gut«, versicherte er. »Die Strömung war aber verflixt stark.« Er versuchte ein Lächeln, um mich zu beruhigen, es geriet ein bisschen schief. »Ich bin etwas außer Atem, muss ich gestehen. Aber Hauptsache«, er blieb einen Moment stehen, um Hinnerk besser fassen zu können, »wir haben es geschafft.«

Inzwischen hatten wir die Buhne erreicht, und ich half ihm, den alten Mann dort hinzusetzen. Dann zog ich meine Jacke aus und hängte sie Hinnerk um die Schultern, ehe ich einen besorgten Blick zu Mika warf.

»Mach dir keine Gedanken, mir geht es gut.« Er schüttelte sich und schlang sich die Arme um die Taille. »Aber ich hoffe, die Sanis kommen bald, er ist mit Sicherheit unterkühlt.«

»Sie sind bestimmt schon unterwegs«, sagte ich. Daakum verfügte noch über ein eigenes Krankenhaus, das zwar klein war, aber ganz gut ausgestattet. Dann fiel mir etwas ein. »Was ist mit Arne, war der nicht bei Hinnerk?«

»Nein, da war nur er.« Mika wies mit einer Kopfbewegung auf Hinnerk, der zähneklappernd auf dem halb verrotteten Holz kauerte und ins Nichts starrte. »Und er war ziemlich durch den Wind und konnte mir leider auch nichts sagen.«

Ich hockte mich vor Hinnerk in den nassen Sand. »Hinnerk? Kannst du mir sagen, ob Arne bei dir war?«

»Arne? Natürlich!« Er sah mich an, als wäre das selbstverständlich. Gerade wollte ich ihn fragen, wo er dann jetzt sein könnte, als Hinnerk hinzufügte. »Er hat mich doch besucht, das weißt du doch.«

Okay, es schien im schlechter zu gehen, als ich gedacht hatte. »Hinnerk, war er jetzt bei dir? Draußen bei der Hallig? Als du spazieren warst.«

»Bei der Hallig?« Er sah mich aus seinen geröteten Augen an, als hätte ich etwas völlig Unsinniges gesagt. »Ich wollte doch Tede treffen. Da geh ich doch allein hin!« Dann runzelte er die Stirn und überlegte offenbar. Vermutlich war ihm irgendwo in seinem etwas durcheinandergeratenen Verstand klar, dass etwas nicht stimmte. »Was ist denn mit Arne? Ist etwas passiert?«

»Nichts, es ist alles gut. War nur so eine Idee.« Ich strich beruhigend über seine Hand. Es war sinnlos, ihn noch weiter zu verwirren. Im Moment war von Hinnerk keine Hilfe zu erwarten, und ratlos sah ich zu Mika hinüber, der sich inzwischen in seine dicke Jacke gewickelt hatte und auf und ab sprang, um sich aufzuwärmen. Er hatte uns zugehört und schüttelte nun den Kopf. Dann rieb er sich die Oberarme, den Nacken, das Gesicht und die Beine, und schließlich zog er sich die Jacke wieder aus und legte sie sorgfältig auf die Buhne.

»Ich geh nochmal ins Wasser.«

»Was, jetzt? Hast du den Verstand verloren?«

»Es geht nicht anders. Wenn Arne irgendwo da draußen ist, dann müssen wir ihn finden.«

»Das kannst du nicht machen. Das hältst du nicht durch.«

»Ich kann das, vergiss das nicht.«

»Es ist kalt, Mika. Das ist Wahnsinn.«

»Mach dir um mich keine Sorgen.« Er warf einen flüchtigen Blick zurück zur Promenade, wo der Krankenwagen gerade über den Rettungsweg zum Strand hinunterfuhr.

»Ich geh jetzt gleich, ehe mich jemand sieht und Fragen stellt. Es könnte etwas seltsam aussehen, wenn ich jetzt mal eben baden gehe.« Er drehte sich zu mir um. »Kommst du klar hier?«

Ich versuchte, in aller Eile die Fürs und Widers abzuwägen. Vielleicht hatte er recht, was Arne anging. Bestimmt sogar. Aber mir gefiel die Vorstellung

nicht, dass er ganz allein noch einmal hinaus-
schwamm in das eisige Meer. Aber eine Alternative
sah ich auch nicht, und daher nickte ich. Mika war erwachsen, und er war mit stressigen Situationen ver-
traut. Er würde wissen, ob er sich das zutrauen konnte oder nicht. »Okay. Ich lass mir was einfallen, falls
sie Fragen stellen«, sagte ich. »Pass auf dich auf.« Was
für eine überflüssige Bemerkung, ging es mir im selben Moment durch den Kopf. Als ob jemand mal
ganz bewusst nicht auf sich aufpassen würde, der sich
bewusst in Gefahr begab. Aber es lag etwas Tröstliches in diesen Worten, und ich hoffe, Mika nahm sie
auch so auf: Dass jemand hier sich um ihn sorgte.

Falls ihm das bewusst war, so ließ er sich davon
nichts anmerken. Er nickte nur knapp, für einen Abschied blieb uns keine Zeit. Dann trippelte er noch
einmal kurz auf der Stelle, als wollte er die Muskeln
aufwärmen, und dann duckte er sich, ging gebückt
zum Wasser und ließ sich geräuschlos hineingleiten.
Ich sah noch eine kleine Welle, dann hatte ihn die See
verschluckt, und mir war, als würde eine kalte Hand
mein Inneres umfassen.

Gleich darauf waren die beiden Sanitäter da und
brachten Hinnerk zum Rettungswagen. Ich erklärte
ihnen eine vereinfachte Version dessen, was passiert
war, und blieb dann dort stehen, wo Mika verschwunden war, in der aberwitzigen Hoffnung, er
würde schnell wieder auftauchen – ob mit oder ohne
Arne, das war mir inzwischen egal. Ich weiß nicht,

wie lange ich die Stelle angestarrt hatte, an der er verschwunden war, als mich jemand rief. »Hey, könntest du vielleicht mitfahren?« Ich drehte mich um und sah, dass einer der beiden Sanis mir zuwinkte. »Es wäre gut, wenn jemand dabei wäre.«

Ich starrte ihn an, warf dann einen Blick aufs Meer, das so dunkel und geheimnisvoll dalag wie immer. Irgendwo da draußen war Mika unterwegs und suchte allein nach einem möglicherweise vermissten Mann, aber das konnte ich schlecht jemandem erklären.

Dem Sani dauerten meine Betrachtungen wohl zu lange. »Hey, es wäre wirklich wichtig!«

»Könnt ihr ihn nicht ins Krankenhaus bringen? Ich kann hier nicht weg!« Ich konnte kaum glauben, dass ich das sagte und Hinnerk damit einfach so im Stich ließ. Es klang unglaublich herzlos. Doch meine Sorge galt jetzt vor allem Mika, der ganz allein war und dem ich mich in einem Ausmaß verpflichtet fühlte, das mich selbst überraschte. Immerhin war ich der Grund, warum er überhaupt hier war. Und nie würde ich es mir verzeihen, wenn ihm irgendwas zustieß.

Andererseits hatte Mika Fähigkeiten, deren Ausmaß ich nicht einmal erahnte.

»Ja, aber wenn jemand dabei ist, geht das einfacher. Und er braucht ein paar Sachen«, ließ sich wieder der Sani vernehmen. Er war jetzt zu mir herübergekommen, und ich erschrak, als ich seine Stimme so dicht neben meinem Ohr hörte. »Es besteht keine Lebensgefahr, aber über Nacht sollte er auf jeden Fall bleiben. Und Tede ist ja nicht mehr da.«

Ich seufzte. So war das auf einer Insel – jeder kannte jeden.

»Komm schon, Aleide, wir müssen los.«

Ich zögerte immer noch, hin und her gerissen zwischen dem, was der Sanitäter sagte, was, wie ich zugeben musste, ziemlich vernünftig klang, und der Sorge um Mika und um das, was er möglicherweise entdecken würde.

Dem Sani war das nicht ganz entgangen. »Sag mal, wartest du hier noch auf irgendwas?«

Aus dem Augenwinkel sah ich, dass er meinem Blick gefolgt war und jetzt auch aus zusammengekniffenen Augen aufs Meer hinaus blickte.

»Nein, ich – ich dachte nur daran, was alles hätte passieren können. Der Schreck und so, ich muss das alles erst mal verarbeiten, du verstehst?«

»Was ist eigentlich passiert?«

Gute Frage. Was sollte ich darauf antworten? Ich versuchte, so nahe wie möglich an der Wahrheit zu bleiben. »Er wollte einen Spaziergang im Watt unternehmen, und dann hat die Flut ihn überrascht. Ich hab ihn gerade noch rechtzeitig abfangen können.«

Er sah mir jetzt ins Gesicht, und einen Moment lang glaubte ich, in seinen Augen etwas wie Zweifel zu entdecken, was keineswegs verwunderlich wäre, meine Geschichte war ziemlich dünn. »Ja, ich weiß«, sagte ich schnell, »ich hätte auch nie gedacht, dass einer wie Hinnerk so was macht, aber er ist im Moment ein bisschen durcheinander.«

Das beruhigte den Sanitäter für den Moment. »Klar, das versteh ich. War bei meinem Vater auch so, als meine Mutter gestorben war. Trauer und so.« In diesem Moment rief sein Kollege aus dem Rettungswagen nach ihm. »Wir müssen jetzt echt los.« Dann fügte er leiser und eindringlicher hinzu: »Aleide, Hinnerk braucht dich jetzt. Lass ihn nicht allein. Er hat sonst niemanden.«

Damit ging er mit langen Schritten zum Wagen zurück, und schließlich folgte ich ihm. Was hätte ich auch sonst tun sollen? Hätte ich ihm sagen sollen, dass der Mann, der Hinnerk von der Sandbank gerettet hatte, noch einmal ins Meer zurückgegangen war und nun irgendwo unter Wasser nach einer weiteren Person suchte? Welche Fragen hätte er mir wohl gestellt – wenn er mich nicht ohnehin für völlig durchgeknallt gehalten hätte? Vor allem, wenn Arne vielleicht gar nicht dort war? Nein, die Folgen wären unabsehbar gewesen. So stieg ich also in den Wagen und setzte mich auf den Beifahrersitz, während der zweite Sanitäter den Platz neben Hinnerk eingenommen hatte.

Als der Wagen sich langsam in Bewegung setzte, warf ich einen letzten Blick zurück.

Das Meer schimmerte grün und glatt im matten Schein der fahlen Sonne.

ACHTUNDZWANZIG

Die Aufnahme im Krankenhaus ging problemlos vonstatten, es war nicht viel los. Hinnerk wurde fast sofort auf ein Zimmer gebracht, während ich mich um die Formalitäten kümmerte. Vermutlich würden sie ihn mindestens 24 Stunden dabehalten, und ich versprach, ihm ein paar Sachen zu bringen, Waschzeug und so was. Ehe ich mich darum kümmerte, wollte ich noch einmal nach Hinnerk sehen. Er hatte ein Zwei-Bett-Zimmer ganz für sich und lag jetzt mit geschlossenen Augen da, und obwohl sein Gesicht eingefallen wirkte und er älter aussah als noch vor ein paar Tagen, war etwas Farbe in seine hageren Wangen zurückgekehrt, und das wertete ich als gutes Zeichen. Er bekam Flüssigkeit über einen Tropf und vermutlich auch Medikamente. Eigentlich hatte ich gehofft, ihm noch ein paar Fragen stellen zu können zu dem, was passiert war und nach Arnes Verbleib, aber als ich an sein Bett trat, musste ich feststellen, dass er fest schlief. Er atmete ruhig und sah so friedlich aus, dass ich es nicht übers Herz brachte, ihn zu stören. Er sollte sich ausruhen, und wir würden genügend Zeit haben, über alles zu sprechen, wenn er wieder bei sich war. Ich zog seine Bettdecke noch etwas zurecht, dann ging ich leise hinaus.

Von Mika hatte ich noch nichts gehört, und ich versuchte, mich nicht verrückt zu machen. Dabei war es durchaus hilfreich, dass ich beschäftigt war. Das Krankenhaus lag an der Ostseite der Insel, also relativ weit entfernt vom Sörensen-Haus, aber ich hatte gegen den Fußmarsch nichts einzuwenden. So groß war die Insel ja nicht, und ich war froh, irgendetwas tun zu können. Eigentlich hätte ich vollkommen erschöpft sein müssen, weil ich so kurz nach der tagelangen Bettruhe nun schon seit Stunden auf den Beinen war, aber ich war so voller Adrenalin, dass ich von der Müdigkeit nichts spürte. Ich konzentrierte mich auf die Dinge, die ich Hinnerk in die Klinik bringen sollte, und versuchte, die Gedanken an Mika, Arne und Meret in Schach zu halten. Es würde niemandem helfen, wenn ich mich verrückt machte.

In Hinnerks Haus fand ich mich schnell zurecht. Ich griff mir eine große Einkaufstasche, die gleich neben der Haustür stand, dann führte mich mein erster Gang in das Zimmer, das Hinnerk ursprünglich als Schlafzimmer gedient hatte, bevor es vorübergehendes Gästezimmer wurde. Mir fiel sofort auf, dass zwar noch ein paar vereinzelte Kleidungsstücke hier herumlagen, die wir wohl vorhin übersehen hatten, aber alles, was noch hier war, Arne zu gehören schien. Nichts deutete darauf hin, dass Meret hier gewesen war. Vielleicht, sagte ich mir, während ich einen Schlafanzug und etwas Wäsche aus dem großen Schrank gegenüber dem Fenster nahm, sind ihre Sachen ja auf dem Boot, das wäre logisch.

Danach ging ich ins Badezimmer, packte Zahnbürste, Handtücher und ein paar Pflegemittel ein, die mir sinnvoll erschienen. Als die Tasche fast voll war, lehnte ich mich an den Türrahmen und erlaubte mir zum ersten Mal seit Stunden, einen Moment lang loszulassen. Alles loszulassen. Hinnerk lag schlafend in seinem Bett in der Klinik, und es ging ihm so weit gut, ihm drohte keine Gefahr mehr, dafür würde Mika sorgen, der Arne hoffentlich inzwischen gefunden hatte. Noch immer war für mich sonnenklar, dass Arne zusammen mit Hinnerk diese wahnwitzige Tour unternommen hatte, vermutlich mit nichts Gutem im Sinn. Ganz kurz sah ich deutlich vor mir, wie Mika in dem dunklen Meer unterwegs war und vergeblich nach Hinnerks Neffen suchte, aber dann schob ich den Gedanken beiseite. Das war nur ein Gedanke, der nichts zu bedeuten hatte. Mika würde ihn finden. Um ihn musste ich mir keine Sorgen machen, er hatte mir schon gezeigt, dass er sehr gut auf sich aufpassen konnte, und in seiner besonnenen Art würde er keine unnötigen Risiken eingehen.

Das Wichtigste hatten wir ohnehin schon geschafft: Wir hatten Hinnerk in Sicherheit gebracht, und wenn das stimmte, was Mika vermutete, dann war es allerhöchste Zeit gewesen. Genau in diesem Augenblick, bei diesem Gedanken, regte sich in mir etwas, ein Unbehagen, das ich nicht näher erklären konnte. Das Gefühl, irgendetwas übersehen zu haben, das irgendetwas noch nicht stimmte, und das Gefühl der Entspannung verschwand. Ich stieß mich von der Wand ab und wollte mich gerade zur Tür wenden, als mein Blick durch die offenstehende Tür in Hinnerks kleines Bastelzimmer fiel. An der gegenüberliegenden Wand stand ein Regal mit ein paar Büchern, und ich dachte, vielleicht bringe ich Hinnerk noch etwas mit, mit dem er sich unterhalten konnte, denn ich konnte mir nicht vorstellen, dass ihn Fernsehen oder Youtube besonders interessierten.

Ich betrat also den kleinen Raum, in dem er mit Mika an seinem Schiffsmodell gebaut hatte, und mein Blick fiel auf das Modell, das, umgeben von allerlei Holzresten, Fäden, Farbtöpfchen und Tuben mit Klebstoff, an einer Ecke des Tisches stand.

Es war ein relativ großes Modell eines Segelbootes, vom Kiel bis zur Mastspitze vielleicht 50, 60 cm hoch. Der Rumpf war dunkel lackiert, die Segel aus dunklem Leinenstoff gehisst, als wollte es gleich in den Wind drehen. Die Ähnlichkeit zu dem Boot, das ich vor einigen Tagen im Yachthafen gesehen hatte, war so verblüffend, dass ich ganz vergaß, dass ich eigentlich nur ein Buch aus diesem Zimmer holen wollte, und nähertrat, um mir das Modell genauer anzusehen. Ich hatte erst einen Schritt gemacht, als mir der Name ins Auge fiel, der auf der Bordwand stand. »Spraenghest«, stand dort in schwungvollen Goldbuchstaben, und ich blieb abrupt stehen. An dem Tag, da ich Meret und dieses ziemlich ausgefallene Boot am Hafen zum ersten Mal gesehen hatte, hatte ich nicht auf Einzelheiten geachtet. Aber jetzt auf einmal verschob sich alles, was mir vorhin noch durch den Kopf gegangen war, nahm einen anderen Platz in dem großen Gesamtbild ein, ich wusste plötzlich, wo ich Meret tatsächlich schon einmal begegnet war und woher ich sie kannte, und tausend Dinge gingen mir gleichzeitig durch den Kopf.

Ich musste sie finden.

In dem Moment, in dem ich das dachte, hörte ich hinter mir ein leises Geräusch und fuhr herum. Ich konnte gerade noch sehen, wie ein dunkler Schatten um die Ecke huschte, aber als ich in den Flur spähte, war dort niemand zu sehen. Einen Moment lang war ich verwirrt, doch dafür blieb keine Zeit. Ich hörte, wie die Haustür klappte, und ganz automatisch setzte ich mich in Bewegung. Vergessen war die Tasche, die ich eben noch so sorgfältig für Hinnerk gepackt hatte, ich dachte nicht an Müdigkeit oder Kälte, nicht einmal an Mika.

Ich dachte nur noch an Meret. Und hoffte und flehte innerlich, dass ich nicht zu spät kam.

NEUNUNDZWANZIG

Als ich zum Hafen hinunterhastete, war von den wenigen Booten, die dort vor Anker lagen, keine Spur zu entdecken. Eine Nebelbank hatte sich vom Meer her herangeschoben und sich um die Mole und den Steg gelegt und schickte sich nun an, sich der Promenade zu bemächtigen. Das war an sich nichts Ungewöhnliches, um diese Jahreszeit passierte es öfter, als ich zählen konnte, dass sich wie aus dem Nichts Nebel bildete und alles im Umkreis von mehreren Metern verschluckte. Trotzdem verlieh dieses Phänomen jenem Tag noch einmal etwas besonders Unheimliches, und ich unterdrückte ein Frösteln, als ich die Strandpromenade überquerte. Von unterwegs hatte ich ohne große Hoffnung versucht, Mika zu erreichen, und natürlich gingen die Rufzeichen ins Leere. Er musste noch immer nach Arne suchen, irgendwo in den dunklen Tiefen der Nordsee. Bei diesem Gedanken verstärkte sich mein ungutes Gefühl. Ich konnte selbst nicht sagen, ob es die Sorge um Mika war, denn noch immer konnte ich mir nicht so recht vorstellen, wie es sein musste, wenn er sich stundenlang irgendwo unterhalb des Meeresspiegels aufhielt, oder ob es die Angst um Arne war, die mir das Atmen in jenem Moment so schwer machte, denn inzwischen glaubte ich nicht mehr daran, dass Mika eine Chance hatte, ihn zu finden. Die eine Möglichkeit, die es dafür gab, die würde ich jetzt wahrnehmen müssen, aber das war nicht ungefährlich. Ich war mir nicht sicher, wie Meret bei meinem Anblick reagieren würde. Einmal hatte sie mich auf ihr Boot eingeladen, aber seitdem war viel passiert. Was wäre gewesen, wenn ich die Einladung damals angenommen hätte? Mir blieb keine Zeit, darüber nachzudenken, denn ich hatte die Mole inzwischen erreicht. Mittlerweile war mir übel vor Angst, aber Angst konnte ich mir nicht leisten. Zum ersten Mal, seit ich Mika kannte, wünschte ich mir von ganzem Herzen, dass es dieses Band, über das wir immer reden wollten und es doch nie so richtig getan hatten, zwischen uns tatsächlich gab und er mich irgendwie finden würde.

Jetzt aber war ich erst mal allein, und ich tat einen großen Schritt in die dichte graue Wolke, die mich sofort umhüllte wie ein feuchter Kokon. Für einen Moment verlor ich die Orientierung, doch dann gewöhnte ich mich daran, und ich konnte in den sich ständig verschiebenden Luftschichten Konturen ausmachen und begann, mich vorsichtig weiter zu bewegen, in die Richtung, in der meiner Meinung nach der schwarze Kutter liegen musste. Doch als sich nach den ersten Schritten die Nebelwand ein wenig zu teilen schien, wäre mir vor Schreck beinahe das Herz stehengeblieben. Ich glaubte, vor mir die Umrisse eines riesigen Pferdes zu sehen, das direkt aus dem Nebel auf mich zuzuschreiten schien. Ich bin mir nicht sicher, ob ich geschrien habe oder ob es mir gelang, mich noch im letzten Moment zurückzuhalten. Fest steht, dass ich mich sofort in meinen Traum zurück-katapultiert fühlte, bis sich das Bild, das mich so sehr an die Bilder aus meinem Traum erinnerte, gleich da-nach auflöste, als hätte ich es mit meiner Stimme ver-trieben, und vor mir erschienen die Konturen des Kutters. Mit dem leicht verlängerten Bug und dem gedrungenen Rumpf hatte ich das Boot für ein Tier gehalten, und ich ärgerte mich über mich selbst, dass ich mir so leicht von meiner Fantasie etwas vorma-chen ließ und ihr erlaubte, mich in völlig irrationale Ängste zu versetzen.

Ich streckte den Arm aus und hievte mich an Bord.

*

Die tiefdunklen Wellen des Ozeans schlugen gegen den Rumpf des kleinen Bootes, und Meret summte ihre Melodie mit, als sie aus der Kajüte trat. Der dich-te Nebel verlieh der Szenerie einen silbernen Schim-mer, als plötzlich ein Schrei die Stille zerriss. Meret erstarrte. Sie hatte es also doch getan. Diese Frau war ihr gefolgt, sie hatte sie gefunden, und jetzt konnte sie den Blick nicht von ihr wenden. Klein von Gestalt war sie, die Frau dort auf der anderen Seite, doch vor ihren Augen größer und größer werdend, bis sie die Bordwand zu überragen schien. Meret wollte zurück-weichen, wollte fliehen, war müde des Kämpfens, doch etwas in ihr befahl ihr, auszuharren, die Begegnung auszuhalten, in dem Wissen, dass es kein Blut-vergießen geben würde, wenn es ihr gelang, sich so zu zeigen, wie sie war. Denn wenn sie eines von Anfang an gewusst hatte, dann, dass diese Frau sie verstehen würde, so gut, wie kein anderer Mensch es jemals zu-vor getan hatte. Trotzdem fiel es ihr nicht leicht, sich nun offen zu zeigen, aber das war der einzige Weg, der ihr jetzt noch blieb. Einen Moment lang dachte sie sehnsüchtig an die beiden Schwerter, die unten an der Wand hingen und Sicherheit versprachen – eine Sicherheit, die sich über Jahrtausende bewährt hatte. Doch dann verwarf sie diesen Gedanken wieder. Die-ser Kampf würde anders sein. Ein Schwert würde ihr hier nicht helfen. Doch es war in ihrem Fleisch und Blut verankert, einen festen Stand zu suchen. Ihr Blick wurde hart und der Pulsschlag in ihren Schläfen verstärkte sich, als sie sich darauf vorbereitete, sich ihr zu stellen, der Frau, die Anstalten machte, ihr Reich zu betreten, weil sie sie einst dazu eingeladen hatte.

Der übermächtige Schatten fiel auf sie, und Meret gab sich einen Ruck. Dann trat sie vor. »Was willst du?«

Statt einer Antwort traf sie ein Blick aus den Augen von diesem seltsamen Blau, Augen, so hell wie ein Lichtstrahl in der Dunkelheit, und Meret zuckte zu-rück. Sie hatte vergessen, dass es das gab, dass es auch hier diesen Blick gab, und unwillkürlich breitete sie die Arme aus und stöhnte wie bei einem tiefen

Schmerz. Und dann hörte sie ein Geräusch hinter sich, ein Knurren zunächst nur, doch dann jagte etwas an ihr vorbei und auf die Frau zu, und dann geschah das Unerwartete, als der übermenschliche Schatten auf einmal verschwand. Kein Kampf, keine Erlösung, stattdessen ein dumpfer Laut, ein erstickter Schrei, als ein Körper auf dem Wasser aufschlug. Und dann herrschte Stille.

*

Ich hatte das Tier kommen sehen und spürte den Stoß, doch ich konnte nichts tun, um es zu verhindern, und fiel ins Nichts. Einen wunderbaren Moment lang fühlte ich mich frei und schwerelos, doch dann erfolgte der Aufprall. Und es veränderte sich alles. Das Wasser umschloss mich mit seinen eiskalten Armen, presste mir die Luft aus den Lungen und zog mich dann tief hinunter, immer weiter in seinen dunklen Schoß. Ich wollte das nicht, wollte zurück in das Licht und die Wärme, ich zappelte und wehrte mich, doch mit meiner Winterjacke und den schweren Stiefeln hatte ich keine Chance, mich zu befreien. Meine Arme wurden lahm, meine Bewegungen langsamer, und während meine Beine sich anfühlten, als wären sie mit Bleiklötzen versehen, die mich tiefer und tiefer zogen, dachte ich an Mika, der vielleicht ganz hier in meiner Nähe war, versuchte, meine Gedanken auf ihn zu fokussieren, das Band zu nutzen, dessen Enden wir beide in uns trugen, ob freiwillig oder nicht, doch ich fühlte, wie die Bilder in meinem Kopf mit den Wellen zerrannen, und wusste: Selbst wenn er mich finden würde, er würde zu spät kommen, er könnte mich nicht retten.

All das spielte sich in Sekundenbruchteilen in meinem Innern ab, als tausend Dinge gleichzeitig durch meinen Verstand zu zucken schienen. Plötzlich stießen meine Füße gegen etwas Hartes, und einen Moment lang herrschte Stillstand. Ich sank nicht mehr, ich schwebte nur noch in absoluter Reglosigkeit und völliger Ruhe. Und dann streifte mich etwas Kaltes, Glattes, und in einem letzten Aufflackern drehte ich den Kopf und sah einen silbernen Schimmer, der von irgendwoher neben mir auftauchte und sich um mich legte.

Und dann wurde es endgültig dunkel um mich, und ich dachte an gar nichts mehr.

Das Nächste, was ich sah, war das Gesicht einer Frau. Um ihre Stirn lag ein schmaler, goldener Reif, ihr streng gescheiteltes schwarzes Haar war unter einem Schleier kaum zu erkennen. Sie streckte eine Hand nach mir aus, deren einziger Schmuck ein großer Ring war, ein Siegelring, das sah ich jetzt.

»Verzeih«, sagte sie mit sanfter Stimme. »Das wollte ich nicht. Um dich ging es nicht.«

»Verzeiht Ihr mir«, flüsterte ich, und jedes Wort schmerzte in meiner Kehle, »ich habe euch zu spät erkannt, Majestät.«

»Psst …«, machte sie. »Schlaf jetzt.«

Doch das wollte ich nicht. Es gab so viel zu sagen, und ich versuchte, die allumfassende Müdigkeit abzuwehren und mich aufzurichten. »Aber ich …«

Ein sanfter Druck presste mich zurück in die Kissen. »Es ist vorbei. Mach dir keine Sorgen mehr.« Ich sah ihr Gesicht, verschwommen nur, doch ich erkannte ihr Lächeln, das so voller Kummer war, und ehe ich den Ausdruck in ihren Augen deuten konnte, veränderten sich diese Augen, und ich sah Mikas Blick sorgenvoll auf mir ruhen.

»Aleide, geht es dir gut?«, hörte ich seine Stimme. »Bist du …?«

Den Rest seiner Worte konnte ich nicht verstehen, denn er schien sich von mir zu entfernen und nahm seine Stimme mit, während er sich irgendwo in der Dunkelheit verlor.

Und dann sah ich mich auf einmal Meret gegenüber, die wieder an Bord des Gaffelkutters stand, so wie an jenem Morgen, als ich sie zum ersten Mal im Hafen von Daakum gesehen hatte. Nur trug sie diesmal keine Männerhosen und keine Mütze, sondern ein weites Gewand in flammendem Rot, und ihr langes schwarzes Haar wehte im Wind wie ein Segel der Trauer.

Sie sah mich an, und ihre dunklen Augen wirkten riesig in dem bleichen Gesicht, das jetzt ganz klar war. »Du weißt hoffentlich, dass ich das nicht gern tue. Es ist nicht leicht«, sagte sie leise, und in ihrer Stimme lag eine Traurigkeit, die tiefer und dunkler war als alles, was mir bisher in meinem Leben begegnet war. Eine Traurigkeit, die wie eine schwarze Woge vor mir aufzutauchen schien, höher und breiter wurde, als wollte sie alles verschlingen, bis ich einen Moment lang die Augen schloss und so mit Mühe genügend Kraft aufbrachte, diese allumfassende Finsternis von mir fernzuhalten. Doch dann öffnete ich die Augen wieder, und an ihrem Blick erkannte ich, dass sie wusste, was ich gespürt hatte, und ich sah Mitgefühl und Bedauern darin, und als sie die Hand hob, um sich eine Locke aus dem Gesicht zu halten, streifte mich noch ein Hauch dieser schweren Finsternis, doch ich war darauf gefasst, und sie hatte keine Macht mehr über mich.

»Sag es mir«, flüsterte ich. »Sag es mir, damit du deine Last nicht länger allein tragen musst.«

»Diese Last ist jahrhundertealt«, sagte sie und betrachtete mich wieder mit diesem Blick, in dem sich Menschen so leicht verloren. »Ich habe mich daran gewöhnt. Bist du sicher, dass du sie tragen kannst?«

»Ich kann dir einen Teil abnehmen«, sagte ich mit einer Stimme, die so klar war, dass es mich selbst überraschte. »Den Rest musst du allein tragen, das weißt du. Aber diesen Teil, den kann ich dir abnehmen und dir die Last erleichtern. Willst du das tun?«

Sie zögerte einen Augenblick, und ich war nicht sicher, ob sie mich damit schonen wollte oder sich selbst. Doch dann nickte sie langsam.

»Du hast wohl davon gehört, sonst wärest du nicht hierher gekommen.« Ihre dunklen Augen waren jetzt riesig, ihr Blick schien mich ganz zu umfangen. »Immer, wenn ich jemanden liebe, dann mache ich ihm ein Geschenk«, begann sie schließlich mit jener melodischen Stimme, die ich in den letzten Tagen so oft gehört habe. »Und jedes Mal, wenn ich das tue, kann ich zusehen, wie damit seine Gier erwacht.«

Das Sprechen fiel ihr schwer, aber mir zuliebe machte sie weiter. »Auf einmal genügt es ihm nicht mehr, was wir haben, und er kann dem, was er hinter mir sieht, nicht widerstehen. Er will mehr und mehr und immer mehr, und ich kann gar nichts dagegen tun. Ich kann es nicht verhindern.« Wieder ein Blick aus diesen Augen, deren Tiefe unendlich zu sein schien.

»Er vergisst mich dabei, obwohl ich es war, die ihn erweckt hat. Er sieht nur das, wofür ich stehe, und dann schreitet er über alles hinweg. Über Recht und Gesetz, über andere Menschen, und schließlich auch über mich. Aber das kann ich nicht dulden.« Noch ein Augenaufschlag. »Die Macht ist nicht teilbar, und deswegen muss ich ihn zerstören.« Sie sagte das in ruhigem Ton, wie man einen Fakt erklärt, eine Tatsache, die ihr ganz selbstverständlich erschien, und ich

war sicher, dass sie diesen Gedanken schon hundert-
oder tausendmal in ihrem Herzen bewegt, ihn aber
kaum jemals ausgesprochen hatte. Ihre Worte hatten
etwas Befremdliches, etwas Grausames, das einer anderen Zeit, einer anderen Gedankenwelt entnommen
zu sein schien, aber als sie mich wieder ansah, bemerkte ich die Tränen, die an ihren langen Wimpern
glitzerten, und diese Tränen waren zeitlos.

»Und so geht es weiter und immer weiter, über Jahre, Jahrzehnte ...« Ihre Stimme versagte, und sie
machte eine hilflose Bewegung mit der schmalen
Hand, an der noch immer der Siegelring steckte. Jetzt
erkannte ich den Reiter darauf und das Pferd.

Sie bemerkte meinen Blick. »Der Ring meines Va-
ters«, sagte sie, »der Siegelring der Herzöge.«

»Und das geht so über Jahrhunderte? War es auch so
bei deinem Mann und bei deinem Sohn?« Als ich Erik
erwähnte, spürte ich, wie das schwarze Leid, das von
ihr ausging, nun doch auch mich erfasste, und das
war beinahe mehr, als ich ertragen konnte. Wie eine
eiskalte Decke von Blei presste es sich auf mich,
drohte, mich zu erdrücken, nahm mir den Atem. Nur
unter Mühen gelang es mir, zu sprechen. »Und es gibt
überhaupt keinen Ausweg?«

Sie schüttelte den Kopf. »Nur dann, wenn ich jemanden finde, der standhält. Der sich nicht von
Macht und Reichtum blenden lässt. Und dem«, jetzt
war ihre Stimme ganz leise geworden, sodass ich ihre

Worte mehr ahnte als hörte, »ich mehr bedeute als Reichtum.«

»Aber warum?«, fragte ich in dem verzweifelten Versuch, etwas Hoffnung in so viel Hoffnungslosigkeit zu finden. »Warum ist das so? Und warum gibt es keinen Ausweg?«

»Vielleicht«, sagte sie leise, und dann begannen ihre Worte allmählich zu verhallten, und ihre Gestalt verschwand in den Schatten, »ist es eine Strafe, für das, was ich getan habe – damals …«

Dann wurde es wieder Nacht um mich.

DREIßIG

Als ich diesmal erwachte, lag ich in einem weichen Bett. Das Bett stand an einem warmen, geschützten Ort, trotzdem roch es nach Salz und Meer. Vorsichtig öffnete ich die Augen. In dem Zimmer herrschte ein Zwielicht, das sich nicht unangenehm anfühlte. Hier war kein Boot, kein schaukelndes Deck, kein bleischwerer Kummer, der mir dem Atem nehmen wollte, auch wenn ich mich nicht gerade blendend fühlte. Vorsichtig drehte ich den Kopf ein Stück in die Richtung, aus der das Licht kam, und entdeckte durch die offene Zimmertür den Umriss von Mikas muskulöser Gestalt vor dem Fenster in seiner kleinen Küchenecke.

Ich musste wohl ein Geräusch gemacht haben, denn kaum, dass ich ihn bemerkt hatte, drehte er sich um, und ich sah sein Lächeln, als er an mein Bett trat. »Du bist wach, das ist gut«, sagte er und hielt mir einen Becher hin. »Hier, trink einen Schluck, du musst Flüssigkeit zu dir nehmen.«

Gehorsam richtete ich mich ein Stück weit auf, nahm den Becher aus seiner Hand und probierte vorsichtig den Inhalt. Er schmeckte bitter, war aber warm und bereitete ein wohliges Gefühl in meinem Magen und meinem Hals.

Allmählich begriff ich, dass ich mich in Mikas Ferienhaus befand, aber alles andere in meinem Kopf steckte noch in einem Knäuel fest, das ich bis dahin nicht zu entwirren vermochte. Daher versuchte ich es für den Anfang mit der naheliegendsten Frage: »Warum bin ich hier?«

»Du warst klatschnass und völlig verstört, und du hast eine ziemliche Beule am Kopf.« Er zog sich einen Stuhl heran und setzte sich neben das Bett. »Da schien es mir am einfachsten, dich erst mal hierher zu bringen.« Er deutete auf meinen Kopf. »Die Wunde habe ich sauber gemacht. Sie ist nicht tief, aber es hat ganz schön geblutet.«

Ich hob eine Hand an meinen Kopf und zuckte zusammen, als ich links hinten eine Schwellung berührte. »Wie ist das passiert?«

Mika zuckte die Achseln. »Ich nehme an, bei deinem Sturz ins Wasser. Oder davor, sodass du das Gleichgewicht verloren hast. So genau ließ sich das nicht mehr feststellen.«

»Ich bin ins Wasser gefallen?«

Er runzelte ganz leicht die Stirn. »Allerdings. Erinnerst du dich an gar nichts mehr?«

Schemenhaft begannen einzelne Bilder, sich aus dem Wirrwarr meiner Gedanken zu lösen, und ich fühlte auf einmal überdeutlich meinen Herzschlag, der immer schneller wurde. »Wo ist Meret? Hast du sie gesprochen?«

»Sie ist fort.«

»Wie, fort? Wo ist sie hin?«

»Ich weiß es nicht«, sagte Mika und sah mich dann sehr ernst an. »Aleide, hat sie dir das angetan?«

»Was angetan? Was meinst du?«

»Hat sie dich ins Wasser gestoßen?«

Ich dachte nach, versuchte, mich zu konzentrieren, mehr von den vorbeihuschenden Schemen festzuhalten. »Nein«, sagte ich dann. »Es war ein Unglück.« Vage erinnerte ich mich an einen Schatten, der auf mich zu gesprungen war. »Einer ihrer Hunde, vielleicht«, vermutete ich. »Mag sein, er dachte, ich wollte ihr etwas tun.« Dann erinnerte ich mich an einzelne Gesprächsfetzen, an das, was Meret mir gesagt hatte. War das davor gewesen? Oder danach? Hier wurde es neblig in meinem Kopf, aber eines glaubte ich ziemlich sicher zu wissen. »Sie trifft keine Schuld.« Und leiser: »Jedenfalls nicht daran.«

Unsere Blicke begegneten sich, und ich sah, wie Mika langsam nickte. »Willst du es mir erzählen?«

»Gleich«, sagte ich und hielt ihm den Becher hin. »Kann ich vorher davon noch etwas haben? Und ich müsste mal ins Bad.«

Mika war schon aufgestanden. »Klar«, sagte er und nahm mir den Becher ab. »Die Tür ist da hinten.«

Ich schlug die Bettdecke zurück, und jetzt erst bemerkte ich, dass ich ein T-Shirt und eine Jogginghose trug, die mir viel zu groß waren. Mikas Sachen, natürlich. Er musste mich aus- und wieder angezogen haben. Auf dem Weg ins Badezimmer warf ich einen

Blick zu ihm, der wieder in der Küche stand und den Becher aus einer großen Kanne füllte. Es war keine Spur von Verlegenheit an ihm, und so beschloss ich, diesen Umstand als weiteren Teil unserer so unerwarteten wie ungewöhnlichen Beziehung zu betrachten.

Ich mied den Blick in den Spiegel, aber ich wusch mir die Hände und das Gesicht, und es tat gut, einfach ganz normale Dinge zu tun, mit jedem gewöhnlichen Handgriff fühlte ich mich etwas besser. Als ich aus dem Bad zurückkam, saß Mika wieder auf dem Stuhl an meinem Bett, den Becher hatte er auf den kleinen Schrank daneben gestellt.

»Du kannst heute hier schlafen«, sagte er, schob den Stuhl zurück und erhob sich. »Ich nehme die Couch.«

»Wieviel hab ich verpasst?«

»Wovon?«

»Von der Zeit. Wie lange bin ich hier?«

»Du hast ungefähr anderthalb Tage verschlafen. Jetzt ist schon wieder früher Abend.«

Ich nickte langsam und versuchte, diese Information irgendwie zu verdauen. Aber mir fielen immer nur neue Fragen ein. »Mika?«

»Hm?«

»Hast du …« Es fiel mir schwer, diese Frage zu stellen, aber ich musste es wissen, um es irgendwann zu verstehen. »Du hast mich doch aus dem Wasser gezogen, oder?«

»Jup.«

»Hast du wieder ein Licht gesehen? Ich meine, bist du deshalb gekommen und hast mich gerettet? Weil das grüne Licht wieder da war?«

Mika antwortete nicht. Stattdessen rückte er den Stuhl zurecht und setzte sich wieder hin. »Das war ziemlich profan«, sagte er dann, und ich sah ihm an, dass er versuchte, sich möglichst genau zu erinnern. »Ich kam aus dem Wasser, einigermaßen frustriert, muss ich zugeben, und besorgt außerdem. Ich war mir so sicher gewesen, dass Arne dort irgendwo sein musste, aber wenn er da gewesen wäre, dann hätte ich ihn finden müssen. Stellte sich also die Frage, was mit ihm sonst passiert sein könnte, und ich hatte keine Ahnung. Ich wollte mit dir darüber reden, aber ich stellte fest, dass du nicht da warst. Nicht am Strand, und nicht bei Hinnerk. Der übrigens inzwischen wieder zu Hause ist. Es geht ihm ganz gut. Der Pflegedienst schaut heute und morgen noch nach ihm.«

»Die Sanitäter sagten, ich sollte mitfahren und bei Hinnerk bleiben, ich hatte keine andere Wahl. Ich wollte dann so schnell wie möglich zurückkommen. Aber dann sah ich das Modell …«

»Ich weiß.« Mika nickte. »Du hast im Schlaf gesprochen. Nicht viel, aber ein bisschen was konnte ich mir zusammenreimen. Aber das wusste ich natürlich erst mal nicht. So viele Möglichkeiten gab es ja nicht, und ich dachte mir dann, du wärst nochmal zum Boot gegangen, also ging ich auch dahin.« Er runzelte die Stirn, während er sprach, noch immer hochkonzentriert. »Zuerst hatte ich Schwierigkeiten, es zu finden, denn über dem Yachthafen hing eine fette Nebelwolke. Aber dann konnte ich das Boot erkennen, und ich sah eine Frau ...«

»Meret.«

»Ja, Meret. Aber das hab ich nicht gleich begriffen. Sie sah ganz anders aus, groß, dunkel – völlig surreal, so wie die böse Königin in einem Märchen. Oder eine dunkle Göttin aus der Frühzeit.«

Ich seufzte. »Das kommt der Wahrheit schon ziemlich nah. Das ist sie auch. Eine Königin. Ob sie böse ist ...« Ich vollendete den Satz nicht. »Es ist kompliziert.«

»Das kannst du mir gleich noch erzählen. Jedenfalls – dann sah ich dich. Ich sah, wie du näher zu ihr gingst, und ich konnte auch erkennen, dass du mit ihr sprachst, auch wenn ich die Worte nicht verstehen konnte, dazu war ich nicht nahe genug dran, und der Wind und die Wellen trugen Satzfetzen überallhin. Ich hatte aber das Gefühl, dass du weißt, was du tust, also blieb ich stehen und wartete ab. Bis ich sah, wie du auf einmal das Gleichgewicht verloren hast. Du hast noch versucht, dich festzuhalten, aber du bist gefallen. Über Bord gegangen, wie es so schön heißt.« Er hob die Hände und zuckte mit den Schultern. »Und dann bin ich natürlich losgerannt, bin hinterhergesprungen und hab dich rausgefischt.«

»Einfach so.«

»Du bist schnell gesunken, wie ein Stein, aber ich hab dich erwischt. Aber ja, es war ganz simpel.« Mika sah mich an, und ich wusste, er ahnte, was mir gerade im Kopf herumging. Aber ich musste die Antwort hören, das war wichtig.

»Da war kein grünes Licht?«

Er schüttelte den Kopf. »Kein grünes Licht. Ich sah dich nur fallen und hab reagiert. So wie das jeder tun würde, der schwimmen kann.«

»Das heißt … « Ich versuchte noch, die volle Bedeutung dessen zu erfassen, was er gerade gesagt hatte, aber mein Verstand arbeitete noch etwas langsam. »Das heißt, bis dahin war ich nicht in Gefahr?«

Mika nickte langsam. »Das heißt es. Meret wollte dir nichts Böses. Kaum zu glauben, wenn ich mir vorstelle, welchen Anblick sie bot, aber ja. Sie war nicht gefährlich für dich. Aber du solltest jetzt schlafen. Wir können ein andermal über alles sprechen, wenn es dir etwas besser geht.«

»Hast du mein Smartphone irgendwo?«

»Das hat durch das Wasser etwas gelitten. Ich versuche noch, es zu trocknen, aber wenn du deine Mutter benachrichtigen willst – das ist nicht nötig. Das hab ich schon gemacht.«

»Oh Gott.« Ich sank zurück in die Kissen.«

»Wieso?«

»Sie wird sich wer weiß was dabei denken.«

»Ich hab ihr nichts weiter gesagt.« Er sah mich an. »Ich war mir nicht sicher, was du ihr bisher so erzählt hast und wie viel sie weiß. Ich hatte das Gefühl, dass du dich Annchen gegenüber ziemlich bedeckt gehalten hast. Stimmt das?«

»Das habe ich«, gab ich zu. »Ein bisschen was ahnt sie, ein bisschen was hat sie mitbekommen. Aber das war es auch schon.«

Mika nickte wieder dieses langsame Nicken, mit dem er mir zeigte, dass er genau verstand, was ich meinte – was aber nicht immer bedeutete, dass er damit auch einverstanden war. Er war schon an der Tür, als er sich noch einmal umdrehte. »Du solltest mit ihr reden«, sagte er dann. »Bald. Und jetzt schlaf schön.«

Damit schloss er die Tür hinter sich, und ich blieb allein in dem dunklen Zimmer zurück.

In dieser Nacht träumte ich alles Mögliche, aber nichts davon ließ sich festhalten, es waren Bilder, die in rascher Folge in meinem Kopf auftauchten und wieder verschwanden. Das Einzige, woran ich mich noch vage erinnerte, als ich am nächsten Morgen erwachte, war eine leise Melodie, die an mein Ohr drang, als ich im Traum durch Daakum wanderte. Eine Melodie, so zart und fein, dass ich mir nicht sicher war, ob die Töne nicht vielleicht nur ein Produkt meiner Fantasie und meines übermüdeten Verstandes waren. Aber als ich mich umdrehte, sah ich Meret tanzen, ganz allein, zu einer wehmütigen Weise tanzte

sie im Mondlicht, während einzelne Schneeflocken
sie umschwebten und ihr langes schwarzes Haar sich
bewegte wie die Mähne eines fliehenden Pferdes.

EINUNDDREIßIG

Er warf einen Blick auf Aleide und vergewisserte sich, dass sie wirklich eingeschlafen war. Dann erst zog er die Schlafzimmertür leise hinter sich ins Schloss. Erst in der Wohnküche gestattete er sich, tief durchzuatmen. Er streckte sich, bewegte die Schultern und spürte den Sand, der auf seiner Haut scheuerte.

Er hatte Aleide nicht gesagt, dass er, ehe sie am frühen Abend aufgewacht war, noch einmal das Meer nach Arne abgesucht hatte – ohne Erfolg. Jetzt fühlte er sich müde, und er brauchte unbedingt eine Dusche. Auf dem Weg ins Badezimmer zog er sich das T-Shirt über den Kopf, löste den Gürtel seiner Jeans, und als er die warmen Bodenfliesen unter seinen nackten Fußsohlen spürte, zog er sich ganz aus und stopfte alles, was er am Körper getragen hatte, in die Waschmaschine. Nackt stieg er in die Duschwanne und drehte das Wasser auf, stellte dann die Temperatur so heiß ein, wie er es gerade noch aushalten konnte. Als das Wasser auf seine Schultern, seinen Rücken und seine Kopfhaut prasselte, fühlte er, wie seine Muskeln sich allmählich entspannten, und während er zusah, wie sich die Haut auf seinen Schenkeln, seinen Schienbeinen und Fußrücken allmählich rötete, stieg ein angenehmes Gefühl in ihm auf, das irgendwo zwischen wohliger Erschöpfung und hellwacher Konzentration lag. Das Schwimmen im Meer machte ihm nichts aus, die eisigen Temperaturen des Wassers schon. Das war wohl auch der Grund, warum er dieses Ritual nach dem Schwimmen inzwischen fast so sehr genoss wie das Schwimmen selbst – es war wie die Auflösung einer Anspannung, eines Prozesses, der notwendige Abschluss, der zu einem festen Ablauf geworden war.

Als er sich danach in ein dickes Badetuch hüllte und seinen Körper abrubbelte, während der große Spiegel über dem Waschbecken dicht beschlagen war, fiel ihm ein, dass er vergessen hatte, frische Wäsche mit ins Badezimmer zu nehmen. Er hatte nicht daran gedacht, dass Aleide in seiner Wohnung war und schlief. Normalerweise machte es ihm nichts aus, sich nackt irgendwo zu zeigen, aber ihr gegenüber schien es ihm wichtig, bestimmte Grenzen zu wahren. Sie waren einander in gewisser Weise unglaublich nah und in anderer Hinsicht immer noch fremd. Ganz kurz dachte er daran, wie er sie von ihren nassen Sachen befreit hatte, nachdem er sie aus dem Wasser gezogen hatte. Da hatte er sich überhaupt keine Gedanken über so etwas gemacht, es war nichts Erotisches daran gewesen, es war einfach eine Notwendigkeit. Jetzt aber erschien es ihm seltsam, sich in seiner eigenen Wohnung nackt zu bewegen, aber es würde ihm nichts anders übrig bleiben, wenn er nicht den Rest der Nacht im Badezimmer verbringen wollte.

Also schlang er sich das mittlerweile reichlich feuchte Frotteetuch um die Hüften und tappte auf bloßen

Füßen zu der Kommode, in der er den größten Teil seiner Kleidung verstaut hatte. Mit einem flüchtigen Blick vergewisserte er sich, dass die Schlafzimmertür noch immer geschlossen war und zog sich dann eilig Boxershorts, Jeans, ein T-Shirt und, um möglichst viel von der Wärme, die die heiße Dusche in seinem Körper übriggelassen hatte, zu bewahren, auch ein Hoodie an. Erst dann bemerkte er, dass er einen Riesenhunger hatte. Die Suche nach Hinnerk und Arne, die anschließende Rettungsaktion und überhaupt die ganze Aufregung hatten ihn offenbar körperlich mehr gefordert, als es ihm bewusst gewesen war, erst jetzt, da Ruhe eingekehrt war, zeigte sich das ganze Ausmaß. Er warf einen Blick auf die Uhr an der Wand. Fast Mitternacht. Normalerweise aß er um diese Tageszeit nichts mehr, aber das war jetzt egal. Ganz kurz zögerte er, dann beschloss er, noch einmal nach Aleide zu sehen. Falls sie gerade wach war, würde er sie fragen, ob sie auch etwas essen wollte. Vermutlich war sie genauso ausgehungert wie er. Leise, um sie im Zweifel nicht zu wecken, drückte er die Klinke der Schlafzimmertür herunter, schob die Tür ein Stück auf und spähte durch den Spalt. Aleide lag noch genauso da, wie er sie vor seiner Dusche zurückgelassen hatte. Die Lider fest geschlossen und tief und ruhig atmend lag sie da und wirkte winzig und zerbrechlich unter den vielen Decken, die er über sie gebreitet hatte. So lautlos, wie er hereingekommen war, zog er sich wieder zurück.

Er würde sie nicht wecken. Im Moment war der Schlaf für sie vermutlich genau das, was sie brauchte, um sich an Körper und Geist zu erholen.

Zurück in der Wohnküche, knipste er das Licht über der Arbeitsplatte an und öffnete dann den Schrank, um eine Schüssel herauszunehmen. Er schlug ein paar Eier auf, schnitt eine Tomate in kleine Stücke, gab etwas Käse und Gewürze dazu und rührte alles gut durch, ehe er es in eine Pfanne gab. Alles automatische Bewegungen, die ihm die Gelegenheit verschafften, seinen Gedanken nachzuhängen.

Dass er sich jemandem gegenüber so verantwortlich fühlte, war etwas Neues für ihn. Wer sie beide zusammen sah, die schmale, blonde Frau und der durchtrainierte, kräftige Sportlertyp, musste den Eindruck gewinnen, dass er ihr Beschützer war. Aber Aleide brauchte keinen Beschützer. Sie konnte sehr gut auf sich selbst aufpassen, auch wenn sie im Moment noch kämpfte mit dem, was alles auf sie eingestürmt war in den letzten Monaten. Aber sie hatte bewiesen, wie stark sie war, und sie würde ihren Weg gehen. Dass er trotzdem an ihrer Seite war, ihretwegen sogar auf diese entlegene, abweisend wirkende Nordseeinsel gekommen war, war kein Zufall, auch wenn ihre Begegnung in Konstanz vor mehr als einem Jahr wie zufällig gewirkt hatte. Es war unvermeidlich, dass sie aufeinander trafen, das wussten sie beide, auch wenn sie das gesamte Ausmaß ihrer Zusammengehörigkeit noch nicht erfasst hatten.

Er räumte das Geschirr in die Spülmaschine und wischte die Arbeitsplatte ab. Dabei fiel sein Blick auf das Bild, das Aleide mitgebracht hatte, das Aquarell mit dem grauen Haus darauf, das noch immer mit der Bildseite nach unten auf der einen Hälfte des Tisches lag. Eine Weile starrte er die nichtssagende Presspappe an, die die Rückwand des Rahmens bildete, dann gab er sich einen Ruck. Noch immer hatte er keinen festen Platz dafür gefunden, dabei war der Kauf des Bildes ebensowenig ein Zufall gewesen wie ihre Begegnung. Er kannte das Motiv. Es zeigte ein Haus, das er schon einmal gesehen hatte. Nämlich auf einem Foto bei seiner Mutter. Von ihr wusste er, dass er schon einmal dort gewesen war, auch wenn er selbst keine eigene Erinnerung daran hatte. Als er dieses Aquarell dann bei Aleide gesehen hatte, hatte er nicht anders gekonnt, er musste zugreifen. Damals hatte er noch nichts von ihr gewusst, schon gar nichts von ihren Gemeinsamkeiten. Inzwischen war er sicher, dass es einen Grund gab, warum sie ausgerechnet jene Insel der Shetlands besucht und ausgerechnet jenes Haus gemalt hatte – was so gar nicht dem sonstigen Stil ihrer Bilder entsprach. Und genau deswegen lag das Bild wohl immer noch da, wo sie es hingelegt hatte. Denn sich damit zu beschäftigen, bedeutete, eine neue Baustelle aufzumachen. Als hätten sie nicht schon genug davon. Aber es half nichts, das noch länger aufzuschieben. Er ging zum Tisch, nahm den Rahmen in die Hände und drehte sich, wie schon an dem Tag, an dem sie damit bei ihm erschienen war, einmal um die eigene Achse, um endlich den richtigen Platz dafür zu finden. Als er sicher war, wohin es gehörte, machte er sich auf die Suche nach einem Hammer und einem Nagel, markierte die Stelle an der Wand und lehnte das Bild davor. Dann trat er ein paar Schritte zurück und betrachtete es. Ja, genau da gehörte es hin. Aufhängen würde er es morgen früh, wenn Aleide erwacht war, aber als er das Bild jetzt ansah, glaubte er tatsächlich zu hören, wie die Brandung an die schroffen Felsen schlug, wie der Wind um die Hausecke pfiff und das Feuer im Haus knisterte, das er durch die Fenster zu sehen glaubte.

Vertraute Geräusche.

Es gab noch einiges, was er ihr nicht erzählt hatte, und es war höchste Zeit, dass sie darüber redeten. Es gab noch viel zu viele Geheimnisse zwischen ihnen.

ZWEIUNDDREIßIG

Ich schlief durch bis zum nächsten Morgen, verzichtete auf ein Frühstück und machte mich dann allein auf den Weg nach Hause. Mika hatte mir angeboten, mich zu begleiten, und es fiel mir nicht leicht, sein Angebot ablehnen zu müssen. Ich spürte, wie besorgt er war. Aber ich wollte lieber allein sein. Körperlich war ich so erschöpft, als hätte ich in den letzten Tagen pausenlos sportliche Höchstleistungen erbringen müssen, aber in meinem Kopf rasten die Gedanken immer noch unermüdlich hin und her, ohne irgendeine Ordnung zu erzielen.

Es war eingetreten, was ich am meisten gefürchtet hatte: Ich hatte die Zeichen gesehen, sie aber nicht verstanden und die Tragödie nicht verhindern können. Ich hatte versagt, war meiner Verantwortung nicht gerecht geworden, und ich war nicht sicher, wie ich damit leben sollte.

Dabei hätte ich es wissen können. Ich war der »Schwarzen Gret« oder Margret Spraenghest, wie Meret auch genannt wurde, schon einmal begegnet, aber das war eine andere Geschichte. Damals war sie hoch zu Ross unterwegs, die Königin von Dänemark, die über ihre Mutter auch mit dem schottischen Königshaus verwandt war. Als eine der wenigen Frauen ihrer Zeit regierte sie für ihre Männer und mit ihnen oder auch mal gegen sie, wenn es notwendig war. Dass es dabei nicht immer zimperlich zuging, lag auf der Hand. Bei mächtigen Männern hielt man das gewöhnlich für ein Zeichen von Stärke, bei Frauen war dann schnell von Zauberei die Rede, und auch Meret war angeblich mit dem Teufel im Bunde, um ihre Macht zu erhalten. Ich hatte gesehen, welche Opfer sie bringen musste, um bestehen zu können. Die Leute reden viel, aber dass hinter jeder Geschichte ein Mensch steckt mit all seinen Ängsten und Nöten, das vergessen sie leicht, das war damals nicht anders als heute. Die Begegnung mit ihr hatte die Erinnerung an jene dunklen Tage wieder geweckt, und noch immer trug ich einen Rest der tiefen Traurigkeit, die die schwarze Gret umgeben hatte, mit mir herum. Es würde Zeit brauchen, mich davon zu befreien, vielleicht noch einmal fast tausend Jahre.

Sie so zu sehen, wie ich sie erlebt hatte, hatte mich zutiefst erschüttert, und gäbe es ein anderes, ein stärkeres Wort dafür, so würde ich das verwenden.

Wie mochte es sein, sich immer und immer wieder auf die Suche nach dem einen Menschen, einer echten, tiefen Verbindung zu begeben, und jedes Mal wieder die Erfahrung zu machen, dass sich die vielleicht finden, aber nicht festhalten ließ? Wie mochte es sein, dazu verdammt zu sein, immer wieder zu lieben, zu verlieren und dann – ja was? Zu töten?

So sehr ich mich bemühte, ich konnte mich nicht in sie hineinversetzen. Ich wollte es nicht. Das zu tun, hätte bedeutet, mich in einen tiefen, finsteren Abgrund zu begeben, dessen Boden ich nicht sehen konnte – und allein bei dem Versuch, das zu tun, graute es mir. Über wie viele Männer und vielleicht auch Frauen hatte sie ihr tödliches Urteil gefällt? Und was war das für ein Urteil, das der Richterin einen Schmerz zufügte, der dem der Opfer in seiner Heftigkeit in Nichts nachstand? So dunkel der Weg auch war, den sie beschritt, und so blutig ihre Spur, ich brachte es nicht über mich, sie zu verachten für das, was sie tat. Sie tat, wozu sie bestimmt war, sie konnte keinen anderen Weg wählen.

Dann dachte ich wieder an Arne. Was wohl aus ihm geworden war? Würden wir das jemals erfahren? Die Antwort darauf war Meret mir schuldig geblieben, aber ich konnte es mir denken, auch wenn ich keine Ahnung hatte, welchen Weg sie gewählt hatte. Die Zeit würde die Wahrheit ans Licht bringen.

Während all diese Überlegungen ganz allmählich doch die ersten Anzeichen von Ordnung in meine Gedanken brachten, hatte ich das Kraihuus fast schon erreicht und war so erleichtert wie noch nie, als sich das Reetdach langsam hinter dem alten Deich hervorschob. Die Müdigkeit wurde jetzt immer deutlicher spürbar, und ich sehnte mich nach meinem Bett und danach, mindestens zwei Tage nur schlafen zu dürfen.

Inzwischen war ein Gewitter aufgezogen, Wolken hatten sich vor die Sonne geschoben, so dass ein violetter Himmel sich über unserer kleinen Insel spannte, und plötzlich fühlte ich mich vollkommen allein. Die Vorstellung, umgeben zu sein von der unendlichen Weite des Meeres und des Himmels über mir hatte auf einmal etwas schrecklich Beängstigendes, und mir wurde schlagartig bewusst, wie verletzlich ich als einzelner kleiner Mensch in dieser Unendlichkeit war, ungeschützt allen möglichen Gefahren ausgesetzt, die jederzeit von allen Seiten drohten und die ich nicht benennen konnte. Erfasst von einer Woge des Grauens, beeilte ich mich, das große Tor zu öffnen und sofort wieder hinter mir zu schließen, und geschützt von den schweren Gitterstäben, warf ich noch einen prüfenden Blick in den bläulichen Dunst, aber ich konnte nichts erkennen.

Als ich das Haus betrat, erwartete mich Annchen schon mit heißem Tee und einem Pfannkuchen. Ich wusste von Mika, dass sie auf seine Nachricht hin keine Fragen gestellt hatte, aber jetzt sah ich ihr an, dass sie darauf brannte, mehr zu erfahren. Obwohl ich überhaupt keinen Hunger hatte und einfach nur ins Bett wollte, um auch den Rest des Tages zu verschlafen, setzte ich mich zu ihr an den alten Refektoriumstisch, der für unsere kleine Küche viel zu groß war. Ich hatte ein schlechtes Gewissen, weil ich so viele Geheimnisse vor ihr hatte. Aber so viel zumindest war ich ihr schuldig.

Ich erzählte ihr, wie Mika Hinnerk gerettet hatte, und von der vergeblichen Suche nach Arne, den Teil mit Meret streifte ich nur und ließ alles weg, was irgendwie zu fantastisch klang und vielleicht mehr Erklärungen brauchte, als ich zu liefern bereit war. Ich kannte Annchens Einstellung zu diesen Dingen zur Genüge. Irgendwann, eines Tages, ganz sicher schon bald würde ich meiner Mutter alles erzählen, aber dazu müsste der richtige Moment kommen, und der war einfach bisher noch nicht da gewesen. Und ganz sicher war der nicht jetzt, da ich müde war, ausgelaugt und völlig überwältigt von alldem, was sich in den letzten Tagen und Stunden abgespielt und was ich noch immer nicht völlig erfasst hatte.

»Leg dich noch ein bisschen hin«, sagte Annchen, der nicht entgangen war, wie geistesabwesend ich in meinem Pfannkuchen herumstocherte, der inzwischen so zerfetzt wie eine uralte Hose auf meinem Teller verteilt lag. »Du siehst aus wie ein Geist.« Bei diesem Wort zog sich alles in meinem Inneren zusammen, aber Annchen schien davon nichts zu bemerken und sprach einfach weiter. »Ich muss mich gleich noch um die Steuerunterlagen kümmern, bin also hier und sorge dafür, dass dich nichts und niemand stört.« Sie legte mir ihre kleine raue Hand auf den Arm und lächelte mir aufmunternd zu. »Na los, geh schon!«

Sie hatte recht, niemand wusste das besser als ich, und erleichtert erhob ich mich und schleppte mich in mein Zimmer. Der Gedanken an so etwas Profanes wie Steuerunterlagen hatte erstaunlicherweise etwas unglaublich Tröstliches. Etwas Reales in einer Welt, in der ich mich gerade etwas verloren fühlte. Und dann, endlich allein, endlich Ruhe, und der Anblick der vertrauten Möbel in meinem Schlafzimmer tat mir an diesem Tag wohl. Ich verzichtete darauf, mich auszuziehen, und legte mich so, wie ich war, auf mein Bett und rollte mich in Schlafposition zusammen.

Doch der erwartete Schlaf stellte sich nicht ein.

In dem Moment, da ich die Augen schloss, tauchten die Bilder wieder auf. Ich sah Hinnerk vor mir, wie er in seiner Wärmedecke im eisigen Wind am Strand saß, so zerbrechlich ohne seine Kapitänsmütze, das dünne Haar wirr vom Kopf abstehend. Mika, der so entschlossen noch einmal ins Wasser gegangen war und mich dann in sein Haus geholt hatte, damit ich mich aufwärmte und ausruhen konnte im Schutz des Geheimnisses, das wir miteinander teilten. Und ich sah Meret, wie sie sich mir zuletzt gezeigt hatte, als mächtige Königin der Meere, gezeichnet von jahrhundertealter Trauer. Und meine Gedanken begannen zu kreisen, drehten sich zunächst nur um das, was gestern geschehen war und was ich noch zu verarbeiten versuchte, dann wurden die Kreise größer und größer und erfassten schließlich auch jene Nacht, in der ich mit Momme gesprochen hatte. Oder zumindest glaubte, mit ihm gesprochen zu haben.

Und damit endete meine Hoffnung auf Schlaf und Erholung endgültig.

Ich musste endlich Klarheit bekommen.

Ich wusste, dass Annchen die Schlüssel zu allen Räumen in einem alten Schränkchen in einer Nische der Diele aufbewahrte. Und so verließ ich mein Zimmer, bemüht, möglichst wenig Geräusche zu verursachen, denn was ich jetzt tun wollte, das musste ich allein tun. Ich hörte das Klappern der Tastatur, als Annchen das Steuerprogramm bearbeitete, während ich lautlos den Schlüssel aus dem Schrank holte. Meine Sorge, den richtigen vielleicht nicht finden zu können, erwies sich als unbegründet – irgendein umsichtiger früherer Bewohner hatte sich die Mühe gemacht, alle mit einem Zettelchen zu versehen.

Den altmodisch großen, schweren Schlüssel in der Hand, begab ich mich zu der engen Stiege, die nach oben führte. Zwar hatte Annchen offenbar einen Teil des Gerümpels, das den Weg hinauf versperrte, beiseite geräumt, doch noch immer war es nicht ganz einfach, nach oben zu gelangen und einmal glaubte ich schon, ich hätte mich verraten, als ich unglücklich gegen ein paar verzogene Regalbretter stieß, die prompt mit einem Poltern umfielen. Ich wartete einen Moment mit angehaltenem Atem, doch als sich in Annchens Arbeitszimmer nichts rührte, stieß ich den Atem aus und ging auf leisen Sohlen die wenigen Schritte bis zu der Tür, an die ich in meiner Kindheit so oft geklopft hatte.

Ich zögerte nur kurz, dann klopfte ich auch diesmal, etwas zaghaft zuerst, dann, nach einem prüfenden Blick zur Treppe, etwas lauter. Als sich nichts rührte, schob ich den Schlüssel ins Schloss, und tatsächlich ließ er sich mühelos drehen. Nicht so, wie bei einem Schloss, das lange nicht mehr benutzt worden war, sondern so, als wäre diese Tür jeden Tag auf- und wieder zugeschlossen worden. Dann drückte ich die Klinke herunter und schob die Tür auf.

Es bot sich mir fast derselbe Anblick wie in jener Nacht, nur, dass Teekanne, Tasse und Teller auf der Anrichte standen und nicht auf dem Tisch, der säuberlich abgewischt war, die bestickte Decke darauf fleckenlos. Das Licht der blassen Vormittagssonne fiel durch ein kleines Fenster unter dem Dach ein und beleuchtete einen halb zurückgezogenen Vorhang, hinter dem ein schmales, ordentlich gemachtes Bett stand, darüber an der Wand ein kleines Regal mit Büchern. Ein kleiner, einfach eingerichteter, aber sehr aufgeräumter Raum, der so aussah, wie er vermutlich in den letzten Jahrzehnten immer ausgesehen hatte.

Halb enttäuscht, halb beruhigt wollte ich mich schon zurückziehen, als mir der Geruch auffiel, der in der Luft hing. Es war der Geruch nach Pfeifentabak mit einem feinen Vanillearoma, und als ich mich in die Richtung wandte, in der der Duft am intensivsten war, bemerkte ich, dass in einem schweren gläsernen Aschenbecher eine noch glimmende Pfeife lag, von der ein dünner Rauchfaden aufstieg, der für den Duft verantwortlich war.

Irgendjemand musste den Raum gerade erst verlassen haben.

Und dann hörte ich, wie hinter der Tür, die, wie ich noch von früher wusste, zu dem winzigen Badezimmer führte, jemand eine leise Melodie pfiff, und durch die Milchglasscheibe im oberen Teil der Tür konnte ich sehen, wie jemand sich dort bewegte.

Mir wurde heiß.

So leise ich konnte, wich ich zurück, zog die Tür lautlos hinter mir ins Schloss, drehte mich um – und hätte um ein Haar laut aufgeschrien.

Hinter mir stand Annchen, und in ihren Augen glitzerten Tränen. »Ich hatte gedacht, ich könnte dich davor beschützen«, sagte sie leise. »Ich hätte wissen müssen, dass es davor keinen Schutz geben kann.«

Ich brauchte einen Moment, um zu verstehen, was sie da sagte.

»Du hast es gewusst?«, flüsterte ich dann. »Du hast es die ganze Zeit gewusst?«

»Ich habe es immer gewusst«, sagte Annchen. »Und ich fürchte, ich muss dir einiges erklären.«

EPILOG

Einige Wochen später, es war April geworden und die ersten zarten Sonnenstrahlen bahnten sich hier und da einen Weg durch die Wolken, entdeckten Urlauber bei ihrem Morgenspaziergang am Strand vor Kampen auf Sylt eine männliche Leiche, die die Flut in der Nacht hereingetragen hatte. Es wurden keine Papiere bei dem Toten gefunden, aber der Leichnam war vollständig bekleidet, und um den Hals trug er fest geschlungen einen auffallend gemusterten Schal. Die Todesursache war noch unklar, ein Gewaltverbrechen konnte nicht ausgeschlossen werden.

Zeitgleich berichteten die Medien über eine dunkel gekleidete Reiterin, die zum wiederholten Mal in der Nähe des Danewerks bei Schleswig gesichtet worden war, wo sie verbotenerweise ohne Rücksicht auf etwaige Schäden über die Reste der antiken Befestigung galoppiert war. Die Reiterin entzog sich einer Kontrolle und verschwand, ehe ihre Personalien festgestellt werden konnten.

Die Polizei ermittelt, so hieß es, in beiden Fällen.

ENDE